Jean-Michel Fauvergue

Ni capitulation ni résignation

Osons le courage

Fayard

Couverture : Le petit atelier

ISBN : 978-2-213-73191-9

Dépôt légal : octobre 2025

« Le courage est la première des qualités humaines car elle est garante de toutes les autres. »

Aristote

Introduction

Le 13 novembre 2015, à la tête de mes équipes d'assaut du RAID, je franchissais les portes du Bataclan. Enjambant les cadavres, glissant sur le sang échappé de leurs corps martyrisés, nous nous enfonçâmes dans les ténèbres d'un enfer dont les images d'horreur devaient à jamais s'imprimer dans nos cerveaux.

Nous avons franchi ce jour-là les limites de ce qu'une société civilisée pouvait supporter en temps de paix. Dix mois auparavant, je commandais les mêmes hommes ainsi que ceux de la BRI et au terme d'une opération périlleuse retransmise (à nos corps défendant) par les caméras du monde entier, nous délivrions vingt-six otages. Vingt-six victimes qu'un fou furieux retenait dans l'épicerie casher de la porte de Vincennes après avoir abattu quatre malheureux.

Ce fut la continuation d'une horrible série débutée au mois de mars 2012 par une autre quidam dénué d'humanité, un crétin illuminé qui avait assassiné froidement des militaires en permission et massacré un père et de jeunes enfants de l'école juive d'Ozar Hatorah à Toulouse. Drames affreux drainant dans leur sillage sanglant une longue série d'actes inhumains perpétrés par des aliénés emplis de haine et mus par le poison d'une croyance déformée pour justifier des comportements de prédateurs brutaux et sadiques. Dopés par des prédicateurs jouant habilement sur leurs prédispositions à la complainte et la victimisation perpétuelles, ces adorateurs du chaos s'en prirent finalement à tous nos symboles, nos journalistes et caricaturistes de *Charlie Hebdo*, notre fête nationale à Nice, nos prêtres à Saint-Étienne-du-Rouvray, nos policiers, nos gendarmes et nos militaires à Paris ou en province, nos professeurs en région parisienne et dans le Nord, et bien d'autres un peu partout sur notre territoire national.

Pour moi, la mort a désormais un nom : « Bataclan ». Elle a une odeur : celle de la poudre mélangée aux senteurs âcres du sang. Un son particulier : celui des vibrations des téléphones déclenchés par les appels des familles tentant de joindre un enfant ou un parent gisant sur le parquet d'un théâtre de malheur. Une vision : celle d'un parterre de martyrs allongés pêle-mêle, les visages marqués par l'étonnement ou déformés par la peur et la douleur, les corps fouaillés par la mitraille. Comme mes camarades, j'ai vu, j'ai entendu, j'ai senti. Nous savons désormais ce dont « ils » sont capables. Nous savons qu'ils ne s'arrêteront que quand nous aurons eu le courage de ne plus nous mentir sur « ça », mais aussi sur beaucoup d'autres sujets.

L'atrocité de ces jours de détresse se rappelle régulièrement à mes souvenirs et malmène mes entrailles aux moments les plus inattendus. L'horreur des massacres, la brutalité des scènes violent ma conscience et torturent mon âme avec la persistance de plaies inguérissables, que les militaires revenant des champs de bataille ne connaissent que trop, les classifiant au registre des « blessures invisibles ».

Cette lésion suppure à la moindre occasion : la disparition d'un frère de combat, le décès d'un ancien otage, la remise de médaille à un brave. Elle s'infecte aux absurdités trop souvent entendues et répétées d'élu(e)s aux discours emplis de haine (l'inclusivité de l'écriture est justifiée par l'égalité assumée dans les profondeurs de la bêtise chez les représentants des deux sexes), révolutionnaires d'hémicycle rémunérés à plus de dix-mille euros par mois (frais inclus) et n'oubliant jamais, lors des manifestations, de se protéger derrière leur écharpe de député dès que les CRS copieusement insultés commencent à se fâcher. « La République, c'est moi ! », proclamait pompeusement un célèbre leader politique avant d'être condamné pour intimidation et rébellion. Non, Monsieur, vous êtes tout son contraire ! La république est vertueuse et ne saurait s'accommoder de ces infractions à l'encontre de magistrats et de policiers, prononcées les lèvres dégoulinantes de mauvais miel.

Nous sommes quelques-uns à n'avoir rien oublié. Dix ans, dix ans déjà depuis *Charlie Hebdo*, l'Hypercasher de Vincennes, le Bataclan, l'assaut de Saint-Denis.

En 2015, nous avons été à la hauteur. Les femmes et les hommes du RAID, d'un courage exemplaire, furent soutenus dans l'action par les responsables politiques, mais surtout portés par la population tout entière qui défila en nombre le 11 janvier dans les rues de Paris derrière la quasi-majorité des puissants du monde entier.

Ce fut un beau moment de communion nationale. Qu'en est-il aujourd'hui ? Avons-nous progressé sur le chemin de la résistance et du combat ? Que reste-t-il de tout ça ? Après l'orage, avons-nous reconstruit un monde meilleur ?

Où en sommes-nous de notre courage, cette « première des qualités humaines garante de toutes les autres », selon Aristote ?

Les enseignements du passé, le plus douloureux fut-il, devraient nous servir à avancer et à ne plus nous enfoncer dans les mêmes abîmes. Mais non ! Notre récit national est jalonné de bouleversements qui ne nous ont rien appris tant, une fois la tempête passée, nous nous sommes repliés dans l'égoïsme de notre existence quotidienne. Marc Bloch en témoigne dans son remarquable ouvrage : *L'étrange défaite*. Méditons son message : la dernière guerre n'est pas l'ultime, elle est juste celle qui vient de s'achever en attendant la prochaine.

Marc Bloch fut un homme de courage et d'honneur. Mobilisé dans l'infanterie, comme simple soldat, au début du premier conflit mondial, il termina cette grande guerre avec le grade de capitaine. Universitaire émérite et maître de conférences à la Sorbonne, il n'hésita pas, malgré son âge et ses charges familiales qui le dispensaient pourtant d'engagement, à rejoindre en 1939 le front des Flandres avant de connaître les affres de la défaite. Pour toute récompense de cette bravoure, il sera exclu de la fonction publique par un régime de Vichy lancé sans retenue dans une chasse aux juifs, éternels et pratiques alibis de notre couardise nationale. N'acceptant ni la capitulation ni la résignation, il entre en résistance, puis en totale clandestinité. Il fut arrêté et torturé par la Gestapo avant d'être fusillé en juin 1944.

Écrit sous les obus à l'été 1940, le manuscrit de *L'étrange défaite* fut dissimulé par quelques amis avant d'être publié en 1946. L'ouvrage résonne comme le glas de nos lâchetés et de nos comportements collectifs irresponsables. Cette plongée au plus profond de l'abysse ne peut laisser aucun de nos compatriotes indifférent, elle sonde les hommes et les femmes de bonne volonté, celles et ceux qui ne se résignent pas au fatalisme qui nous guide aujourd'hui vers notre propre perte comme à la fin des années 1930.

La déconcertante réalité d'un deuxième conflit mondial m'a poussé à m'informer sur cette période si particulière. Par-delà les mémoires et récits de guerre de ceux qui vécurent ces moments intenses, je m'attachai à retrouver les narrations au plus près du terrain, peinant à expliquer l'incompréhensible déroute d'un pays si puissant et sûr de lui. Cette quête de sens installa très tôt Marc Bloch en référence absolue dans ma bibliothèque.

Pour ceux qui, comme moi, vécurent chacun à leur place et à leur niveau la douleur des événements de 2015, l'analyse de ce recueil impose d'évidence une ressemblance troublante à notre réalité présente. Le danger guette.

Pourtant, nous avons vécu des décennies de relatif bien-être. Nous l'avons mérité car nous y avons œuvré, plus exactement nos prédécesseurs y ont œuvré. Soucieuses de nous prémunir d'une nouvelle folie guerrière, nos nations européennes, sous l'impulsion allemande et française, les deux ennemis devenus partenaires, se sont rapprochées. Ce projet titanesque, et par définition inachevé, est l'objet de louanges et de critiques, les spécialistes des deux camps sont légion et les thèses tellement documentées qu'il n'est pas question d'ajouter ici même un avis de plus. Mais accordons-nous pour reconnaître qu'à la différence de nos constructions passées élaborées dans la douleur des combats, les peines et le sang, la magie du mouvement réside sans doute aujourd'hui dans la capacité qu'ont les nations de notre vieux continent à rejoindre ou à quitter cet édifice original.

Ce ciment nouveau nous permit de présenter dans les dernières décennies un front uni face aux aléas d'un monde sans cesse en mouvement.

Mais il offrit aussi paradoxalement un formidable prétexte à notre couardise, peut-être même à notre fainéantise. Au fur et à mesure que les heures sombres et les douleurs fratricides s'estompaient dans les brumes du temps, nous profitions de plus en plus de notre confort, jusqu'à le considérer comme définitivement acquis. Bientôt, nous considérâmes qu'il était naturel d'exiger toujours plus, persuadés que les dégradations des situations et les retours en arrière échappaient à l'ordre des choses et ne pouvaient être tolérés. A contrario, chaque préoccupation, chaque menace de déclassement voire tout simplement de stagnation ne pouvaient être imputables aux individus, jamais… et devenaient forcément la faute du système, de l'État, de l'Europe.

Ce désolant constat reflète la propension que nous avons à ne point endosser nos propres responsabilités et à imputer intuitivement au système collectif nos tourments, Marc Bloch en son temps l'avait déjà relevé.

La prise en compte depuis la fin du second conflit mondial, par la collectivité ou par des moyens d'assurance et de mutuelle privés, d'une partie de plus en plus importante des risques de nos existences, nous habitua à considérer que chacun des problèmes que nous rencontrions ne nous appartenait plus et se devait d'être solutionné le plus rapidement possible par un fonctionnement social et politique omniprésent et omnipotent. Dans ce vaste supermarché aux aides généralisées, les affres des handicaps les plus lourds côtoient les chèques cadeaux de Noël et les coups de pouce pour la rentrée scolaire, la prise en compte des maladies dégénératives rivalise avec les boucliers énergétiques compensant le prix du litre de diesel jugé exorbitant. Plus aucune échelle dans les malheurs, plus aucune gradation dans les situations, tout est classifié « risque vital ». Désormais tout est demandé aux hommes et femmes qui nous gouvernent, tout est exigé du système, et contraste avec un désarmement de nos réflexes d'anticipation et de précaution les plus basiques, provoquant une absence criante de courage et de volonté pour s'en sortir par soi-même.

Cette dépendance aux aides et aux prébendes s'accompagna chez certains d'une inversion des valeurs. Le don fut considéré comme un dû et, par extension, comme un droit qu'il n'était pas question de remettre en cause, même quand les situations individuelles évoluaient. Les contreparties demandées en échange du versement des allocations disparurent bien souvent, à l'exemple de celles exigées dans les contrats sociaux de retour à l'emploi lors du versement du RMI (revenu minimum d'insertion) devenu RSA (revenu de solidarité active). Les droits se maintinrent tandis que les devoirs s'effacèrent.

Au fil des décennies, l'habitude s'installa de jouir des avantages de nos organisations sociales sans se questionner outre mesure sur les contreparties d'une telle générosité. Plus que les coûts faramineux de cette protection exceptionnelle, ce qui interpelle est l'ignorance par les ayants droit de la cherté du système et par conséquence logique un manque de reconnaissance associé à cette impression généralisée de gratuité permanente et instantanée de tous ces avantages.

La faute revient en partie, depuis la généralisation de l'État-providence, aux décideurs politiques de tous bords, qui n'ont pas su informer du coût de ces aides. Bien au contraire, l'épisode de la COVID, où les milliards plurent à torrent, accéléra un drôle de sentiment, mélange décomplexé d'addiction aux subventions et de renoncement aux valeurs de l'effort et du travail.

Cette pandémie nous atteignit tous en même temps, démontrant ainsi que nous n'étions ni mieux ni moins bien préparés que d'autres. Nous dûmes, dans une unanimité internationale à nulle autre pareille, prendre des mesures similaires pour lutter contre ce fléau. Hormis la cacophonie désastreuse des masques de protection au début de l'infection, le bilan final n'a pas cautionné le désastre que certains se plaisaient à nous annoncer, s'appuyant sur des pseudo-bonnes pratiques de pays étrangers – Allemagne, Chine, Israël, Suède, etc. – mises à mal au fur et à mesure de la progression mondiale du virus. Mon mandat de député à ce moment précis m'offrit un magnifique observatoire de cette tragicomédie. J'ai apprécié au plus fort de la crise l'esprit de responsabilité de la plupart des responsables nationaux et locaux toutes tendances politiques confondues, hormis ces perpétuels esprits chagrins populistes pour qui rien ne va, jamais, et qui fondent leur légitimité sur cette propension extraordinaire à gueuler fort sur tout. Dans le cadre resserré des commissions ou de l'hémicycle de l'Assemblée nationale comme lors de réunions en préfecture, j'ai été séduit par les efforts des divers acteurs pour trouver les meilleures solutions et protéger les plus fragiles. Je me souviens alors m'être convaincu que dans cette épreuve planétaire, notre courage collectif serait de nature à calmer nos dissensions et venir à bout de cette adversité. Las ! c'était sans compter sur l'attraction magique d'une communication débridée. Beaucoup, dans les oppositions « raisonnables », mus par le désir de se démarquer du pouvoir, n'eurent point le courage d'assumer au grand jour les positions prises la veille en cercle restreint. Il fallait à tout prix afficher une prise de distance avec les décideurs et ne point se compromettre en public. Mieux, ce qui était critiquable une semaine plus tôt devenait acceptable quelques jours après, il suffisait pour cela que le gouvernement, attentif aux évolutions de l'épidémie, adopte des nouvelles mesures contraignantes pour que les censeurs prennent immédiatement le contre-pied. Le spectacle fut grandiose et inépuisable. Ouverture des écoles : levée de boucliers des experts autoproclamés, d'une partie du personnel politique et de l'opinion publique, fermeture des mêmes écoles, réaction contraire des mêmes spécialistes. Même scénario pour les masques chirurgicaux, dans les transports en commun, pour les tests, pour les vaccins, pour le personnel soignant non vacciné, pour l'ouverture de bureaux de vote lors des élections municipales, etc. Tout fut prétexte à discussion, à tractation, à critique. Cette irresponsabilité généralisée, amplifiée par les médias et les réseaux sociaux, contribua une fois de plus au déclassement d'une action politique pourtant élaborée et somme toute efficace.

À trop vouloir blâmer, nous sommes collectivement décrédibilisés et sommes ainsi devenus les artisans d'une déchéance que nous nous reprochons les uns aux autres. Obsédés par la critique permanente, nous ne trouvons plus le courage de réagir autrement qu'en accusant encore et encore, chacun renvoyant la responsabilité, les citoyens sur l'incurie des politiques, les politiques sur l'incapacité des peuples réfractaires à se dépasser. « Ne vous demandez pas ce que votre pays peut faire pour vous, mais demandez-vous ce que vous pouvez faire pour votre pays. » (John Kennedy)

Lors de ma participation à cette vie publique aux moments les plus chauds, il me fut difficile d'accepter ces infimes lâchetés, ces petits renoncements qui, accumulés, me semblaient concourir au déclassement de notre pays. Presque quarante années au service de mes concitoyens dans la police nationale, dont près de quatre ans à la tête du RAID (de 2013 à 2017), ne m'avaient pas préparé à ces absences de courage dans tous les domaines. Je dois l'avouer : à plusieurs reprises, le cul posé sur le velours rouge de mon siège dans l'hémicycle de la noble Assemblée nationale, il m'est arrivé de regretter l'époque mouvementée où, intervenant à la tête de mon unité en situation de danger absolu, je me retrouvais face à mes responsabilités, contraint d'assumer seul des décisions dont dépendait la vie des otages et de mes guerriers.

Je ne prétends pas que cette nostalgie purement opérationnelle puisse se décliner avec les entrelacs compliqués de la vie publique. J'ai apprécié cette parenthèse politique car elle m'a enseigné la complexité des structures et des mentalités que nous avons nous-même érigées au fil du temps comme autant d'obstacles et que, par paresse ou par crainte, nous n'osons pas remettre en question et simplifier. Nous allons en parler. Cette simplification est un devoir, une exigence d'avenir, Marc Bloch ne s'y était pas trompé, ce sont bien ces complexités qui nous ont entraînés jadis vers le gouffre de la capitulation. Nos aïeux en étaient tous responsables comme nous le sommes aujourd'hui collectivement et individuellement, citoyens, élus, intellectuels, journalistes, syndicalistes, artistes, responsables et bénévoles d'associations, porteurs de voix et porteurs d'espoir.

Le temps est venu d'oser à nouveau le courage, ensemble ou seul, de ne point céder à la facilité des complaintes et des jérémiades. Il n'est pas interdit de se plaindre, mais la plainte injustifiée et systématique devient trop souvent prétexte à l'inaction. Or, notre responsabilité est commune. Une nation n'est rien d'autre qu'une alchimie particulière qui repose sur un courage partagé entre ses gouvernants et sa population. Que l'un des deux acteurs vienne à vaciller et ce sont tous les fondements de la structure qui se désagrègent. La défaillance fut double à la fin de la IIIe République, les décideurs politiques abdiquèrent, confiant les pleins pouvoirs à un vieux maréchal manipulé par quelques aventuriers de la collaboration pendant que les populations apeurées et défaitistes exigeaient l'ouverture des villes à l'ennemi. Ce renoncement commun fut le fruit d'une longue évolution, dont une partie des stigmates réapparaissent aujourd'hui dans un quotidien mis à mal par une guerre dont l'alliance tacite entre la Russie et les USA rend l'issue improbable.

En m'appuyant sur une carrière de policier, de lutte contre les puissances terroristes, en me référant à mon expérience aux côtés des élites politiques de notre pays, en m'éclairant des échanges permanents que m'apporte mon parcours actuel de conférencier en lien avec les forces vives de notre nation, entrepreneurs, décideurs, lycéens, étudiants d'universités et de grandes écoles, permettez-moi d'apporter ma contribution, mes inquiétudes et mon espoir aux réflexions du moment.

Le courage me parait être le maître-mot. Si j'ai utilisé ce terme à plusieurs reprises, c'est qu'il me semble être à la fois nécessaire pour nommer nos défaillances et nos faiblesses, mais aussi pour apporter les remèdes indispensables à notre renouveau. Le marasme ambiant n'est pas une malédiction, je suis persuadé que les situations peuvent rapidement se retourner pour peu que dans tous les domaines, nous osions le courage.

Chapitre 1

Islamisme et terrorisme : le courage de ne plus se mentir.

À la fin du mois de mars 1996, à la pointe du jour, le RAID s'apprête à forcer la porte d'un pavillon sur la commune de Roubaix pour interpeller de dangereux malfaiteurs soupçonnés d'attaques à main armée. Les lieux sont occupés en réalité par quatre combattants du djihad ayant officié dans les rangs de la brigade moudjahidine en Bosnie-Herzégovine. Le respect de l'heure légale (6 heures) ne permit pas de surprendre les membres du « gang de Roubaix » déjà regroupés autour de leur leader pour la première prière du début du jour (Fajr). Un feu nourri d'armes automatiques et de grenades accueillit les membres de la colonne d'intervention, blessant grièvement plusieurs policiers, dont un ne devra sa vie qu'aux soins du médecin de l'unité qui l'opéra à même le sol au milieu des explosions. L'affrontement se poursuivit plusieurs heures aux cris d'« Allahou akbar », les quatre islamistes soutinrent le siège, refusant de se rendre, y compris quand le bâtiment s'embrasa. Leurs corps calcinés seront évacués des décombres. Les services antiterroristes et du renseignement français procéderont les jours suivants à l'identification d'une dizaine de complices, considérés comme étant les premiers djihadistes français de l'ex-Yougoslavie. Après cette opération, certains seront arrêtés et d'autres neutralisés en

Belgique où ils pensaient trouver refuge. Jean-Louis Debré, ministre de l'Intérieur, préférera contre toute évidence parler de banditisme. « Cela n'a rien à voir, ni avec l'islamisme, ni avec le terrorisme », déclara-t-il de manière péremptoire et mensongère avant d'ajouter : « Donc, on en reste là. » La justice, fort peu diserte, ouvrira une information judiciaire pour tentative d'attentat par explosif, tentative d'homicide volontaire sur agents de la force publique et association de malfaiteurs. Un attentat, certes, mais dont la dimension terroriste n'était pas révélée officiellement malgré la découverte de tracts et de documents mettant en évidence des liens directs avec le Front Islamique du Salut et le Groupe Islamique Armé en France, deux organisations terroristes algériennes, ainsi que des contacts étroits avec un disciple d'Oussama Ben Laden réfugié au Canada.

Pourquoi cette extrême prudence alors que la France avait déjà été la cible d'un terrorisme islamique agissant en vagues successives, comme de 1984 à 1986, avec les nombreuses actions revendiquées par le Hezbollah ? Pourquoi ce silence alors que, depuis 1994, notre pays se trouvait confronté à une exportation de la guerre civile algérienne, se traduisant par des dizaines d'attentats dont celui, particulièrement sanglant, du RER Saint-Michel ? Sans doute des considérations de géostratégie avec notre voisin du Maghreb avaient-elles guidé les réflexions du président de la République et de son ministre. Ce mensonge d'État protégea les gouvernants d'alors, les dispensant de rendre des comptes et d'investir dans une réflexion d'avenir. En refusant de diligenter une analyse approfondie d'un phénomène dont la puissance augurait une montée en intensité évidente dans les décennies à venir, en refusant tout partage raisonnable d'information avec les citoyens, les responsables de l'époque prirent le pari criminel de la procrastination, à moins qu'ils n'aient misé sur un aspect momentané (voire une disparition miraculeuse) de ce type de menace. Une véritable faute politique dont nous payons aujourd'hui le prix fort.

Le champ des extrémismes religieux ne favorise pas l'appréhension de ces domaines fluctuants à la lisière de l'intime et du sacré. Même exprimés par les actes les plus abjects, nous ne savons comment saisir les faits, condamner les motivations, désigner les coupables, de peur d'être accusés d'intolérance et de sectarisme. Nous nous sommes censurés pour ne point verser dans l'anathème généralisé, ce qui a rendu nos condamnations inaudibles, nos ripostes trop lentes et quelquefois trop peu efficaces. Tous ensemble nous nous sommes retranchés dans un aveuglement coupable renforcé par le déni de nos dirigeants dont Roubaix fut un des exemples marquant. Nous nous sommes collectivement menti.

Pourtant, notre Histoire aurait dû nous guider. La construction de notre nation est le fruit de notre passé. Notre culture, nos traditions et notre langue se sont forgées de batailles en conquêtes, de territoire en frontière, de résistances en concessions, de malheurs en prospérité. L'État s'est organisé autour de cette nation par l'action centralisatrice et unificatrice du pouvoir royal. Les soubresauts intérieurs et les agressions extérieures ont contribué de manière décisive à l'émergence d'une identité nationale soudant les populations dans l'adversité et le désir d'un futur commun. Les apports judéo-chrétiens ont accompagné, quand ils ne les ont pas dirigées, ces évolutions sans limite jusqu'à la destitution de la monarchie de droit divin lorsque la Révolution française mit un terme à cette confusion des genres entre l'intemporel et le tangible, prudemment au départ, en continuant à se référer à une doctrine déiste et en se positionnant « sous les auspices de l'Être suprême[1] », puis de plus en plus brutalement au gré des affrontements avec les Chouans et les Vendéens royalistes et cléricaux.

Les régimes qui se succédèrent, révolutionnaires, consulaires, impériaux, monarchies constitutionnelles, eurent comme point commun de distinguer dépendance confessionnelle et puissance publique. Mais l'influence de la religion chrétienne et de ses prévôts demeura prégnante jusqu'au renforcement des valeurs démocratiques du régime républicain. Le triptyque nation-État-démocratie incarné par la République et construit sur les apports de la foi chrétienne ne pouvait, au début du siècle dernier, rester inféodé à des notions immatérielles et spirituelles. La loi de 1905 instaura officiellement le principe de la séparation des Églises et de l'État et affirma en corollaire la liberté religieuse, la liberté d'exercice et la non-discrimination entre les religions. Ainsi la République ne reconnaissait, ne salariait, ni ne subventionnait aucun culte dans le cadre d'une laïcité proclamée.

Cette évolution fondamentale complétait le régime concordataire catholique et protestant institué par Napoléon Bonaparte sous le consulat et parachevé six années plus tard, sous l'Empire, par la reconnaissance du

1. Préambule de la Déclaration des droits de l'homme et du citoyen de 1789.

culte israélite exprimée à travers la création d'un consistoire central.

Ce processus historique, débouchant sur la laïcité, consacre et protège l'égalité de toutes les expressions religieuses, qu'elles soient traditionnelles à notre pays ou non. Peu de nations ont pris de tels engagements.

Cette laïcité désormais installée résonne aussi comme un questionnement essentiel sur l'utilité des religions, toutes les religions, dans l'organisation de notre collectif.

N'avons-nous pas récupéré et intégré dans notre démocratie la plupart des enseignements nécessaires au vivre ensemble que l'Église s'est efforcée de nous transmettre durant des siècles ? Une partie des commandements contenue dans les cinq premiers livres de la Bible (Pentateuque) sont désormais intégrés au Code pénal, « Tu ne tueras point », « Tu ne déroberas point », autant de crimes et de délits (avec bien d'autres) soumis désormais aux décisions de nos juges. Bien sûr, des adaptations rendues nécessaires par l'évolution du monde durent être arrachées au fil du temps à des doctrines théologiques en décalage. Il ne fut plus question de lapider les homosexuels ou les femmes adultères. L'interruption de grossesse, le mariage pour tous, la procréation médicalement assistée devinrent des droits, au grand dam de nos prélats toutes tendances confondues. Nous aspirâmes le meilleur des préceptes de notre substrat judéo-chrétien dans la douleur et le sang. Du massacre des premiers chrétiens dans les arènes romaines à celui de la Saint-Barthélemy, de l'éradication du catharisme à l'assassinat des huguenots de Sens, des tortures de l'Inquisition au procès de l'ordre de Templiers, de la traque des juifs marranes à la Shoah, nous baignâmes dans les mêmes bouillons fétides de cet extrémisme religieux qui réapparaît aujourd'hui sur nos sols. Au terme de processus douloureux, nous avons vaincu nos démons, car nous avons eu le courage de bouter les religions hors de notre organisation sociétale, et même s'il nous faut admettre que les préceptes de tolérance et de miséricorde qu'elles enseignent à titre individuel renforcent les valeurs de notre démocratie, nous les avons contraintes et assujetties au champ de l'intime et du privé, et notre survie démocratique nous commande qu'elles y demeurent définitivement. Non, décidément, les religions, toutes les religions ne servent plus à rien dans l'organisation de notre collectif.

Nous leur devons cependant une certaine reconnaissance. C'est grâce à leur apport que nos sociétés modernes se construisirent, et c'est exactement pour cette raison que nous ne pouvons pas permettre à un islam dégradé, rigoriste et intolérant, en retard sur son époque, de contester ces progrès, d'autant que l'histoire démontre qu'il n'en fut pas toujours ainsi.

Du début du VIIIe siècle jusqu'à la prise de Grenade par les troupes catholiques à fin du XVe, les musulmans administrèrent une grande partie de la péninsule ibérique. L'émirat de Cordoue, intégré au vaste ensemble Al-Andalus, partie européenne du Califat omeyyade, brilla par ses apports culturels (philosophie, littérature, architecture, arts) et scientifiques (astronomie, astrologie, mathématiques, médecine) et fit preuve de tolérance et respect vis-à-vis des autres communautés (juives et chrétiennes en particulier). Au déclin de la présence musulmane au sud de l'Europe correspondit une montée en puissance des Ottomans. Présents dans les Balkans dès 1354, ils mirent un terme à l'Empire byzantin par la prise de Constantinople un siècle plus tard. Leur avancée ne fut définitivement stoppée qu'en 1683 aux portes de Vienne. Les sultans successifs surent intégrer à leur propre culture les riches acquis de la civilisation byzantine. Les juifs séfarades et les morisques andalous poursuivis par l'Inquisition après la Reconquista des rois catholiques espagnols furent accueillis et intégrés dans les sociétés ottomanes.

Les religions, par convictions supérieures, n'eurent de cesse d'évangéliser, de convaincre, de soumettre. L'histoire encore une fois en offre de nombreux exemples. Le prophète Mohammed fut d'ailleurs autant un chef religieux, que politique et guerrier, et l'islam pensé comme religion ou civilisation n'a pas renoncé, à la différence des autres monothéismes, à une nature expansionniste, quitte à entrer en résonance avec les libertés et les principes de nos modes de vie actuels. Ainsi, en avril 2024, en plein cœur de Hambourg, un millier de personnes appartenant à une organisation proche des Frères musulmans tentaient de proclamer l'instauration d'un califat en Allemagne, ni plus ni moins.

En décembre 2023, l'IFOP fit paraître les résultats d'une enquête auprès des Français musulmans sur les questions de religion. 78 % du panel interrogé estimaient que la laïcité était discriminatoire envers les musulmans, 83 % plébiscitaient l'idée d'un menu confessionnel à la cantine de l'école publique et 72 % désapprouvaient l'interdiction des tenues traditionnelles islamiques en milieu scolaire. Concernant la création du monde, 76 % privilégiaient la religion au détriment de la science. La principale conclusion livrée par les analystes politiques de l'institut de sondage fut de constater que « la majorité de la communauté musulmane française échappait au mouvement de sécularisation affectant depuis des siècles le reste de notre société et que le haut degré de religiosité s'accompagnait d'un niveau très marqué de revendications et d'expressions religieuses dans la vie quotidienne (école, rue, sport) entrant en opposition frontale avec l'arsenal législatif et réglementaire actuel ». Ces réflexes comportementaux démontrent une distorsion évidente entre une grande partie des musulmans pour lesquels le cheminement vers une religion de l'intime détachée d'un pouvoir de régulation sociétale n'est pas abouti, et des pratiquants d'autres cultes ou athées ou agnostiques, qui ont intégré cette séparation indispensable à la sérénité de notre vie en commun.

Conscients de cette fracture et héritiers des modes à penser réformateurs s'efforçant de concilier les principes coraniques avec le monde moderne, à l'image de Sayyid Jamal al-Din al-Afghani (1838-1897) ou de son disciple Muhammad Rashid Rida (1865-1935), nombre d'intellectuels musulmans ont tenté, comme Malek Chebel, Omar Merzoug, Hakim El Karaoui, une approche résolument moderne essayant de tracer la voie d'un « islam des lumières », tolérant et positif, mais surtout capable de s'insérer dans le monde d'aujourd'hui et de demain.

Ce chemin de courage est difficile et semé d'embûches. L'hydre extrémiste ne renoncera pas si facilement, elle manie menaces et intimidations comme c'est le cas à l'encontre d'Hassen Chalghoumi, le très médiatique et chaleureux iman de Drancy avec qui j'ai eu plaisir d'échanger à plusieurs reprises. Le discours de modération est toujours moins aisé que la violence des insultes et des fatwas. La tempérance est d'autant plus remarquable qu'elle est quelquefois battue en brèche dans les écrits sacrés auxquels font référence les serviteurs des trois religions monothéistes. Lors d'un congrès de catholiques allemands en 2017, un évêque ultra-conservateur ne se priva pas de se référer au Lévitique, troisième livre de la Torah, condamnant à mort la pratique homosexuelle. Au mois d'octobre 2023, la reprise de certains hadiths appelant à tuer des juifs valut la garde à vue, dans le cadre d'une procédure judiciaire pour apologie du terrorisme, à un iman officiant dans le Gard. Dans son ouvrage *Le péril Dieu*, Tristane Banon affirme, exemples et citations sacrées à l'appui, que « toutes les religions sont sexistes ». Élisabeth Badinter développe cette évidence : « Que ce soit chez les juifs ou les musulmans la religion commande encore aujourd'hui que la femme soit conforme au statut de seconde, un statut inférieur à celui de l'homme. Les trois religions monothéistes sont à l'origine extraordinairement misogynes. »

L'égalité de la femme est à la fois la pierre angulaire de la construction de nos sociétés contemporaines et le marqueur principal des différences de vision entre archaïsme et modernité. Nos États motivés et/ou contraints par des groupes de pression de féministes se sont employés à faire disparaître les interdits politiques (absence de droit de vote, d'éligibilité, etc.) et sociaux (exigences vestimentaires, contraintes lors de certains emplois, interdiction de paraître dans certains lieux, etc.). Ces évolutions sont d'ailleurs applaudies dans le sondage cité plus haut par 84 % de femmes musulmanes françaises qui jugent positivement les expressions « droit des femmes » et « République ». C'est un signal encourageant au moment où les femmes iraniennes et afghanes risquent quotidiennement leur vie en se débarrassant de leurs foulards, de leurs voiles et autres oripeaux.

Par-delà l'aspect esthétique et vestimentaire, le port du voile est souvent un symbole politique. En France, la loi du 15 mars 2004 interdit le port des signes religieux ostensibles à l'école, le voile en particulier, et tout récemment l'abaya et le qamis. Celle de 2011 s'attaque plus précisément au port de la burqa en prohibant plus généralement la dissimulation du visage dans l'espace public. Ce furent en leur temps des décisions fortes, il ne manque plus que d'oser le courage de les appliquer sans faillir en ne se laissant pas influencer par les tenants d'un islam politique, renforcés dans le rôle des « idiots utiles » (expression attribuée à Lénine) par la traditionnelle nébuleuse antisystème partie prenante de tous les combats, y compris les plus suicidaires.

C'est en effet à travers ces signes extérieurs que s'expriment toutes les forces de revendication. D'abord une certaine gauche jadis républicaine, mais désormais rattrapée par les démons du wokisme, qui a abandonné son combat social en direction des plus défavorisés pour se confondre dans des batailles de minorités religieuses amalgamant immigration et confessionnalisme. La France insoumise ensuite, et toute la galaxie non parlementaire de l'ultra-gauche, défilant pour certains aux côtés de feu le CCIF (collectif contre l'islamophobie en France, mouvement dissout par le ministre de l'Intérieur), et des représentants d'un islam politique virulent. Cet extrémisme de pensée et d'action se niche aussi aux tréfonds de mouvements néo-féministes dévoyés jusqu'à « l'islamistophilie », prompts à oublier leurs convictions d'égalité quand il s'agit de porter la voix au bénéfice de musulmanes désirant s'émanciper (iranienne et afghanes en particulier) ou prestes à expulser de leurs manifestations (8 mars 2024) des femmes juives dénonçant les atrocités des terroristes du Hamas. Dans une tribune du *Figaro*, fin 2023, rédigée à l'initiative de l'institut Thomas More, des personnalités marquantes, Alain Finkielkraut, Élisabeth Badinter, Fadila Maaroufi, Michele Tribalat et bien d'autres, s'inquiétèrent de cette montée en puissance d'un islamo-gauchisme favorisé par une absence de réaction généralisée dans tous les domaines (cf. supra), « Parce que nous avons été tétanisés à l'idée que nous risquions d'être intolérants, nous avons toléré l'intolérable », écrivaient-elles.

Il a été longtemps de bon ton, pour ceux-là et leurs affidés syndicaux, médiatiques, associatifs, ONG et autres, sous prétexte de défense de minorités opprimées, d'épouser les causes de dangereux obscurantistes dont les intentions destructrices ripolinées sous des discours lancinants de respect des libertés fondamentales ne laissaient guère de doute sur leurs intentions finales.

De courageux hommes et femmes politiques dénoncèrent la supercherie. Une des premières fut Nathalie Kosciusko-Morizet, candidate malheureuse à la primaire de la droite en 2016. Elle s'en prit aux « idéologies salafistes radicales… le wahhabisme, le takfirisme ou le djihadisme ». Manuel Valls, Premier ministre d'alors, lui emboîtait le pas en déclarant devant l'Assemblée nationale : « Oui, le salafisme est une idéologie violente qu'il faut combattre. Elle a détruit et perverti une partie du monde musulman, […] nous devons protéger tous nos compatriotes musulmans, ou de culture musulmane, qui ont aussi peur et se sentent montrés du doigt. » L'une fut raillée par un quotidien orienté qui se concentra sur l'utilisation d'un terme inadéquat (takfirisme) plutôt que sur le fond du débat. L'autre, redevenu député en 2017, continua, un peu esseulé, j'en fus le témoin direct à l'Assemblée nationale, à porter ce combat contre un Jean-Luc Mélenchon et son groupe politique défenseurs de causes diamétralement opposées.

La prise de conscience d'Emmanuel Macron sur le danger d'un islam radical fut rapide, quoi qu'en dirent ultérieurement les commentateurs. En tant que secrétaire général adjoint du président Hollande et ministre de l'Économie dans le gouvernement Valls, il fut confronté indirectement à l'actualité terroriste de l'époque. Le 20 avril 2017, alors que tous les candidats à l'élection présidentielle étaient réunis lors d'une émission politique de France 2, je fus avisé d'un attentat islamiste contre les forces de l'ordre commis sur les Champs-Élysées. Un policier fut tué et d'autres grièvement blessés. Nous nous concertâmes brièvement avec le candidat et ses équipes, la menace était d'importance et je lui précisai qu'elle perdurerait. Il en était conscient et ne voulut pas mentir aux Français, en déclarant que ce type d'attaque « fera notre quotidien ces prochaines années ». Je fus satisfait de cette attitude responsable qui tranchait avec la position catastrophique de Jean-Louis Debré après l'assaut du RAID à Roubaix. Si, pour reprendre Albert Camus, « mal nommer les choses, c'est ajouter au malheur du monde », appeler le danger par son nom, c'est commencer à le combattre. Il me faudra néanmoins attendre jusqu'au début du mois d'octobre 2020 pour apprécier le discours des Mureaux d'un président combatif et fondateur dans la lutte contre la subversion islamiste. Tout y était : la défense de la laïcité, la liberté d'exercer le culte de son choix ou de ne pas l'exercer, la dénonciation du piège de l'amalgame, le danger d'une contre-société d'endoctrinement, l'égalité hommes-femmes. Pour la première fois, les ennemis de la République furent nommés clairement : wahhabisme, salafisme et Frères musulmans (visés à nouveau en mai 2024 par un rapport détaillé rédigé à la demande du gouvernement).

Lors de circonstances dramatiques, le courage des discours et des paroles a la vertu de souder les peuples autour de causes supérieures, mais l'effet est éphémère. Passé la magie des mots, chacun se retranche dans son camp, abandonnant la solidarité nécessaire à l'action. Ce fut le cas quand, à la suite des attentats du Bataclan et des terrasses, le président Hollande annonça son souhait d'inscrire dans la loi fondamentale la déchéance de nationalité pour les terroristes binationaux. Passé le moment d'émotion et les applaudissements du discours au Congrès de Versailles, accompagné d'une *Marseillaise* tonitruante, de trop nombreux parlementaires de droite (reniant leurs idées) comme de gauche (reniant leur chef) se gardèrent de prendre le risque politique d'apporter leur soutien au président de la République.

La diatribe des Mureaux se solda par le vote d'une loi (dite « loi sur les séparatismes ») s'attaquant résolument à bon nombre de perversions favorisant les radicalismes islamistes. Mais l'adoption en 2021 de mesures réglementant les financements occultes, les déviances au sein de l'école ou du sport, la mixité sociale, les associations, les discours de haine sur les réseaux sociaux, les dissolutions de mouvements religieux anti-républicains, ne fut pas un grand moment de communion : les oppositions de droite comme de gauche modérées et extrêmes, ne « manquant aucune kermesse » (Sylvain Tesson) dans l'immense lâcheté de leurs égoïsmes, refusèrent d'apporter leur caution au pouvoir en place.

Même si c'est ce moment précis qui scella définitivement mon désir de m'échapper de cette planète sans audace, je ne peux m'empêcher encore aujourd'hui d'espérer que le courage n'a pas totalement abandonné la sphère politique.

Les dangers perdurent, les effets qu'ils génèrent sont têtus, et il nous faudra à nouveau les affronter. Les événements et les drames subis, à défaut d'une vision stratégique s'appuyant sur une union sacrée des groupes politiques nous ont fait progresser dans les moyens mis en œuvre contre le djihadisme et le terrorisme. Nous nous sommes dotés du corpus de texte le plus répressif en Europe. Nos magistrats en ce domaine particulier (c'est une exception à souligner), s'appuyant sur des structures spécialisées d'enquête et de jugement, n'ont jamais eu la main tremblante. Nos services de renseignement, d'intervention et d'enquête ont été renforcés régulièrement par la volonté des gouvernements successifs. Ils coopèrent régulièrement avec leurs homologues étrangers même les plus improbables (algériens ou russes) tant la menace touche un nombre important de pays, y compris arabo-musulmans. Les résultats sont à la hauteur des attentes : nombre d'attentats ont été régulièrement déjoués. Je peux témoigner directement de l'arrestation de 180 terroristes en 2016 avec le RAID pour le compte des services anti-terroristes (SDAT) et de renseignement (DGSI). Plus proche de nous, le ministre de l'Intérieur faisait état en fin d'année 2023 de 43 attentats islamistes déjoués depuis sept ans.

Les résultats sont là, mais la menace demeure capricieuse, comme une mer australe tantôt étale tantôt battue par les grandes tempêtes, dont les déferlantes viennent chambarder les rivages les plus exposés. L'effroi passé, nos naïvetés et nos faiblesses réapparurent. Nous cédâmes à ce labour incessant des coalitions de bonnes âmes nous déclamant sous tous les tons que les enfants des combattants islamistes français n'étaient responsables en rien des actes de leurs assassins de pères. Nous les rapatriâmes, d'abord au cas par cas. Et bientôt cette conjonction de pseudo-bons sentiments fut étendue aux mères combattantes. Il valait mieux, entendait-on, les emprisonner dans la dignité en France que de les laisser dans des camps kurdes au Levant. On nous enjoint même de reprendre nos nationaux sur le point d'être libérés des geôles syriennes par les nouveaux maîtres de Damas. Pourquoi donc les faire revenir ? L'expérience m'a enseigné qu'en matière de violence, les femmes et en particulier les converties n'ont rien à envier à leurs compagnons. Soyez en sûr, il nous faudra les combattre à nouveau, car tôt ou tard au moins l'une d'entre elles s'illustrera tragiquement.

La dernière tourmente internationale apporta aussi son lot de périls. Au début du mois d'octobre 2023 au Proche-Orient, un flot de haine et d'horreur déferla sur Israël. Les terroristes du Hamas, dans une chevauchée destructrice et foudroyante, tuèrent, pillèrent, violèrent, torturèrent hommes, femmes, enfants, vieillards, un immense pogrom de plus d'un millier de victimes doublé d'une prise d'otages massive. La riposte, bien qu'immédiate, s'inscrivit dans le temps long : il s'agissait pour le gouvernement et l'armée de réduire à néant la menace islamiste du Hamas sur la bande de Gaza. Bon nombre de gouvernements de pays proches et moins proches, à défaut d'applaudir, comprenaient la manœuvre. Une démocratie, la seule de la région, ne pouvait se laisser éventrer de la sorte. Un peuple aux mille souffrances ne pouvait à nouveau, quatre-vingts ans après la Shoah, se laisser égorger ainsi. Une guerre s'engagea, totale et irrémédiable, contre le mal absolu, un combat difficile pour les soldats israéliens, meurtrier pour les populations civiles palestiniennes enserrées dans l'étau des belligérants et souvent prises en otage par des terroristes tentant lâchement (car le terroriste est toujours lâche) de garantir leur protection derrière le bouclier humain de civils désemparés. Au fil d'une offensive qui s'éternise, les visions se sont brouillées. L'exportation du conflit s'est caractérisée en Occident par des confrontations violentes sur la voie publique. Organisées par des partisans de la cause palestinienne souvent sincères dans leurs revendications, elles sont largement exploitées et manipulées par des ultras gauchistes, contribuant activement, sous couvert d'un antisionisme affirmé, à une montée d'un antisémitisme décomplexé. Loin de contribuer à régler une partie de notre problématique islamiste, la traque du Hamas s'est métastasée sur notre vieux continent. À la fin de l'année 2023, l'Allemagne, le Danemark et les Pays-Bas procédèrent concomitamment à l'arrestation de huit partisans de cette organisation soupçonnés de préparer des attaques sur leur sol. La crise au Proche-Orient a exacerbé les haines latentes et participe, selon les spécialistes du renseignement, à la métamorphose de certains militants de groupes islamo-politiques en possibles combattants du djihad. Ainsi, l'état actuel de la menace est au plus haut et on peut légitimement se demander si le conflit en cours ne favorise pas une atmosphère de désespérance « produisant » plus de terroristes qu'il n'en « élimine », et si il ne contribue pas, dans une ambiance politique et sociale détonante à accélérer des mutations dangereuses pour notre propre sécurité.

Les attentats perpétrés en Russie par l'État islamique au Khorasan, branche installée en Afghanistan et rayonnant sur toute l'Asie centrale, démontrèrent une fois de plus qu'aucun État n'était à l'abri des actions des fous de Dieu. L'État islamique est une nébuleuse à laquelle s'agrège un certain nombre de groupes aussi extrémistes les uns que les autres. Cette organisation créée en janvier 2015 est devenue particulièrement active au niveau international. Quelques voisins européens ont signalé des activités sur leur territoire, la France a déjoué début 2024 deux tentatives d'attentat et maintient une extrême vigilance sur les communautés issues des pays d'Asie centrale et d'Asie du Sud, tchétchènes, tadjik et caucasiens en particulier, auteurs des assassinats contre les enseignants Samuel Paty et Dominique Bernard. Ces actions démontrent qu'aucun pays n'est protégé de cette folie meurtrière, ni les démocraties où nous vivons, ni les autocraties les plus implantées comme la Russie ou la Turquie, ni les pays arabo-musulmans. Dans la radicalité, la surenchère est de mise, la magie de la haine fait qu'on trouve toujours plus radical que soi, l'État islamique au Khorasan en est la démonstration la plus impitoyable, lui qui a conduit ces dernières années près d'une centaine d'actions meurtrières contre… les talibans. Ces luttes intestines, auxquelles se rajoutent les haines ancestrales entre sunnites et chiites, ou plus récentes entre Al-Qaïda et Daesh, ne sont pas seulement l'expression d'une piété plus affirmée, elles sont surtout la démonstration de luttes de pouvoirs, de conquête (quelquefois territoriales) et de suprématies. Il serait pourtant dangereux de croire que ces dissensions fragmentent les risques qui menacent notre pays. Bien au contraire, une partie de cette surenchère entre groupes rivaux se joue sur notre territoire. Les auteurs de l'attentat de *Charlie Hebdo* se réclamaient d'Al-Qaïda au Yemen, celui que nous avons neutralisé à l'épicerie casher de la porte de Vincennes se revendiquait de Daesh. Ils avaient pourtant uni leurs forces au même moment pour des motifs identiques, se retrouvant dans une abhorration similaire de notre pays et de son peuple.

Car les peuples aussi sont visés. Les infidèles, les mécréants, les kouffars, tous ceux qui n'entrent pas dans le grand champ de l'oumma (communauté des musulmans à travers le monde), sont promis par le Coran, dans sa lecture littéraliste, à des punitions post-mortem et par certains groupes à des promesses de mise à mort.

Ainsi le champ du péril ne laisse-t-il d'autre choix que le combat par tous les moyens et dans tous les domaines. Le courage de ne plus se mentir nous impose de renforcer nos systèmes de protection, aux premiers rangs desquels ceux de notre police et gendarmerie, de notre justice, de nos services de renseignement et d'enquête, de notre coopération internationale opérationnelle et analytique, de nos services de lutte contre les cyber-attaques, de nos armées qui agissent sur les théâtres extérieurs pour éviter le chaos en interne.

Mais ce n'est pas suffisant, la menace nous oblige à un positionnement et une riposte collectifs. D'abord politique, avec une union de nos représentations, toutes opinions confondues, convaincues de nos valeurs républicaines et du recul sociétal que représenterait leurs pertes.

Porter plus fort et plus haut la voix de notre démocratie doit aussi être érigé en priorité par tout ce que notre monde moderne compte de portefaix d'influence, continuer à désigner les ennemis, ne pas laisser retomber le message des Mureaux contre ces salafistes transmetteurs de haine, ces waabistes charrieurs d'intransigeance, ces Frères musulmans inspirateurs de violence. Porter le combat sociétal en réaffirmant encore et toujours que notre république garantit la libre pratique des cultes, de tous les cultes à condition que leur influence ne dépasse pas la sphère de l'intime. Lutter contre l'islamisme n'est pas suffisant, il faut dénoncer aussi dans notre corps social, dans nos sphères d'influence, dans des mondes politiques, syndicaux, associatifs, universitaires, intellectuels, des ONG et autres, une tendance morbide et autodestructrice à « l'islamistophilie ».

Il y a aussi une crise d'identité profonde de l'islam : une bataille entre un islam favorable à la construction d'une communauté mondiale conquérante, laissant une ouverture aux tentations radicales, et un islam de France éclairé et compatible avec nos modes de vie modernes et les règles de la république. En réalité, le choix n'est pas une option, notre évolution vers la sécularisation est sans retour, mais le cheminement vers un islam des lumières doit être protégé, accompagné, expliqué et rassurant. L'islam de France doit être pris en compte par les musulmans français, c'est entre autres le sens de la décision du gouvernement de ne plus accepter des imams envoyés et rémunérés par d'autres pays.

Le courage de ne plus se mentir doit enfin triompher au sein même de notre école laïque et républicaine, celle qui éduque gratuitement tous les enfants de la même manière, quelles que soient leurs origines, celle qui scelle dans l'esprit des tous jeunes l'égalité parfaite entre une petite fille et un petit garçon, celle qui ne permet pas aux signes religieux ostentatoires de pénétrer l'espace public, celle qui interdit voiles, abayas, mais aussi kippa et croix apparentes. Plus que tous les autres moyens de lutte contre l'abject, c'est cette éducation-là, c'est ce courage-là qui permettront sans aucun doute à mes successeurs à la tête du RAID de ne pas devoir franchir à nouveau le seuil de l'enfer.

Chapitre 2

La guerre à nos portes : le courage d'ouvrir les yeux.

Un peu plus de quatre-vingts ans après le constat de Marc Bloch, l'histoire semble se répéter. Les erreurs du passé doivent éclairer notre chemin, elles sont notre atout majeur pour éviter la débandade et les infamies jadis vécues, encore faut-il avoir le courage de garder les yeux ouverts, de ne pas nier une évidence qui nous renverrait à un imaginaire terrifiant.

La plupart des combattants contre la peste brune nazie ne sont plus là pour trembler devant la réapparition de la guerre. Les générations suivantes, orientées sur des problématiques du monde moderne (réchauffement climatique, égalité des sexes, transidentité et transgenre, sécurité, immigration, terrorisme et autres), n'avaient ni imaginé ni perçu le retour d'une telle conflagration aux portes de notre vieille Europe. L'attitude la plus répandue dans les opinions publiques à l'ouest de l'Union européenne semble être, pour le moment, un scepticisme proche du déni. Les anciens pays du bloc de l'Est furent dès le départ plus réalistes, tant ils ont déjà donné, naviguant pendant plus de quarante ans dans les eaux tumultueuses du communisme soviétique, contraints de vivre sous le joug de ce totalitarisme brutal. À deux pays près qui font figure d'exception (la Hongrie et dans une moindre mesure la Slovaquie), ils rejettent tout rapprochement contraint ou plus consensuel avec leur grand voisin russe, ils se montrent intraitables, déclarant préférer croiser le fer plutôt qu'entamer, concernant la guerre en Ukraine, une négociation qui ne leur garantirait qu'un avenir incertain dans une ambiance de peur d'invasion permanente.

L'individualisme forcené qui caractérise nos modes de vie, l'envie de se préoccuper de son seul bien-être, ne permirent pas une perception aiguë du nouveau danger que représentait ce conflit russo-ukrainien. Le théâtre de ce drame, faute de proximité, ne retint pas notre attention. La guerre ça n'est pas sérieux, ça n'est plus dans l'air de temps, c'est définitivement dépassé. Quant à l'Ukraine, on la percevait comme une pseudo-démocratie hésitante et lointaine. Au regard de ces clichés, il nous fut aisé d'appliquer à ce conflit les codes que nous avions expérimentés dans les années 1990 quand les combats faisaient rage entre les nouvelles nations issues du déchirement de la Yougoslavie, ceux-là mêmes qui nous avaient déjà à l'époque rendus sourds et aveugles à la détresse des peuples. L'argumentaire traditionnel réapparut : c'est un problème entre eux, c'est ethnique, il ne faut pas s'en mêler.

L'histoire de cette région aux bouillonnements incessants aurait dû orienter vers plus de profondeur d'analyse. Le peuple ukrainien, après une longue période d'inféodation lituano-polonaise au nord et turco-tartare au sud, se retrouva à l'entrée du XXe siècle intégré pour une majeure partie de son territoire à l'Empire russe, le reste demeurant sous administration de l'Empire autrichien. Le mouvement d'industrialisation de l'époque favorisa la migration et l'implantation d'une forte communauté russe majoritaire dans les villes. Les Ukrainiens de souche, essentiellement paysans, demeuraient quant à eux attachés à leurs terres et leurs campagnes. La guerre mondiale et la révolution bolchevique de 1917 signèrent le glas des Empires russe et autrichien et scellèrent la première indépendance de la république d'Ukraine. Elle devint en 1922 République soviétique socialiste d'Ukraine et fut intégrée à l'URSS, conservant cependant une certaine autonomie. La période stalinienne consacrera une croissance industrielle (métallurgie dans l'est), énergétique (barrages hydrauliques sur le Dniepr) et minière (dans le Donbass). Ce développement économique ne fit qu'accroître la convoitise du pouvoir moscovite, conduisant à une nouvelle politique d'ethnicisation russe, ainsi qu'aux arrestations et éliminations des intellectuels par la police secrète. La disparition de quatre millions de paysans lors de famines organisées en 1933 et 1947 (*holodomor*) marqua la soumission définitive aux valeurs du soviétisme impérialiste. Lors de l'invasion nazie de juin 1941, puis de la période d'occupation qui suivit, une fraction importante de la population exaspérée par la répression continuelle rejoignit les troupes allemandes tandis qu'une autre partie s'enrôla dans l'Armée rouge. La fin de ce second conflit mondial se solda par la saignée de près de huit millions de pertes humaines civiles et militaires. La dislocation de l'Union soviétique à la fin de l'année 1991 libéra l'Ukraine de son joug et la précipita vers la deuxième indépendance de son histoire. Depuis cette époque et jusqu'à l'agression russe en Crimée en février 2014, l'histoire politique de cette jeune et très imparfaite démocratie balança entre deux attirances opposées : l'Est se tournant vers son historique et impétueux voisin Russe, l'Ouest vers l'Union européenne et ses promesses d'un mode de vie occidental plus respectueux des désirs des nations et des populations.

La fin du mois de février 2022 mit un terme définitif à ces atermoiements : la Russie envahissait la province du Donbass, déjà aux mains de séparatistes alliés, et orientait ses troupes vers Kiev en prétextant une opération spéciale de « dénazification ». La majorité des services de renseignement occidentaux, à l'exception notable des Américains, fut incapable d'anticiper ce déclenchement des hostilités.

Pourtant, des signes avant-coureurs avaient témoigné de la détermination des dirigeants russes à l'égard de leurs anciennes républiques en même temps qu'ils jaugeaient la capacité de réaction des Occidentaux à se porter au secours des pays menacés. Dans le courant de l'année 2008, les troupes russes renforcèrent les milices séparatistes de l'Ossétie du Sud et de l'Abkhazie qui s'opposaient alors violemment à l'armée géorgienne. Le conflit se solda par une défaite rapide de la Géorgie et une indépendance de ces deux provinces garantie par la présence définitive de leur nouveau protecteur sur leur sol. La France, exerçant à ce moment précis la présidence du conseil de l'Union européenne, entérina ce nouveau tracé de frontières lors d'un déplacement officiel du président Nicolas Sarkozy à Tbilissi.

À la fin de l'année 2013, le gouvernement ukrainien, pro-russe, refusa de ratifier l'accord d'association avec l'Union européenne au profit d'un traité avec Moscou. Cet énième retournement géostratégique poussa des milliers de manifestants dans les rues. L'ampleur de cette « révolution de la dignité » (euromaïdan) accula les responsables du pays à la démission et à la fuite. À la fin du mois de février 2014, des troupes officiellement non identifiées venant de Russie renforcèrent notablement les milices séparatistes de la Crimée et des provinces du Donbass. À la suite d'un référendum local, la population criméenne, majoritairement russophone, se prononça pour un rattachement immédiat à la fédération russe. L'annexion fut actée malgré les protestations internationales, tandis que dans l'est du pays fleurirent des républiques autoproclamées, elles aussi à forte identité russophone. Après huit années de guérillas incessantes entre l'armée régulière d'Ukraine et les insurgés du Donbass, le président russe Vladimir Poutine annonça la reconnaissance des républiques séparatistes le 21 février 2022. Deux jours plus tard, les armées russes pénétrèrent à l'est du territoire ukrainien. Débuta alors un conflit baptisé par le Kremlin « opération spéciale » et qui n'est autre qu'une guerre de conquête dans la droite ligne des conflits traditionnels européens des siècles précédents, reprenant les mêmes prétextes des minorités sœurs auxquelles on se devait de porter secours, quitte à annexer des territoires entiers de pays voisins. Les nazis, comme bien d'autres avant, nous avaient déjà servi pareille soupe. Ce mouvement pangermaniste fut fatal à l'Autriche annexée dans sa totalité (*Anschluss*), à la Tchécoslovaquie (province des Sudètes), à la Roumanie (Transylvanie par l'intermédiaire de la Hongrie alliée de l'Allemagne), à la Pologne (Haute-Silésie), aux États baltes (Prusse orientale) et même à la France (Alsace-Lorraine).

Le monde entier resta les yeux rivés sur les défenses ukrainiennes, ne pariant pas un rouble sur une résistance supérieure à quelques jours, se demandant même si après l'Ukraine, l'ogre russe grisé par un succès potentiel n'allait pas avaler tout ce que l'Europe compte de pays abritant des communautés russophones (la province moldave de Transnitrie en particulier), et tenter de recréer une unité territoriale avec sa province de Kaliningrad située entre la Pologne et la Lituanie, absorbant au passage un ou plusieurs États baltes. Divine surprise, l'armée de Kiev ne l'entendait pas ainsi. Habituée à la belliqueuse obstination de son ennemi, elle avait préparé ses troupes et ses populations au pire. La résistance fut héroïque et organisée, empêchant un déferlement rapide. La nation ukrainienne, portée à la méfiance par des années de conflit larvé dans le Donbass, fit corps et la mobilisation des populations à l'avant et à l'arrière du front favorisa un sursaut salvateur et bienvenu.

Cette opposition inespérée renforça quelque peu le moral des pays voisins, ruinant ainsi les espoirs du maître du Kremlin dont une part de la stratégie reposait sur l'absence de réaction de la vieille Europe. Le scénario allemand de la fin des années 1930 ne se reproduisit pas, les gouvernements de l'Ouest réagirent d'un seul bloc, envoyant rapidement des premiers lots d'armement, décrétant une première série de sanctions économiques, organisant le recueil et la répartition dans des pays amis des femmes et enfants fuyant le champ de bataille. Les années COVID et une certaine habitude de gestion concertée des crises étaient passées par là, favorisant des réflexes de collaboration.

Les anciennes constatations de Marc Bloch ne semblaient plus d'actualité, du moins lors de ce premier acte. Mais le récit déjà long de plus de trois années est loin d'être clos et durera sans doute encore longtemps. La difficulté dans notre univers d'impatience et d'immédiateté consistera d'ailleurs à tenir nos engagements sur le temps long en dépit du retrait des États-Unis. Les États autoritaires se soucient généralement peu de leur opinion publique, ils se soumettent peu au verdict supérieur des résultats d'élections libres. Les démocraties, au contraire, se doivent de respecter les choix des populations et de composer avec les dirigeants librement choisis par les électeurs. C'est toute la difficulté à laquelle les États membres de l'Union européenne sont confrontés depuis l'arrivée au pouvoir de Donald Trump peu préoccupé par les intérêts du vieux continent. Et ce n'est pas une surprise.

Installé une première fois à la Maison-Blanche dans les années 2020, il avait déjà lancé une mise en garde claire aux Européens, déclarant à la présidente de la commission Ursula von der Layen : « Vous devez comprendre que si l'Europe est attaquée, nous ne viendrons jamais vous aider et vous soutenir », avertissement complété par une démangeaison constante de mettre fin à l'engagement de son pays au sein de l'Organisation du traité de l'Atlantique Nord (OTAN).

Ce puissant organisme mis en place à la fin des années 1940 est une considérable coalition militaire composée de trente et un membres du bloc européen, ainsi que du Canada et des USA. Cette alliance atlantique se veut uniquement défensive, l'article 5 du traité faisant obligation à tous les membres d'intervenir pour aider en cas d'agression armée contre un des membres. Les USA, un des pays initiateurs au début de la période de guerre froide, en sont le membre et le contributeur le plus influent. D'évidence, leur retrait, envisagé par Donald Trump, bouleverserait instantanément l'ordre mondial. La disparition de cette présence tutélaire et l'onde de choc provoquée par cet affaiblissement majeur auraient sans doute des conséquences délétères, entraînant des exigences nouvelles de la Turquie, autre membre puissant mais turbulent, et dont les gouvernants, repliés sur des influences géopolitiques impériales, sont de plus en plus en conflit avec les valeurs du monde occidental, au point qu'on peut craindre un possible retournement d'alliance.

L'Union européenne et ses quelques alliés extérieurs se trouve donc à la croisée des chemins. Les dangers imminents l'obligent à repenser son système de défense pour ne compter que sur elle-même. Le traité de Lisbonne, entré en vigueur à la fin des années 2000, prévoyait, dans le cadre d'une nouvelle politique de sécurité et de défense commune (PSDC), une clause d'intervention immédiate au cas où un pays membre ferait l'objet d'une agression extérieure. Malgré ce nouveau cadre, le conflit en cours rebat les cartes en mettant l'Union face à sa solitude et ses responsabilités. Si les obligations contractuelles sont clairement définies, encore faut-il que cette alliance occidentale politique, économique, monétaire et sanitaire se transforme en une vraie puissance militaire et stratégique capable de s'émanciper et/ou de remplacer son allié américain, conformément aux vœux exprimés par Donald Trump.

Jusqu'à présent, l'Union européenne s'est rassemblée autour d'une politique de résistance face au prince (tsar) de Moscou. Elle a déployé une politique de sanctions économiques volontaristes, même si les résultats demeurent peu spectaculaires. Cette détermination s'est affichée aussi par une aide importante en moyens militaires, ainsi qu'une coordination et une complémentarité dans la distribution des matériels et des équipements.

L'Allemagne, géant économique et industriel, mais nain diplomatique et militaire, décida, face à l'affolement des hauts responsables de ses états-majors, de se réarmer le plus rapidement possible. Un budget exceptionnel d'une centaine de milliards d'euros vint en renfort salutaire de cette prise de conscience. D'autres pays suivirent, à commencer par ceux situés en première ligne, les trois pays baltes et la Roumanie. La Pologne, inquiète depuis l'invasion de la Crimée, était déjà sur une trajectoire de réarmement. Elle ambitionne de monter le budget de sa défense à hauteur de 4 % de son PIB et devenir ainsi la première armée de l'UE en effectifs et en moyens.

Pays limitrophe de la Russie, la Finlande durcit à son tour le ton en renforçant sa frontière est. Traditionnellement neutre, elle vient d'obtenir son ticket d'entrée dans l'Alliance Atlantique. De même que la Suède, son voisin proche qui a aussi fait bondir son budget militaire, encouragé par un Premier ministre inquiet et affirmant qu'« il pourrait y avoir une guerre en Suède », faisant ainsi écho aux déclarations du commandant en chef de ses forces armées : « La guerre de la Russie contre l'Ukraine est une étape et non un objectif final. Son objectif est d'établir une nouvelle sphère d'influence et de détruire l'ordre mondial établi. »

La France n'y échappe pas. Le budget du ministère de la Défense atteint 2 % du PIB et la loi de programmation militaire votée en 2024 prévoit 400 milliards de dépenses sur sept années. Malgré les vicissitudes politiques et budgétaires de l'après-dissolution de l'Assemblée nationale, cette trajectoire semble être maintenue.

Par-delà cette attitude concordante mais individuelle des pays, c'est bien une politique globale qui est envisagée par l'Union européenne. C'est la recherche d'actions conjointes, de plans collectifs, de financements communs qui est désormais ambitionnée. Cette action efficace ne peut passer que par la mobilisation de nos industries de défense irriguant des projets communs de conception et construction de matériels novateurs directement en lien avec les besoins de terrain exprimés par les professionnels.

Face au danger, cette trajectoire n'est plus une option, nos décideurs nationaux et européens se doivent de penser avec courage et d'agir avec vigueur. Il leur est demandé le courage politique de la lucidité, et la force de caractère d'imposer un passage à l'acte.

La France ne fut pas en reste, elle s'est toujours voulue le moteur européen d'une défense autonome. Nos armées s'organisèrent en se convertissant aux nouvelles donnes des dangers émergents. Quelque temps après sa prise de fonctions, le nouveau chef d'état-major, le général Thierry Burkhard, livrait une analyse réaliste et, en accord avec celle du pouvoir politique, des nouveaux engagements et de la nécessité de s'y préparer. Cette optique poussa progressivement à abandonner les théâtres d'opérations extérieures de l'Afghanistan et de la plupart des pays africains du Sahel. Elle obligea nos militaires à repenser nos modalités de projection pour se concentrer sur des possibilités de conflits continentaux et envisager, compte tenu de la puissance de l'ennemi potentiel, des actions en collaboration avec des partenaires plutôt qu'en faisant cavalier seul, comme cela était pratiqué jusqu'alors.

L'auteur de *L'étrange défaite* ne fut pas tendre dans ses écrits avec les hauts gradés de l'armée française et les cadres du ministère de la Défense à la fin des années 1930. « Nous venons de subir une incroyable défaite, écrivait-il, à qui la faute ? Au régime parlementaire, à la troupe, aux Anglais (dont le repli sur Dunkerque sonnait comme une trahison), à la cinquième colonne, répondent nos généraux. À tout le monde en somme, sauf à eux [les généraux]... » La moitié de son récit met en accusation une nomenklatura militaire vieillissante, incapable de sortir des schémas tactiques de la Grande Guerre, où ils opérèrent souvent brillamment comme commandants ou colonels. Devenus généraux, ils se montrèrent incapables de s'adapter au rythme soutenu des nouveaux conflits et « ne cessèrent de bâtir plusieurs mesures de retard. Notre commandement était un commandement de vieillards. » Déjà général en 1916, Gamelin, artisan de notre défaite en 1940, avait-il encore la lucidité nécessaire plus de vingt ans après la Grande Guerre ?

L'équation ne se calcule plus aujourd'hui avec les mêmes paramètres. La déclaration récente du chef d'état-major relayée par d'autres caciques militaires prouve que la vision des opérationnels de la chose guerrière concorde globalement avec les inquiétudes des décideurs politiques. Mais si les analyses sont communes, il convient d'aligner et de faire coïncider les expertises avec la vision globale, et dans ce domaine c'est aux professionnels d'éclairer et d'agir. Ils se doivent de rendre compte d'un état des lieux le plus honnête possible : de quoi manque-t-on ? quelles sont les priorités ? Et de formuler des suggestions pour améliorer l'existant en développant tous les détails afin d'appliquer au mieux la stratégie politique décidée.

La stratégie fut justement élaborée au niveau le plus haut. « Nous ne pouvons laisser la Russie gagner même si cela nous coûte », martela le président de la République. Les chefs d'État prirent leurs responsabilités. L'effort fut massif et continu, est-il pour autant suffisant ?

Visiblement non, et les autorités s'en inquiètent. À l'échelle des nations de la vieille Europe, les gouvernements impulsent une volonté martiale à leurs militaires et leurs industries d'armement. Rien ne sera possible sans un effort exceptionnel, même si pour l'instant aucune nation occidentale n'a basculé totalement en économie de guerre, malgré quelques déclarations tendant à le faire penser (à terme, le budget de la défense augmenterait à hauteur de 5 % du PIB). Les évolutions, pourtant, ne trompent pas. Les Forges de Tarbes ont triplé en peu de temps leur production d'obus de 155 millimètres, ceux-là mêmes qui alimentent les redoutés canons CAESAR destinés en partie à l'Ukraine, dont la fabrication a connu la même tendance évolutive. D'autres secteurs (blindés légers, missiles de moyenne et longue portée, bombes guidées, matériels de protection, etc.) suivent de près les mêmes progressions, sous l'impulsion d'un président français exhortant les industriels à monter en puissance. « Il ne faut plus jamais se satisfaire de délais de production qui s'étalent sur plusieurs années », martèle-t-il régulièrement. Le même se proclame chantre d'une souveraineté européenne à conquérir face à la Russie, la Chine, et désormais les USA, et propose un financement de nos capacités de défense de plusieurs milliards d'euros par l'émission d'emprunts communs (eurobonds) selon le modèle inscrit dans le plan de relance post-COVID. L'ancien commissaire européen au marché intérieur,

Thierry Breton, ne disait rien de moins quand il prônait l'instauration d'un fonds commun de cent milliards d'euros pour augmenter significativement la capacité de production de matériel de défense, et pour gagner du temps, il n'hésitait pas à mobiliser la FEP (facilité européenne pour la paix), instrument financier intergouvernemental destiné à contourner le contrôle budgétaire européen.

Ainsi peut-on légitimement s'accorder sur le fait que face à une crise d'ampleur inégalée, mettant en cause la paix et le fondement même de nos manières de vivre, nos dirigeants eurent le courage de la lucidité et la volonté de ne pas réitérer les lâchetés du passé.

Au-delà de cette certitude, cette crise révéla une conscience politique accrue au sein de la communauté européenne. La manœuvre ne fut pas sans sacrifice ; l'approvisionnement de gaz russe fut drastiquement réduit, ce qui provoqua des pénuries, des tensions et des augmentations folles des prix sur le marché de l'énergie. En un peu plus d'une année, il fallut que l'Europe réinventât sa politique énergétique, profitant de la crise pour accélérer ses investissements dans des productions électriques décarbonées (éolien, hydraulique, solaire et nucléaire). Elle lutta aussi par des boucliers tarifaires contre une dérive des prix de consommation courante et d'équipement. Pendant un temps, cet alibi à la hausse remarquable de la cherté de la vie nous fut servi sans retenue : des andouillettes au foie gras tout semblait provenir d'Ukraine. Touchés au portefeuille, les Français gérèrent au jour le jour leurs problématiques personnelles les yeux rivés sur un niveau de vie devenu préoccupant pour les moins aisés d'entre eux. Le retour d'une l'inflation significative et de son cortège de difficultés faisant bondir un taux de pauvreté jusque-là maîtrisé détournèrent leur attention immédiate de la menace d'une guerre dont la généralisation ne les préoccupait pas. Une absence de prise de conscience qui scellait la différence d'appréciation fondamentale entre des dirigeants politiques inquiets et une opinion publique orientée essentiellement sur l'âpreté de ses conditions de vie au jour le jour.

Absence d'analyse de la situation, refus de voir la réalité au-delà des préoccupations individuelles, auto-persuasion de l'impossibilité d'un embrasement de notre monde moderne sur notre territoire, incrédulité et scepticisme, le constat de Marc Bloch s'imposait à nouveau, avec cependant une différence de taille : cette cécité ne voilait pas la vision des gouvernements et des décideurs, mais impactait profondément le discernement d'une grande partie des peuples des nations européennes, au premier rang desquels la population française et toutes ses formes de représentativité et de porte-parolat.

À la fin des années 1930, l'auteur de *L'étrange défaite* nous décrivait la mentalité de la population française non seulement comme peu propice au conflit armé (qui le serait ?), mais surtout comme passive et peu encline à faire preuve d'une quelconque résistance face à un pacifisme de bon ton exprimé ou suggéré. Les organisations syndicales d'alors, ancrées dans des luttes interminables, cédant à leur culture marxiste et leurs traditions, orientèrent l'intérêt des opinions vers des problématiques d'injustice sociale réelle ou exagérée qu'il convenait de corriger en s'engageant dans des combats, des manifestations et des grèves incessantes. Les menaces de conflit avec le grand pays voisin ne furent considérées que comme des contre-feux allumés par le pouvoir et le patronat pour détourner les travailleurs de la seule confrontation qui compte : celle des droits sociaux à acquérir. Ce faisant, ces porteurs de voix particulièrement efficaces contribuèrent à minimiser le danger extérieur et installèrent dans les esprits une passivité coupable. « Ils disaient que le capitalisme français était dur à ses serviteurs et ils n'avaient certes pas tort. Mais ils oubliaient que la victoire des régimes autoritaires ne pouvait manquer d'aboutir à l'asservissement presque total de nos ouvriers. Ils proclamaient que la guerre est affaire de riches et de puissants à laquelle le pauvre n'a pas à se mêler. » (Marc Bloch, *L'étrange défaite*)

Leur responsabilité fut lourde à la veille de la défaite. « Comme la parole qu'ils prêchaient était un évangile d'apparente commodité, leurs serments trouvaient un facile écho. » Ils participèrent à cet effacement de la vigueur des âmes qui conduit au désarmement des bras. Aujourd'hui, certaines centrales, héritières directes de ces aïeux, s'orientent vers des revendications plus sociétales que sociales, trouvant à juste titre inadmissibles les violences sexistes et sexuelles, ou la dégradation de notre environnement, mais investissent également trop souvent leurs énergies dans une lutte politique contre tous les gouvernements successifs sur fond de contestation des lois sur l'immigration ou sur l'utilisation de l'article 49-3 au sein de l'Assemblée nationale. Ne voient-elles pas les dangers internationaux autrement qu'à travers un prisme qui a entraîné par le passé certains au défaitisme quand ce ne fut à la collaboration ?

Marc Bloch est tout aussi remonté contre l'inaction du monde politique et parlementaire. Les thuriféraires virulents de l'extrême droite se revendiquant d'un patriotisme musclé et d'un antisémitisme enraciné n'eurent de cesse, à la veille du conflit, de s'opposer par le discours au germanisme conquérant de nos voisins. Mais dès les premiers coups de canon, ils prirent grand soin de ne pas se confronter et rejoignirent avec une rapidité consternante les phalanstères de l'État vichyste. Toute honte bue, ils décidèrent, sans doute en guise d'auto-rémission, de rejoindre les ennemis de la veille dans un combat commun pour un ordre nouveau national et international, contre le bolchevisme, la franc-maçonnerie et les juifs. L'Action française et les ligues se coulèrent avec délectation dans le ruisseau du pouvoir nouveau, peu leur importait qu'il fût sous tutelle de l'ennemi. Plus le discours avait été viril et violent, plus la collaboration fut servile et déshonorante.

À l'extrême gauche, le parti communiste français n'en fit pas moins. Contenus jusqu'en juin 1941 par le pacte de non-agression germano-soviétique, les camarades de l'Internationale, là aussi à quelques exceptions près, composèrent avec l'occupant, quand ils ne dénoncèrent pas les anciens ministres juifs (Georges Mandel).

Ce sont autant de leçons de l'histoire à méditer aujourd'hui même alors qu'un certain nombre de nos leaders de partis extrêmes couvent d'un regard enamouré Vladimir Poutine et Donald Trump.

L'arrivée au pouvoir de populistes sonnerait à coup sûr le glas de la résistance française à la guerre d'annexion de l'Ukraine et favoriserait le champ des possibles concernant l'extension du conflit. Une fois de plus, les tenants de discours virils et guerriers intransigeants semblent prêts aux compromissions les plus dangereuses pour notre nation. L'absence de vision est leur marque de fabrique, le courage leur vertu manquante. Ils se dissimulent l'un et l'autre sous le verbe et l'apostrophe, accusant leurs adversaires de leurs propres faiblesses.

Sans doute, comme la plupart de nos concitoyens, placent-ils une confiance aveugle en la capacité de notre pays à ne pas sombrer. Cela part plutôt d'un bon sentiment, à condition de faire les efforts nécessaires et de prendre les décisions correctes pour aider moralement, matériellement et politiquement la nation à résister. Ce ne fut pas le cas à la fin des années 1930 et ce ne le sera pas non plus demain en l'absence d'une prise de conscience du danger et du sursaut préalable à tout esprit de résistance.

Sombrer ? Impossible pour la France, dites-vous ? Écoutez le témoignage de ce résistant, ce déporté et ce redoutable soldat Hélie Denoix de Saint Marc *(Les champs de braises)* : « J'ai vu la grande France s'écrouler en quelques semaines. Je ne l'ai jamais oublié. Prenez les puissants d'aujourd'hui, toujours entre deux avions privés et trois conseils d'administration, avec des rémunérations faramineuses. Leur monde peut imploser en quarante-huit heures. Et combien d'entre eux se réfugieront sous la table, tremblants de peur, à essayer de sauver leur peau ? »

La magie de la technologie des temps présents illumine notre quotidien d'une information continue dans les domaines les plus divers. L'accès aux données librement consultables sur iPhone nous permet de vérifier, croiser, confronter des avis, des opinions, des renseignements, et de renforcer notre réseau de connaissances. Ces approches diversifiées et cette pluralité d'analyse éloignent les dangers d'une communication confisquée par des organisations politiques, syndicales et médiatiques comme le dénonçait Marc Bloch. Mais des dangers majeurs sont apparus rapidement, contrebalançant les avantages de cette instantanéité. Dans l'infobésité de la matière qui nous est délivrée à flot continu, il est difficile pour le nouveau type de consommateurs que nous sommes d'en extraire la substantifique moelle et de faire la part du faux et du vrai afin de nous forger un avis pertinent. Cette addiction est soigneusement cultivée par des algorithmes sélectionnant les sujets de nos lectures après analyse de nos préférences et nous enfermant à terme dans des domaines très contingentés.

Dans ce contexte de mondialisation d'une information orientée, les analyses judicieuses et approfondies de la situation au Donbass ou en Crimée ont peu de chance de parvenir aux populations les plus à l'ouest de l'Europe. L'individualisme forcené de notre période, renforcé par la crise de la COVID, se nourrit aussi de cet enfermement intellectuel et de cette dépendance aux réseaux sociaux. Cette absence d'ouverture s'avère sélective, certains thèmes étant préférés à d'autres. Les sujets sur le climat, la protection de la planète, le bien-être animal, l'identité de genre, etc. se substituent à tout autre type de préoccupation.

Mais l'Histoire nous démontre que rien n'est jamais figé. L'attitude générale d'indifférence peut se muer au gré des hasards, des batailles et des avancées menaçantes en prise de conscience. Si le pays ou un de ses voisins est attaqué, le jeu des alliances exigera un surplus d'âme et le retour d'une valeur cardinale indispensable en période de conflit.

« De toutes les vertus, la plus importante me paraît être le courage… les courages. Et pratiquer ce courage, ces courages, c'est peut-être cela "L'Honneur de Vivre". » (Hélie Denoix de Saint Marc)

N'en déplaise à certains intellectuels qui, à l'image d'Emmanuel Todd, jugent l'opposition à la Russie « moralement douteuse », nous devons armer psychologiquement nos populations afin qu'elles se préparent à une dégradation de la situation. Et s'il est indispensable de tout faire pour éviter cette escalade, se tenir en appui de l'Ukraine et pérenniser aux côtés de nos voisins notre effort de guerre demeure l'attitude la plus responsable, y compris pour travailler à la construction d'un compromis ultérieur. Mais si le sort devait décider de notre implication, nous ne pourrions faillir.

Nos armées n'ont plus la ressource humaine pour faire face à un conflit continental de ce type. Si elles devaient s'engager, ce serait au côté d'autres forces militaires dans le cadre d'un commandement interallié. Avec 205 000 militaires et une réserve d'environ 30 000 volontaires, notre armée est la première de l'Union européenne. Les troupes russes, loin devant, sont estimées à un million trois cent mille soldats. La loi de programmation militaire 2024-2030 prévoit une montée en puissance de notre réserve pour atteindre en 2030 un effectif de 80 000 puis 105 000 en 2035. La tension actuelle nourrit un nouveau débat sur la réapparition d'un système de service militaire, mais la professionnalisation des armées, la complexité des conflits modernes et le coût exorbitant d'une conscription de 800 000 jeunes hommes et femmes par classe d'âge semblent sceller le sort de cette proposition. D'autant que rien ne s'oppose, en cas de conflit majeur, à la décision d'une mobilisation partielle de civils, pour effectuer des missions combattantes d'appui arrière, de lutte contre les cyber-attaques ou de défense opérationnelle du territoire en renfort de la police, de la gendarmerie ou du contrôle aux frontières.

En avril 2024, le journal *Les Échos* rendait compte des conclusions d'une étude menée par le ministère des Armées constatant que la majorité des 18-25 ans était prête à s'engager pour défendre son pays et qu'un tiers d'entre eux était favorable au déploiement de troupes en Ukraine contre 17 % des 50 ans et plus.

Le courage des générations montantes ne m'a pas semblé non plus un vain mot, quand au lendemain de l'intervention du RAID que je dirigeais à l'Hypercasher de la porte de Vincennes et du Bataclan, des centaines de demandes de recrutement sont parvenues sur mon bureau. Ces comportements démontrent, dans les moments les plus durs, que dans les veines de nos citoyens jeunes et plus âgés coulent, le désir de servir leur pays, fut-ce au péril de leur vie.

Ceux-là ont réalisé une première forme de courage, précurseur et indispensable à l'action à venir… le courage d'ouvrir les yeux et de ne pas se mentir.

Chapitre 3

La lutte contre les stupéfiants, le courage de l'unité nationale.

Plus que dans tout autre domaine, la lutte contre les stupéfiants nécessitera de mobiliser tout le courage et les énergies des forces vives de notre nation. Ce fléau signe la fin de nos systèmes d'existence pacifiques. Les actualités récentes nous prouvent que nous perdons régulièrement du terrain dans des territoires de plus en plus vastes et divers. Les logiques s'inversent. Ceux que, jadis, certains ont baptisés « les territoires perdus de la république », ces îlots d'insécurité permanente, s'étendront bientôt à l'ensemble de notre pays si nous continuons à réagir en ordre si dispersé. Quand la sécurité ne sera plus assurée que dans quelques « archipels », selon l'expression de l'analyste Jérôme Fourquet, la boucle sera bouclée et nous plongerons alors vers des nuits obscures gouvernées par une brutalité sans nom.

Je tente régulièrement de modérer mon propos, je me force à dompter mes souvenirs de vétéran de cette guerre des stupéfiants que j'ai conduite comme commissaire de la police judiciaire à la tête d'un groupe choc de la Seine-Saint-Denis au début des années 1990. Nous nous considérions alors en croisade, persuadés de la victoire finale. Plusieurs décennies se sont écoulées et aujourd'hui, à longueur de plateaux télévisés où je suis invité, je ne cesse de commenter les défaites et l'étendue d'un phénomène que nous ne maîtrisons plus et qui nous ronge inexorablement comme la rouille sur la coque d'un vieux rafiot. Ce n'est pas l'enthousiasme de mes jeunes années qui m'a quitté, ma détermination est intacte, mais la force de l'âge m'a appris à ne plus me mentir et à analyser en profondeur le phénomène avant de formuler quelques propositions.

Beaucoup ont déjà tiré le signal d'alarme et je veux ici témoigner moi aussi que la solution ne réside pas en une négation voire une sous-estimation d'un phénomène galopant avec lequel il faudrait composer pour obtenir une nécessaire régulation des quartiers par une pseudo-économie parallèle. Constatons que ce drôle de consensus, que je conteste formellement, n'a pas fonctionné jusqu'à présent. La lèpre se répand partout, les zones les plus aisées, jadis les plus tranquilles, sont atteintes. Bien au contraire, la réaction salvatrice consisterait en un combat frontal nécessitant un courage politique collectif et un appui indéfectible de notre population unie derrière ses gouvernants.

Depuis mes jeunes années de policier en brigade de nuit en Seine-Saint-Denis, j'ai croisé ce fléau si particulier détruisant les consommateurs, brisant les familles, mettant sous coupe réglée des pans entiers de notre territoire, imposant les règles de la loi des plus forts, contraignant l'État à baisser la tête. Je me souviens de cet héroïnomane d'à peine 15 ans, déambulant comme un zombie la nuit à Aulnay-sous-Bois, venant se réfugier de temps à autre au commissariat pour y trouver un peu de nourriture enrobée de cette chaleureuse protection que tous les hommes en bleu, habitués à vidanger les fosses septiques de notre société, distillent aux malheureux comme un contrepoison nécessaire à leur propre sauvegarde. Après quelques heures de sommeil, sur le bat-flanc inconfortable de la cellule de dégrisement dont la porte restait exceptionnellement ouverte, Chakir repartait pour une journée de galérien après avoir sommairement balayé la pièce d'accueil du poste de police. Il y tenait, c'était son remerciement pour notre bien modeste hospitalité. Il revint souvent, jusqu'au jour où nous le retrouvâmes recroquevillé dans une poubelle, mort d'une overdose. Les nuits suivantes, la brigade passa son temps à embarquer tous les dealers de la place. Comme la plupart n'étaient que peu réprimandés par une justice déjà inopérante à cette époque (1980), les policiers les larguèrent pieds nus sur une zone encore en chantier de l'aéroport de Roissy. Réaction impulsive, éphémère sanction provoquée par la tristesse et l'impuissance face à la mort d'un gamin de six ans mon cadet.

A-t-on progressé depuis ? Est-ce qu'aujourd'hui les sanctions non pas encourues, non pas prononcées, mais réellement exécutées protègent mieux nos enfants qu'hier ? Qu'en est-il des dispositifs sanitaires et de prévention ? Est-on efficace internationalement et nationalement dans la lutte contre les trafiquants ? Que faisons-nous contre le blanchiment d'argent sale ?

Le trafic de stupéfiants n'est pas une activité criminelle comme les autres. S'il faut abandonner le fantasme d'un réseau mondial unique régissant à la façon d'une multinationale l'ensemble du trafic de notre planète, pour autant il faut avoir conscience des accords, des coopérations, des interactions entre les acteurs de ce gigantesque et juteux commerce qui innerve les économies souterraines de tous les pays, y compris le nôtre. Les criminels se sont depuis longtemps organisés et profitent, toujours avec un temps d'avance sur les services répressifs, de toutes les technologies modernes de communication. Les services franco-belges ont prouvé ces dernières années, en infiltrant le réseau canadien crypté SKY ECC, que des millions d'échanges, représentant des milliards en chiffre d'affaires d'argent sale, transitaient, s'organisaient, se structuraient à travers toutes les mafias, toutes les pègres, toutes les associations de malfaiteurs du monde entier. ENCRO CHAT, un autre réseau crypté néerlandais, avait auparavant été démantelé par plusieurs services policiers européens.

Le danger réel ne vient plus du produit vendu, mais bien des sommes astronomiques recyclées dans nos systèmes économiques. Outre barbiers, kebabs, ongleries, bars PMU, épiceries de nuit et autres commerces de proximité dont le bas niveau des tarifs favorise des paiements en cash peu « traçables », l'argent blanchi est investi dans l'immobilier de luxe en montagne ou en bord de mer, dans des vignobles, ou sur le marché de l'art contemporain. Mais par-delà ces niches particulières, il y a, si nous n'y prenons garde, un risque plus général de prises de participation massives dans l'économie réelle et par conséquent de prises de pouvoir des sociétés les plus importantes, donc à terme d'une dépendance partielle mais stratégique de nos écosystèmes, comme le souligne dans ses études régulières le service d'information de renseignement et d'analyse stratégique de la criminalité organisée (SIRASCO) dépendant de la direction nationale de la police judiciaire.

Certains pays ou régions ont déjà basculé en partie ou en totalité vers une configuration de type narco-État. Ce mouvement dangereux qui ne fait que s'accentuer commence à pénétrer notre espace européen. La Catalogne, après les parties les plus méridionales de l'Espagne (Andalousie en particulier), se transforme en région de culture intensive de cannabis, dont les plans génétiquement modifiés et augmentés en principes actifs (tétrahydrocannabinol THC) concurrencent le produit traditionnellement fourni par le Maroc. Le changement climatique participe aussi, bien involontairement, d'une certaine complicité pour la prolifération des plants de cannabis que les gendarmes ne cessent d'éradiquer dans nos campagnes quand ce n'est pas la police qui démantèle des filières de culture *indoor* dans les grandes métropoles.

Un autre danger réside en la prise de pouvoir des trafiquants suréquipés et organisés sur des régions entières du monde. En témoignent les événements de janvier 2024 qui actèrent la déroute de l'Équateur, un pays démocratique jusqu'alors préservé de l'environnement gangrené de ses puissants voisins mexicain, colombiens, vénézuélien. Le gouvernement fut impuissant. Tandis que quelques figures majeures de la pègre locale, bénéficiant de complicités sans doute largement rémunérées et doublées de menaces explicites en direction de leurs familles, s'évadaient de prisons passoires, d'autres membres de cartels affichaient au monde entier leur puissance en envoyant quelques affidés, mentalement désordonnés, prendre en otage en direct les présentateurs d'une émission de télévision. Ils appuyèrent leurs menaces quelques jours après, afin de ne laisser aucune place au doute, par l'assassinat du procureur chargé de l'enquête judiciaire.

Pour compléter le tableau, l'actualité récente nous a démontré que certaines mafias (du Maroc en l'occurrence) n'hésitent plus à menacer les plus hauts dirigeants des pays démocratiques (le premier ministre des Pays-Bas est désormais sous protection). Ces évolutions prouvent que les narcotrafiquants ne sont plus impressionnés par nos organisations étatiques et se montrent prêts à croiser le fer de la manière la plus violente pour accroître leurs avantages commerciaux. Iront-ils demain jusqu'à organiser des attentats ? Le pire n'est jamais incertain quand des milliards sont en jeu.

S'il apparaît sans conteste que combattre le trafic de drogue et son argent sale, c'est protéger notre nation et son système de l'emprise de la criminalité mondialisée, plusieurs causes expliquent l'engouement et la réussite de ce type particulier de commerce et l'impuissance des pouvoirs publics à y mettre fin.

D'abord, cette forme de criminalité n'exige aucune qualification particulière, aucune compétence, aucune intelligence organisationnelle, si ce n'est de ne pas hésiter à utiliser la violence pour défendre son territoire. De ce fait, le réservoir des apprentis dealers nationaux et étrangers (réguliers ou non) est inépuisable et le turnover sans fin, malgré les arrestations par la police et les éliminations par les concurrents.

Ensuite, il est démontré jour après jour que le trafic de rue rapporte énormément d'argent à l'ensemble de ces petites structures locales, et par conséquent attire les plus jeunes, rapidement déscolarisés et désociabilisés, prêts à s'investir dans le long terme (en général, ils commencent par un rôle de guetteur), même si l'expression « long terme » est un peu optimiste car la durée de vie d'un commerçant de drogue, quel que soit son rôle, avoisinait les 27 ans il y a peu et ne cesse de décroître.

La France est devenue un des plus gros consommateurs de cannabis au monde. Le député Ludovic Mendez évoque dans son rapport parlementaire de février 2025 un nombre de consommateurs habituels supérieur à 10 % de notre population, soit près de sept millions de personnes toutes drogues confondues (chiffre impressionnant, même si par définition, dans un monde clandestin, la précision des chiffres reste aléatoire). Concernant la cocaïne, ils sont tout aussi alarmants en comparaison des pays voisins et de la progression continue de ces dernières années. Plus de cinq millions d'individus ont goûté au produit et la moitié l'a adopté définitivement (chiffres 2024 de l'Observatoire français des drogues et tendances addictives).

Le négoce actif des produits stupéfiants est estimé par le même OFDT à trois milliards d'euros par an, encore s'agit-il d'une fourchette basse, ne comptabilisant pas les contreparties et les répercussions financières de la criminalité induite par les comportements addictifs (vols, cambriolages, violences sur la voie publique, agressions, etc.), par la violence des malfaiteurs (crimes, actes de barbarie, extorsions, chantages...) et par les conséquences de l'injection à forte dose de l'argent sale dans notre écosystème. Les professionnels du secteur estiment que la part de la délinquance de voie publique engendrée par le commerce de la drogue recouvre 40 à 60 % de la totalité des faits illégaux constatés. La direction générale de la police nationale révélait fin 2023 une augmentation de 57 % des homicides et tentatives d'homicide en lien avec le trafic par rapport à l'année précédente. Elle notait aussi une part croissante de victimes collatérales, y compris des enfants et des adolescents, dont le seul tort fut de se trouver au mauvais endroit au mauvais moment.

Bien que la législation française soit la plus répressive d'Europe, la sanction pénale n'est pas à la hauteur. Les procédures, longues et peu suivies de condamnations en adéquation avec la gravité des faits et des récidives, se retrouvent en partie abandonnées par des policiers et des gendarmes démotivés. Notons cependant l'instauration en 2018 de l'amende pénale forfaitaire, APF, qui consiste en cas de consommation de drogue à remplacer la procédure judiciaire inefficace par une amende payable immédiatement. Cet outil intéressant, réclamé depuis longtemps par les forces de l'ordre, et dont le taux de recouvrement (paiement par les délinquants) s'améliore régulièrement (même s'il demeure encore en dessous de 40 %), doit s'entendre comme un enrichissement de la gamme des ripostes répressives immédiates et non comme un substitut magique à toute autre action pénale.

Ainsi, malgré une volonté très affirmée des ministres de l'Intérieur successifs depuis l'année 2022 se traduisant par des opérations d'ampleur (opérations « place nette » ou « XXL »), malgré les arrestations et les saisies de produits et d'argent qui se multiplient, il y a toujours un trafiquant pour prendre le relais et reconstituer très vite les réseaux de distribution. Les quantités de drogue confisquées par les forces de l'ordre ou par les douanes sont impressionnantes et ne cessent d'augmenter, 128 tonnes de cannabis en 2022, et 53 tonnes de cocaïne (chiffre historique) en 2024. À l'évidence, ces quantités retirées des marchés ne semblent pas enrayer outre mesure l'activité d'organisations aussi tentaculaires.

Combattre les stups demandera courage et détermination pour casser la chaîne reliant la criminalité internationale organisée aux trafics locaux. Combattre les stups nécessitera l'élaboration d'une stratégie globale (qui n'existe pas et n'a jamais existé) discutée et acceptée par toutes les forces vives de la nation (politiques, syndicales, citoyennes, opérationnelles, etc.) afin de mettre un coup d'arrêt au pourrissement d'une partie de notre territoire national et redonner espoir aux habitants les plus défavorisés qui en sont les premières victimes.

Dans les quartiers sous contrôle des caïds, les premières victimes, outre les drogués, sont les habitants. Leurs vies sont réglées au rythme des heures du trafic et bien souvent il est exigé par les voyous des contrôles et des soumissions déshonorantes. La promiscuité avec un islam radical, partageant le même territoire, fait que les jeunes filles ne peuvent vivre que sous la menace des rigoristes, leurs allées et venues et leur habillement étant scrutés et leurs libertés mises sous tutelle.

À l'intérieur de ces cités, le modèle de la République est en lutte constante et inégale avec le moule imposé par les caïds de la drogue et par les rigoristes islamistes. Les lois appliquées sont celles de la charia ou des trafiquants de moins en moins inhibés face à une violence qui terrorise les foules.

Il y a quelques décennies, les caïds procédaient eux-mêmes aux meurtres ou aux exactions sanglantes, protégés par le mutisme de leur entourage. Désormais, ce sont des « troisièmes couteaux » de plus en plus jeunes qui se chargent des assassinats sur la voie publique, recherchant une « héroïsation » et une reconnaissance du milieu dans lequel ils gravitent. La mort fait partie de leur quotidien, que ce soit la leur ou celle qu'ils administrent avec autant de facilité que dans un jeu vidéo, ils la savourent comme un privilège.

Si ces violences sont la plupart du temps dirigées vers les bandes concurrentes, elles sont de plus en plus orientées contre les forces de sécurité, c'est-à-dire contre l'autorité de l'État. Le message est clair : « Ce territoire est à nous ! » Cette dernière brique consacre définitivement la contestation totale de nos États et de nos sociétés dans tous les domaines, économique, social, sociétal et régalien.

Mais le problème est aussi sociologique. La prééminence dans les réseaux de terrain d'une part importante de dealers immigrés ou issus de l'immigration enferme la problématique dans un contexte racialisé. Cette réalité nécessite une prise en compte courageuse de ce problème qui percute nos valeurs du vivre-ensemble.

Les remontées de terrain de ceux qui sont chargés de réprimer les trafics de rue sont identiques : la majeure partie des membres des réseaux, des organisateurs principaux aux revendeurs en passant par les rabatteurs, sont issus des minorités visibles, étrangères ou non. Cette douloureuse typologie criminogène est à l'origine d'effets délétères, en se trouvant exhibée comme une évidence généralisée non seulement par des porte-paroles populistes et extrêmes, mais aussi par des communicants de réseaux et de médias qui ne prennent pas la précaution d'en livrer une grille de lecture explicative. Or, ce constat est vécu durement par l'immense majorité de la population française ou étrangère appartenant à ces minorités visibles, qui reprochent aux délinquants de salir leur image et aux pouvoirs publics de ne pas maîtriser ce phénomène qui jette l'opprobre sur leur communauté. Parallèlement, il concourt à inquiéter la population française en gommant l'apport incontestable de l'immigration régulière et en focalisant l'attention uniquement sur ses aspects les plus marginaux et les plus sombres. C'est aussi dans cette optique de restauration pragmatique et courageuse de notre communauté de vie que le combat contre ce fléau est prescrit.

Pour faire face, c'est un autre type de comportement tout aussi déterminé et courageux que nécessite cette offensive. À travers les époques récentes, l'analyse de la criminalité liée au commerce de la drogue s'est toujours soumise au tamis de grilles de lecture politiques. Dans ce domaine, comme dans bien d'autres, les positionnements droite/gauche (à grand trait répressif/préventif) ont été castrateurs, chaque nouvelle voix étant sommée de prendre position sur cet échiquier immuable. Depuis des décennies, cette politique politicienne nous a enfermés dans des schémas caricaturaux et intellectuellement paresseux qui ont annihilé tout début de construction d'une philosophie générale et pragmatique.

Voit-on poindre un changement de position des uns et des autres ? Indubitablement, oui.

Le plus grand atout, paradoxalement, vient des consommateurs. Il est jubilatoire de constater qu'avec plusieurs millions d'amateurs de substances psychotropes, toutes les formations politiques de tous bords hébergent en leur sein de potentiels promoteurs d'une dynamique différente et d'une vision transversale. La preuve : de nombreux rapports parlementaires portant sur la dépénalisation, voire la légalisation, trouvèrent cette dernière décennie signatures auprès de membres de partis jadis vent debout contre ce qu'ils considéraient être des gros mots imprononçables.

L'ordre des choses s'inverse et même si « la drogue, c'est de la merde », comme l'affirme Gérald Darmanin (on ne peut pas lui donner tort), il faudra sans doute composer avec, mais pas à n'importe quel prix et pas n'importe comment.

La République ne doit rien céder aux criminels, c'est une question de principe mais aussi d'affichage vis-à-vis de la majeure partie de la population qui, elle, respecte la loi et les règles. L'action répressive engagée par le ministre de l'Intérieur et son successeur doit être maintenue et approfondie, tant au niveau des deals de rue que des réseaux internationaux. Sur ce dernier point, la réorganisation de l'office anti-stupéfiants (OFAST) et la collaboration interministérielle obligatoire ont amené une cohérence salvatrice. Mais cette pression ne sera efficace que si le travail des forces de l'ordre se trouve complété par une répression identique au niveau de la justice. Peut-être est-il temps de s'interroger sur :

– un minimum de peines sur lesquelles les magistrats ne pourraient pas transiger, concernant un nombre limité d'infractions visant le trafic des stupéfiants,

– une expulsion automatique dans leurs pays d'origine des trafiquants étrangers,

– une interdiction d'une partie du territoire pour les trafiquants français (en particulier du quartier dans lequel ils font commerce de drogue), et pour leurs familles quand elles profitent du fruit des ventes illicites, ou qu'elles sont complices d'une façon ou d'une autre (fourniture de moyens, de locaux, etc.),

– une saisie large des avoirs criminels pour le délinquant, ses complices, sa famille,

– dans le même ordre d'idées (« taper au portefeuille », selon les termes utilisés par un ex-ministre de l'Économie), augmenter très largement la hauteur des peines financières et celle de l'amende pénale forfaitaire pour les consommateurs (actuellement fixée à deux cents euros),

– un respect strict de la loi votée par les parlementaires sur l'amende pénale forfaitaire pour les consommateurs de stupéfiants, sans restriction concernant le type ou la quantité de produit ni la référence à la récidive (revenir sur les limites fixées arbitrairement par la circulaire d'août 2020 de la direction des affaires criminelle et des grâces du ministère de la Justice et qui amenuisent illégalement la portée du texte).

Dans cette bataille, l'État, en coordination avec les collectivités locales, doit mobiliser à temps complet tous les acteurs de la sécurité. Les forces régaliennes de police et gendarmerie, mais aussi les polices municipales qu'il faudra doter de nouvelles prérogatives (les amendes pénales forfaitaires entre autres), telles que celles qui avaient été votées dans la loi sur la sécurité globale avant d'être annulées par le Conseil constitutionnel, doivent associer leurs efforts aux services privés de sécurité.

Les enjeux de cette lutte légitiment la mise en œuvre de tous les outils nécessaires. La loi sur les narcotrafics votée en avril 2025 par l'Assemblée nationale va dans ce sens, mais il faudra sans doute la compléter par un recours moins timoré aux moyens modernes comme les drones, les caméras embarquées, et *in fine* l'intelligence artificielle et la reconnaissance faciale.

Mais avant de s'engager dans cette guerre généralisée, il faut que chacun, politique, professionnel, relais médiatique, citoyen, prenne conscience de l'onde de choc que produira ce volontarisme affiché et appliqué. C'est dans ce domaine précis que le détermination et le courage de tous devront se manifester et ne jamais faiblir. L'État aura besoin de la force de sa population et de l'opinion publique. L'actualité quotidienne nous démontre que la répression organisée et continue à l'encontre des trafiquants de drogue entraîne de leur part des ripostes violentes. Ces oppositions brutales répondent à un double objectif : affirmer une puissance concurrente face à l'autorité générale de l'État, représentée par la police, et réagir au manque à gagner commercial.

Le renforcement et la généralisation de la répression décupleront les réactions violentes, et en particulier les exactions sur la voie publique. Il faut que l'autorité politique s'attende à cette réaction, mais sans la redouter : elle doit la prévoir et en organiser la riposte. Les services de police et de gendarmerie sont parfaitement armés pour contrer ces types de violences, tant au niveau du renseignement prédictif et opérationnel qu'au niveau des enquêtes judiciaires, du maintien et du rétablissement de l'ordre.

Il convient toutefois d'améliorer notre dispositif réactif et d'aider ainsi nos forces de sécurité, sur *a minima* trois points essentiels :

– meilleure coordination dans l'intervention (CRS, gendarmes mobiles et autres policiers d'intervention) et au niveau du partage de renseignement (DGSI, renseignement territorial),

– réponse pénale plus efficace pour la répression des exactions de voie publique en lien de près ou de loin avec le trafic de stupéfiant,

– meilleure communication politique pour marteler que les violences de voie publique sont les conséquences de l'action ferme de l'État contre les réseaux de stupéfiants.

Une fois la stratégie définie au niveau le plus haut, la mise en place en revient d'évidence au ministre de l'Intérieur, selon le principe qu'en temps de crise, il faut un chef et un seul. Néanmoins, cette réaction d'État à ce fléau national qui défie notre modèle sociétal et détruit notre « vivre ensemble » doit être déclinée dans une complémentarité interministérielle. La justice, la santé, l'éducation, les territoires, l'urbanisme, le sport, etc. sont autant de domaines concernés. Cette interministérialité affichée sera l'unique garant d'un résultat de terrain efficace. Développée et expliquée correctement, elle permettra aussi une meilleure acceptation des objectifs politiques par l'opinion publique.

Cette répression intensive entraînera sans doute une adaptation des comportements des trafiquants. Une des hypothèses probables est un mouvement accéléré vers une « ubérisation » du trafic. Cette évolution avait d'ailleurs été constatée lors de la période du premier confinement, durant laquelle les consommateurs ne pouvaient plus sortir sans crainte d'être verbalisés. Face à ce manque à gagner, la vente se concluait sur Internet et le produit était apporté par des livreurs Uber de repas. Le trafic de rue avait pour un temps fortement diminué.

La répression organisée entraînera sans doute une évolution vers ce type de comportements, plus discrets et une désertification partielle de la voie publique par les vendeurs. Cette disparition d'un environnement favorable à toutes sortes de délits et d'agressions sur la voie publique, doublée d'une action continue des forces de sécurité étatiques et municipales, voire de services de sécurité privés, assainira des zones entières aujourd'hui impraticables par les citoyens. La morale n'est pas sauve, mais l'était-elle jusqu'à présent ? Ce repli implicitement proposé aux délinquants sera de nature non seulement à épurer les rues de nos villes et nos villages, mais aussi à limiter le risque de réactions épidermiques et freiner les tentations émeutières, car le business perdurera sous de nouvelles formes. C'est à ce moment précis que se posera la question de rester sur ce schéma en maintenant cette pression absolue (dévoreuse d'énergie, de budget et d'effectifs, et nécessitant un maintien du consensus toujours difficile dans le temps long pour une opinion publique par nature volatile), ou de profiter de ce semblant de victoire pour pousser les feux.

En réalité, cet arrangement à peine voilé vers un nouveau paysage du commerce de la drogue ne peut constituer le but final d'une stratégie de combat. Ce ne serait ni moral ni efficace à terme, car il ne peut y avoir deux maîtres dans la même demeure. La rue et les espaces publics regagnés, il sera temps de s'orienter vers des solutions plus pérennes. Aucun homme politique raisonnable ne peut se satisfaire de la situation actuelle de notre pays, et même si elle devait évoluer dans un sens « esthétiquement » plus acceptable, il serait naïf et irresponsable de confier cet équilibre à des malfaiteurs qui, tôt ou tard, ruineront la confiance placée imprudemment en eux. L'État ne devra compter que sur lui-même pour sécuriser les avancées constatées et continuer à progresser vers la reprise en main de son destin.

Le moment d'une deuxième offensive se présentera alors. Nos gouvernants ne pourront faire l'économie d'investir dans une nouvelle stratégie d'avenir en se posant avec courage la seule question qui vaille : doit-on éradiquer le produit (la drogue) ou annihiler le commerce illégal et les réseaux associés ?

Ceux qui s'aventurent vers une réponse mixte, je les renvoie à notre situation actuelle. Depuis des décennies, nous cherchons à interdire le produit et arrêter les vendeurs. Les résultats sont loin d'être à la hauteur. Certains cocheront la première réponse, ils insisteront : les produits sont toxiques, ils détruisent des vies et esquintent la santé mentale de nos jeunes. Je les renverrai (avec douleur) à la cruauté des chiffres déjà livrés : le mal est déjà fait et il progresse.

La bataille contre le produit a d'ores et déjà été perdue. Ce sont des centaines de milliers de nos citoyens utilisateurs qui nous ont clairement notifié cet échec. Il ne nous reste plus qu'à accompagner du mieux possible l'usage de ces produits stupéfiants comme nous le faisons avec les autres drogues légales (tabac, alcool) ou les autres attitudes addictives (jeu). Ce sera l'objet d'une politique publique de grande ampleur à mettre en place. Mais plus vite nous nous convaincrons de l'inutilité d'éradiquer le produit, plus rapidement nous nous attaquerons au seul combat qui vaille : la lutte contre les malfaiteurs qui organisent et profitent des trafics jusqu'à disloquer notre sécurité nationale.

La plupart des économistes le confirmeront : quand un produit est ainsi plébiscité, il faut en organiser la fourniture permettant de contrôler réseaux et la qualité et assécher la distribution concurrente. Les professionnels de la lutte contre la criminalité témoigneront quant à eux qu'un combat judiciaire est perdu d'avance quand les organisateurs mis hors d'état de nuire sont immédiatement remplacés et que le trafic, loin de cesser, progresse d'année en année. Enfin, les spécialistes du budget vous expliqueront assez logiquement que les milliards d'euros de ce commerce illicite seraient les bienvenus dans les comptes de l'État et permettraient plus de générosité pour les politiques de prévention et de santé.

Le débat sur la légalisation est ancien et il a toujours été clivant et politisé. Il divise aussi les défenseurs inconditionnels d'un schéma de santé partisans de la prohibition et ceux qui, avec les mêmes préoccupations, mettent l'accent sur les politiques préventives et de sortie d'addiction pour contrer l'augmentation du nombre des consommateurs.

Certains s'inquiètent d'un produit légalisé trop facilement accessible, qui pourrait accroître dangereusement le nombre de toxicomanes. C'est un argument qui serait facilement compréhensible si la répression que nous menons depuis une éternité avait porté ses fruits et si les expériences de libéralisation à l'étranger s'étaient révélées totalement improductives. Tel n'est pas le cas, et la liberté que certains pays ont instaurée depuis plusieurs années ne s'est pas accompagnée d'un accroissement significatif des demandeurs (voir le Portugal qui, dans les années 2000, dépénalisa tous types de drogues). Aucun, en tout cas, ne peut nous disputer notre médaille d'or concernant le chiffre record de consommateurs.

L'Allemagne voisine est en train de mettre en place un programme de légalisation multipliant dans l'avenir les zones d'approvisionnement. Tiendra-t-on longtemps dans cet univers en changement ?

Ni « béate » (comme l'envisage trop souvent la gauche) ni « scélérate » (comme le pense la droite), la légalisation ne pourrait être une capitulation mais une stratégie pragmatique doublée d'un combat féroce contre mafias et narcos qui joueront leur survie. Ce ne sera donc pas une couardise ou un abandon, mais tout leur contraire car il faudra, le moment venu, oser ce courage dans une politique d'ensemble novatrice, et aucun moyen ne pourra être exclu.

Nous sommes désormais au pied du mur. Tout nous pousse à la réaction, d'autant que profitant de cet exemple de prospérité illicite, les criminels investissent d'autres champs prometteurs. Portées par une taxation toujours plus forte du prix du tabac, la contrebande et la contrefaçon des cigarettes se sont organisées. Des mafias et des réseaux de plus en plus structurés investissent à leur tour l'espace public, ajoutant du désordre à la violence. Les gains de ce commerce illicite sont estimés entre deux et quatre milliards d'euros par an et ne cessent de croître, au même rythme que l'insécurité qui y est associée.

La riposte n'est plus une option. Plus que dans tout autre domaine elle nécessitera un courage particulier, celui de faire abstraction de nos intérêts individuels pour s'unir dans un combat long et périlleux. Les partis politiques, les syndicats, les corps intermédiaires, les corps constitués, les administrations, les médias, les citoyens eux-mêmes démontreront-ils cette force de vie qui caractérise un grand pays dans les moments les plus difficiles ? Le courage de l'unité nationale.

Chapitre 4

Les faillites de la justice : le courage du bon sens.

Les quarante années que j'ai passées dans divers services de la police ont nourri en moi beaucoup d'humilité devant l'efficacité finale de nos actions. Seuls les commentateurs des médias ou des réseaux sociaux sont capables, face à des situations opérationnelles, d'apporter des solutions infaillibles que n'avait pas décelées le spécialiste de terrain. J'ai toujours envié cette certitude de caméra, de micro et de clavier. Pour ma part, j'ai toujours connu le doute et j'ai quelquefois vécu l'erreur. Je me suis fourvoyé en interpellant sans ménagement aux aurores devant ses enfants un suspect que tout accusait dans une affaire de mœurs un peu glauque, mais dont l'innocence, qui serait démontrée un peu plus tard, se lisait dès le départ au fond de ses rétines. J'ai ressenti cette incertitude du chef, seul avec lui-même, au moment de commander l'assaut de l'épicerie casher de la porte de Vincennes. Cet instant fugace mais insoutenable où la décision vous fouaille les tripes, ne sachant ni si vous réussirez à sauver les otages ni si vous parviendrez à préserver la vie de vos compagnons. Les enseignements que m'ont inculqués ces expériences fortes me permettent de nuancer mes propos sur les chaînes de télévision ou les radios qui me sollicitent régulièrement, mais aussi lors de mes prises de parole de conférencier face aux chefs d'entreprise ou au milieu de jeunes étudiants.

Par-delà ces mouvances, mon expérience de policier mais aussi d'homme politique spécialisé dans les questions de sécurité a conforté en moi deux certitudes majeures : la première est que la mission des forces de l'ordre n'a de sens que si elle s'accomplit dans l'unique intérêt des citoyens et non d'une hypothétique gloriole personnelle, la deuxième est que la sécurité des Français ne sera efficace que si elle est pensée et exécutée dans le cadre d'une continuité indissociable entre la police et la justice.

L'action de l'État doit être revue à l'aune de ces deux principes complémentaires dont la logique élémentaire est pourtant peu appliquée à l'heure actuelle.

*

Le pouvoir d'un État, plus particulièrement en temps de paix – la situation de guerre entraîne souvent des systèmes de fonctionnement dérogatoires –, dépend exclusivement de la manière dont il entend faire coïncider les règles qu'il a lui-même fixées au fil du temps, avec les décisions qu'il prend dans l'immédiateté. Cette nécessité vitale repose directement sur la capacité à édicter des sanctions justes et proportionnées et à les faire appliquer avec célérité. Pour ce faire, l'instrument indispensable est le pouvoir de justice.

La mission de justice se différencie du principe moral de justice qui est réclamé à chaque individu quand il se trouve en situation d'arbitrer un litige.

Pour le magistrat, l'essentiel réside dans la capacité qui lui est demandée de faire preuve de pragmatisme et de marier, en s'appuyant sur les textes en vigueur, l'intérêt de la victime et la rédemption du délinquant lorsqu'elle semble encore possible. Un autre objectif, tout aussi important, est de réaffirmer les limites et les contraintes de la vie en société garanties par l'État, et plus précisément par notre État de droit.

Il me semblait important, avant d'aborder les problématiques actuelles de justice dans notre pays, de réaffirmer cette distinction sémantique entre cette force de caractère, cette grandeur de l'être qui pousse dans sa vie quotidienne à la compréhension et à la mesure, et le mandat donné à quelques-uns au nom de l'ensemble de la société pour sanctionner avec humanité leurs semblables ayant oublié le respect des règles collégiales.

Les juges ne sont pas contraints à déployer ce don intrinsèque, il leur est demandé – et l'effort est déjà délicat en soi – d'assurer leurs missions au mieux en tranchant les litiges en fonction des textes et des situations, et sans oublier le contexte humain au centre des imbroglios. *A contrario*, ils ne doivent pas non plus se revendiquer de cette qualité pour arguer d'une quelconque supériorité qui les placerait sur un piédestal, leur conférant une certaine exception, voire une émancipation totale.

Soyons clairs, les magistrats sont des fonctionnaires de l'État et, à ce titre, jouissent des mêmes privilèges et des mêmes contraintes que leurs autres compagnons de la fonction publique. Le devoir de loyauté envers leur administration se décline pareillement, et seules quelques circonstances exceptionnelles peuvent absoudre certains écarts à ces règles de conduites. Ce fut le cas le 2 septembre 1941, quand le juge Paul Didier, dans un isolement splendide, refusa de prêter serment au Maréchal Pétain, chef d'un État français collaborationniste. Il était porté alors par la grandeur de sa tâche. La nécessité du refus de se compromettre, de souiller sa mission, et son souci d'indépendance personnelle renforça cette incapacité à la compromission avec un pouvoir peu scrupuleux de démocratie et de liberté. Il s'agissait à ce moment précis d'une indépendance de l'individu, et non du magistrat dans l'exercice de ses fonctions, bien que l'une interférât avec l'autre.

Hors de ces périodes tumultueuses, le principe de l'indépendance des magistrats, c'est-à-dire de la liberté qu'ils ont de prendre leurs décisions sans contrainte autre que celle de s'appuyer sur un texte adopté préalablement par le législateur, est érigé en vertu constitutionnelle. Dans une démocratie, le juge est indépendant, aucun pouvoir, aucune force extérieure ne peut vicier une appréciation qu'il se forgera en jaugeant des éléments dont il dispose. Cette liberté est garantie et le gouvernement, par la voix de son ministre de la Justice, ne peut ni interférer avec une investigation ou un procès en cours ni influer sur la carrière du magistrat, dont la plupart des évolutions sont confiées au Conseil supérieur de la magistrature (CSM). Cette absence de tout lien de subordination sur les « affaires » et les hommes est un marqueur majeur de notre État de droit.

Mais cette indépendance, comme tout principe, est amenée à connaître un certain nombre de limites. La première d'entre elles est d'admettre que ce n'est pas la qualité de magistrat qui doit déterminer le principe d'indépendance, mais la mission qui lui est confiée. Par exemple, un juge affecté dans une direction du ministère de la Justice ou détaché dans une administration extérieure ne peut se revendiquer d'une autonomie particulière et s'affranchir des liens de hiérarchie en vigueur. Les habitudes aidant, ces évidences de fonctionnement sont loin d'être toujours appliquées.

Il est donc urgent d'ériger en vérité intangible, et non dérogatoire, que cette indépendance ne doit s'appliquer qu'aux « juges jugeant », c'est-à-dire à ceux qui ont la lourde tâche de trancher lors de procès et de prononcer un jugement (magistrats du siège entre autres). Pour exemple, un juge d'application des peines, chargé de mettre en place des sanctions prononcées par ses collègues, ne devrait pas bénéficier de cette liberté absolue.

Un autre principe communément accepté et d'application constitutionnelle constante réside dans l'individualisation des peines prononcées. La sanction ne peut faire fi de la personnalité de l'auteur des faits reprochés et des conditions dans lesquelles ils se sont déroulés. Cette ambiance particulière autour du délinquant conduira le juge à peser toutes les circonstances externes, internes, psychologiques et autres avant de se prononcer. La logique de personnalisation est une règle de bon sens, inscrite dans le Code pénal, chacun étant condamné pour les faits qui lui sont reprochés à titre individuel. Mais ce précepte, trop souvent érigé en doxa intransigeante, a conduit depuis des décennies à toujours plus de laxisme. Ce pouvoir d'individualisation a ainsi été détourné, permettant à certains juges de réfuter la nécessité d'appliquer des sanctions, ôtant du même coup à l'État la possibilité de contrainte qui lui est nécessaire au point de le forcer à l'impuissance.

D'autres particularismes interrogent. Relevons à ce titre les différences de jugement enregistrées partout sur notre territoire pour des faits similaires commis par des auteurs d'un profil identique. Ainsi, deux dealers de même envergure pourront être différemment punis à Brest et à Bobigny. La raison en est qu'il n'y a pas de politique pénale nationale, et même si le garde des Sceaux peut par quelques injonctions prudentes (afin de ne pas heurter le principe d'indépendance – toujours lui) tenter d'harmoniser les réponses répressives au niveau central, ce sont les procureurs de la république qui, dans chaque ressort de leur territoire de compétences, fixeront quelques règles en fonction de l'évolution de la criminalité locale observée au travers des statistiques et analysées au cours des Contrats locaux de sécurité et de prévention de la délinquance (CLSPD) réunissant élus, magistrats, fonctionnaires de préfecture, policiers et gendarmes.

*

Depuis des décennies, la justice n'est plus administrée correctement. Administrée, le terme est choisi à dessein. D'abord, administrer au sens noble : celui de rendre la justice. Mais aussi administrer au sens d'appuyer cette honorable fonction par des moyens financiers, opérationnels, humains à la hauteur des tâches demandées. Malheureusement, deux maux qui n'ont eu de cesse de s'aggraver au fil des temps.

Rendre la justice ne peut se résumer à prendre une décision et prononcer une sanction devant une cour de justice, quel que soit son domaine (civil, pénal, droit des mineurs, droit administratif, etc.) ou son niveau (premier niveau, appel, cassation). La réalité de la situation actuelle ne peut s'appréhender que si la victime est positionnée au centre de l'enjeu. Même si c'est loin d'être le cas, cet exercice de vision à travers le regard de l'agressé, ce courage de l'analyse confronté au bon sens de celui qui subit, peut amener à penser le système autrement. « Il ne s'agit plus de réformer le système judiciaire comme on radoube un vieux vaisseau, c'est l'idée même de la justice qu'il faut restaurer en France. » (Robert Badinter)

Même en limitant cet exercice au domaine pénal, le parcours depuis la commission des faits prohibés jusqu'à l'accomplissement réel de la peine de l'auteur du délit est loin d'être balisé. Les lourdeurs procédurales s'entrechoquent avec les dysfonctionnements administratifs, les postures militantes des acteurs se confrontent aux objectifs politiques du ministère, les expressions des egos nuisent à l'efficacité des actions de la police puis de la justice dans le cadre de ce qu'il convient de nommer le *continuum* de sécurité inachevé. Continuité dans l'esprit et les espoirs seulement, car dans les faits, la constance de l'action exercée depuis le dépôt de plainte jusqu'au traitement final de l'infraction n'est ressentie comme efficace ni par les policiers et les gendarmes ni par les victimes.

Initier une action en justice pénale nécessite déjà une patience et une abnégation hors du commun. Le dépôt de plainte n'est pas un acte facile. En premier lieu parce qu'il oblige souvent, au moment où l'on n'aspire qu'à se replier sur soi, à une difficile pérégrination dans des postes de police ou de gendarmerie peu accueillants et déshumanisés (même si de réels progrès ont été faits ces dernières années). Ensuite, il contraint à revivre une situation traumatisante en la disséquant et en recherchant au plus profond de son esprit des détails les plus sordides mais indispensables pour les enquêtes à venir. Dans ces conditions, il n'est pas étonnant que nombre d'agressions ne fassent pas l'objet de cette déclaration, sésame absolu et incontournable pour déclencher l'enquête, l'identification et la recherche de l'auteur. Un nombre non négligeable de faits passent ainsi inaperçu, déformant les statistiques du réel de la délinquance et participant implicitement à nourrir le sentiment d'impunité des délinquants et d'insécurité pour les citoyens. Inquiétés par cet état de fait, avec mes camarades députés et sénateurs, nous avons inclus dans la loi de justice de 2019 le dépôt de plainte par voie numérique *via* une plateforme Internet. Les services spécialisés de l'État chargés d'appliquer la mesure se sont mis laborieusement à la réalisation d'un projet d'application informatique accompagnée d'un tutorat. Las d'attendre, inquiet à juste titre des réclamations des justiciables, le Premier ministre Gabriel Attal a rappelé dans son discours de politique générale devant l'Assemblée nationale, le 30 janvier 2024, cette priorité vieille de six ans. Que de temps perdu, que de victimes insatisfaites, que d'absence de courage pour imposer à une administration rétive, et théoriquement aux ordres, les décisions des représentants du peuple !

Une fois la plainte déposée, commence pour la victime la deuxième étape du parcours du combattant, caractérisée par l'ouverture d'une enquête de police ou de gendarmerie. Nombre de plaintes ne franchissent pas ce seuil faute d'un des trois éléments constitutifs du délit ou du crime (élément intentionnel : la volonté de nuire ; élément matériel : le passage à l'acte avéré ; élément légal : la violation d'un texte juridique).

Sur cinq millions de plaintes et procédures reçues annuellement par les parquets ou les tribunaux, 70 % sont classées sans suite pour absence de charge. Concernant les un million et demie restant, 12 % seront à leur tour classées pour insuffisance d'éléments et de preuves après enquête ayant nécessité des dizaines d'heures inutiles de travail des policiers et gendarmes.

L'énergie et les heures dépensées à une tâche estimée dès le départ sans espoir d'aboutissement sapent le moral des enquêteurs au point que le travail judiciaire, naguère plébiscité en sortie d'école de police, attire de moins en moins. Pour contrer cette crise des vocations des officiers de police judiciaire (OPJ), il devient incontournable de réintroduire un courage s'appuyant sur le bon sens. Une solution d'évidence : autoriser, comme c'était le cas dans les années 1990, aux enquêteurs, après un premier contact avec le plaignant, le classement direct sans ouverture d'enquête lorsqu'il paraît certain qu'il n'y a pas d'éléments exploitables. Cette prise de risque mineure éviterait des milliers d'heures perdues à rédiger des procédures que personne ne lit et permettrait d'augmenter par transfert d'effectifs la présence, tant désirée par les populations, des policiers sur la voie publique. Les magistrats du parquet pareillement débordés pourraient alors profiter de cette évolution et se consacrer mieux aux cas les plus importants. Tout le monde y trouverait son compte.

L'évidence de ces propositions en arrive à nous faire regretter le système de fonctionnement des années antérieures où l'efficacité semblait érigée en critère majeur. Les évolutions néfastes apparurent après la mise en place par les parquets du système de traitement temps réel

(TTR). À son instauration dans le milieu des années 1990, il fut particulièrement bien accueilli par les procureurs de la République, leurs adjoints et leurs substituts, car le but affiché était de réduire le temps de traitement des dossiers dans des parquets continuellement en surchauffe en y apportant soit une première réponse immédiate, soit une orientation rapide vers un service enquêteur. Une partie des missions a donc été déléguée aux officiers de police judiciaire en même temps que l'obligation impérieuse de ne laisser aucun dépôt de plainte sans réponse, y compris ceux vides de tout élément matériel. Le résultat rapide fut un engorgement des services de police et de gendarmerie et, contrairement au but recherché, une embolie des services du procureur saisis de milliers de retours d'enquêtes qu'ils avaient eux-mêmes sollicitées (le principe de l'arroseur arrosé, en quelque sorte). Aujourd'hui, le TTR est globalement remis en cause par plusieurs organisations syndicales de magistrats, rattrapées par une réalité de terrain qui oblige les procureurs adjoints à se déplacer régulièrement dans les services de police et de gendarmerie pour procéder au classement de milliers de procédures qui ne seront jamais menées à terme. L'échec est patent et total, mais il est dissimulé par l'institution judiciaire qui persiste à revendiquer un fort taux de réponse judiciaire aux sollicitations des justiciables : près de 90 % en 2022, sans aucune différenciation entre d'innombrables et inutiles rappels à la loi (ou d'autres substituts de réponse tout aussi inefficaces) et des condamnations fermes à l'issue d'une procédure de comparution immédiate.

Dans l'hypothèse où des éléments concrets orienteraint l'enquête de police, avec beaucoup de travail de terrain (surveillances, filatures, témoignages de voisinage, etc.), complété par une utilisation rigoureuse de moyens ou d'inquisitions techniques et scientifiques (bornage et fadettes téléphoniques, exploitation des caméras, ADN, etc.), les policiers et gendarmes parviendront à identifier, trouver les adresses et interpeller les auteurs des crimes et délits pour les placer en garde à vue. Commence alors pour les OPJ un travail de titan dans un temps limité. La procédure judiciaire a connu ces trente dernières années une complexification déraisonnable due aux évolutions législatives et jurisprudentielles. Les normes européennes venues des pays anglo-saxons, traditionnellement plus orientés vers l'oralité et le débat contradictoire, se sont surajoutées aux règles imposées par nos pratiques procédurales inquisitoires et écrites. À cela, il faut ajouter l'influence considérable des jurisprudences des cours de justice supranationales (Cour de justice de l'Union européenne, Cour européenne des droits de l'homme), davantage orientées sur la protection des libertés individuelles que sur l'intérêt collectif. Les inconvénients des deux systèmes se sont additionnés pour corseter le travail des enquêteurs, et si l'amélioration est nette en matière de protection des droits des personnes mises en cause, la considération des intérêts des victimes n'a pas évolué dans les mêmes proportions. Des marges énormes de progrès subsistent dans la prise en compte psychologique des plaignants et surtout dans leur droit à être informés par les policiers et les magistrats tout au long du processus d'enquête.

L'empilement infini de normes procédurales a engendré deux conséquences particulièrement néfastes pour la protection de nos concitoyens. La première est que désormais, pour une heure de travail de terrain, les membres des forces de l'ordre se retrouvent coincés six à sept heures derrière leurs ordinateurs à rédiger rapports et procès-verbaux dont la majeure partie de notifications interminables de droits aux suspects interpellés. La deuxième conséquence de ce mille-feuille administrativo-juridique est que l'erreur rédactionnelle, l'oubli de rapporter un détail, le manque de notification d'une mention légale, aussi infime soit-elle, seront scrutés à la loupe par les avocats de la défense qui, sans même se pencher sur le fond du sujet, réduiront à néant les dizaines d'heures de travail des investigateurs judiciaires en soulevant une nullité procédurale, permettant à l'auteur des faits d'être relâché avant même que la victime en soit avertie.

Quelques dossiers échappent cependant à ce tamis juridique. Ils sont alors soumis à la sagacité des magistrats du parquet puis du siège. Sur environ un million trois cent mille affaires non classées (en reprenant nos chiffres), entre 37 et 40 % feront l'objet d'alternatives aux poursuites, qu'il s'agisse de simples rappels à la loi (remplacés depuis janvier 2023 par des avertissements pénaux probatoires), de médiations, de réparations, d'injonctions thérapeutiques (pour les toxicomanes consommateurs et petits revendeurs), de stages de sensibilisation divers et variés, etc. Au total, ce n'est qu'un peu moins de huit cent mille cas qui feront l'objet d'un « vrai » jugement devant les cours de justice, soit 16 % des cinq millions de plaintes initiales et de procédures reçues annuellement dans les commissariats, brigades de gendarmerie, parquets et tribunaux.

Cet « écrémage » étonnant, qui ne reflète que la quantité des affaires prises en compte et ignore les faits non dénoncés, révèle déjà en soi une problématique d'efficacité quantitative de notre justice. À cette carence évidente se rajoute pour les citoyens témoins ou victimes de faits délictueux un sentiment d'absence absolue de réalité de sanctions palpables et compréhensibles dans des délais raisonnables. Cesare Beccaria, criminologue du XVIIIe siècle, considéré comme un des premiers inspirateurs des systèmes pénaux actuels, insistait sur la certitude d'une sanction comme premier élément d'efficacité d'une justice moderne. Ce précepte de bonne administration s'est perdu de vue au fil du temps. Notre système actuel cumule les griefs. Le délai de réponse est anormalement long, si bien que quand la sanction est prononcée, elle est souvent en totale inadéquation avec les évolutions de vie des auteurs et par conséquent en décalage avec les réalités du moment, tandis que, parallèlement, le temps qui s'étire est ressenti par les victimes comme un abominable déni de justice, rajoutant la souffrance d'une attente interminable à la douleur des dols, des plaies et des viols subis. La moyenne entre le constat des faits et les décisions de justice s'élève dans notre pays à 636 jours pour un jugement au civil (contre 237 pour la moyenne européenne), dix mois pour un procès au tribunal correctionnel, cinq ans aux assises, et un an pour un jugement administratif.

Les réponses elles-mêmes souvent incompréhensibles tant elles sont disproportionnément laxistes (en particulier quand elles sont additionnées à l'excuse de minorité pour les moins de 18 ans) contribuent à renforcer le sentiment d'avoir affaire à une institution hors-sol, sans cœur et sans âme, imperméable aux réalités du quotidien des citoyens qu'elle se doit pourtant de prendre en compte et de réguler. Au premier trimestre 2023, les Français affichaient un taux de confiance en la justice de leur pays de 44 % contre 72 à l'armée et 69 à la police (OpinionWay, 15 mars 2023).

L'impunité ressentie des délinquants d'habitude, et particulièrement des plus jeunes, est un des marqueurs les plus significatifs de cette déconnexion. Les justiciables ne supportent plus de voir des multirécidivistes continuer à opérer en toute liberté alors qu'ils ont été interpellés en flagrant délit des dizaines de fois. En la matière, l'utilisation abusive des pseudo-peines non contraignantes est ressentie par les victimes, par les policiers mais aussi par les délinquants eux-mêmes, comme une autorisation implicite à persévérer dans l'illégalité.

Une mention spéciale doit être délivrée à l'utilisation abusive de peines de prison prononcées avec sursis. L'idée d'origine, perdue de vue depuis bien longtemps, était sans doute d'empêcher le délinquant de réitérer ses méfaits sous peine d'une nouvelle condamnation ferme augmentée de la durée du sursis préalable. Las ! Le principe indiscutable d'une philosophie judiciaire de réinsertion appliquée jusqu'au déraisonnable, s'appuyant sur la sacro-sainte règle d'individualisation des peines, a désarmé le concept en prononçant en dépit des textes législatifs et réglementaires des sursis aux sursis, voire des sursis aux sursis des sursis.

Autre objet de courroux généralisé, l'immunité, considérée par les populations comme totale, vis-à-vis des mineurs dont les faits de délinquance et de criminalité n'ont cessé de croître ces dernières années, en quantité et en brutalité. Qu'ils soient impliqués très tôt dans des trafics organisés (vente de stupéfiants ou de cigarettes en particulier) ou qu'ils s'adonnent à une violence de voie publique, seuls ou en bande, leurs exactions nourrissent un débat sur l'âge de leur responsabilité pénale ou leur expulsion du territoire national dans le cas des mineurs non accompagnés (MNA). Les dernières réformes légales entrées en vigueur en septembre 2021, tentant d'évoluer vers des mises en cause moins laxistes, n'ont pas porté leurs fruits, le parlement restant divisé sur cette problématique délicate.

Ces folies doivent cesser. Dans ces domaines bien particuliers, l'homme politique, et tout spécialement le législateur, doit prendre son courage à deux mains et s'opposer à ces doctrines mortifères et ces pratiques sapant l'autorité de l'État et désespérant les citoyens.

À la fin du XIXe siècle, les études de l'économiste et sociologue italien Vilfredo Pareto démontrèrent que dans les systèmes de production, 80 % des effets étaient produits par 20 % des effecteurs (causes). Cette loi des 80 est d'actualité constante, même si les proportions varient en fonction des domaines. En ce qui concerne les chiffres de la criminalité générale, la sous-direction de la statistique et des études du ministère de la Justice relevait en 2022 que 42 % des personnes condamnées par la justice pour délit et 10 % des criminels avaient déjà été condamnés au cours des cinq années précédentes. Les magistrats et enquêteurs judiciaires de la police et gendarmerie confirment cet état de fait. Il existe bien un « noyau suractif » de délinquants qui concentre une majorité des actes illégaux. Malgré ce constat permanent, aucune politique pénale ne s'est préoccupée spécifiquement de ce phénomène, et pourtant un « traitement efficace » de la récidive serait de nature à infléchir de manière substantielle les chiffres de la criminalité de voie publique et réduire la sensation d'impunité, partagée par les citoyens et les professionnels de la sécurité. Cette volonté pourrait s'appuyer sur quelques pistes simples que nous avions déjà suggérées (dans un groupe resserré de travail) lors des deux campagnes présidentielles du candidat Macron :

– Fusion dans le Code pénal des notions de récidive (commission d'un nouveau délit identique ou assimilé au précédant) et de réitération (commission d'un nouveau délit différent du précédant), en alignant les circonstances aggravantes.

– Centralisation des procès des multirécidivistes et multiréitérants devant une chambre correctionnelle composée de magistrats mieux formés aux phénomènes de la récidive.

– Possibilité pour l'administration de compléter ces décisions de mesures d'éloignement des territoires (retour des étrangers dans leurs pays d'origine pour ceux qui sont expulsables, interdiction de départements ou de régions pour les autres).

*

Excepté dans quelques domaines bien précis en concordance avec des évolutions sociétales partagées par tous (la lutte contre les atteintes sexuelles et sexistes, les délits et crimes à l'encontre des plus vulnérables) ou des menaces dont la particulière gravité sur nos institutions et notre cohésion nationale nécessitent une justice d'exception (terrorisme), la tendance à la fermeté n'est pas un des traits marquants de la moyenne des jugements prononcés en France. L'institut de politiques publiques notait fin 2023 que pour les délits, seulement 8 % des peines prononcées correspondaient au maximum prévu par le Code pénal. Cette évidente mansuétude relance régulièrement le débat sur les peines planchers pour certains crimes et délits. Cette mesure, prise sous la présidence de Nicolas Sarkozy et écartée par son successeur, ne fut que très peu appliquée dans les faits. Une fois encore, les magistrats usèrent d'interprétations généreuses basées sur le principe d'individualisation. Pour éviter cet écueil, d'autres pays comme le Canada expérimentent un niveau de peines minimales orientées uniquement sur certains délits et crimes. Cette piste ne doit pas être écartée.

Pour être tout à fait objectif, je me dois aussi de témoigner que pendant ma longue période à la tête de plusieurs services de police judiciaire, j'ai côtoyé des magistrats exceptionnels et particulièrement compétents, animés de ce principe moral de justice qui les rendaient à la fois humains et terriblement efficaces. Ceux-là se voulaient imperméables aux justifications moralistes douteuses plus favorables aux délinquants qu'aux victimes. Ils ne justifiaient pas non plus leur inaction en invoquant inlassablement le manque de moyens de leur ministère, même s'ils regrettaient autant que les autres cette réalité incontestable. Cette noblesse d'âme atypique s'est régénérée et il me semble que de plus en plus de jeunes juges adoptent des comportements plus vertueux et efficaces. Ce mouvement, qui en est encore à son début, donne espoir, mais là encore nous oblige au courage des réformes.

Par-delà l'aspect désagréable de la hargne antisystème de ses membres, il est étonnant de constater le positionnement doctrinaire du syndicat de la magistrature dont un des rôles devrait consister à proposer des évolutions pour une meilleure administration de la justice. Malheureusement, ce n'est pas le genre de la maison. Dès le départ (1968), la ligne était tracée par Oswald Baudot, un des membres créateurs qui s'exprimait en ces termes : « Ayez un préjugé favorable pour la femme contre le mari, pour l'enfant contre le père, pour le débiteur contre le créancier, pour l'ouvrier contre le patron, [...] pour le malade contre la sécurité sociale, pour le voleur contre la police, pour le plaideur contre la justice. » Tout est dit et respecté au cordeau aujourd'hui encore, quand les mêmes dénoncent à la Fête de l'Humanité, devant des militants communistes pour la plupart sceptiques, la violence généralisée dont ferait preuve la police.

Les membres des forces de l'ordre et leurs familles, honnis, sont les victimes régulières de cette propagande. Les jugements prononcés à l'encontre de leurs agresseurs sont ridicules, à l'instar de ces quatre femmes condamnées en février 2024 à des peines de six mois de prison avec sursis et remises immédiatement en liberté après avoir frappé violemment, devant son enfant, la compagne d'un policier qui les avait arrêtées à plusieurs reprises pour vol. Ni la qualité particulière de la victime, ni la violence des faits, ni la circonstance aggravante d'action en bande, ni la sévérité des peines augmentées dans un texte de loi récent pour éviter ce type de délinquance n'ont eu raison du dogmatisme des censeurs. Qu'on se le dise, ces juges militants choisiront toujours « les voleurs contre la police », et si l'on en doutait malgré tout, il suffit de suivre l'actualité au jour le jour pour y piocher d'innombrables exemples de décisions incompréhensibles pour le commun des mortels. Ainsi en novembre 2023, à Nantes, un adolescent de 16 ans au volant d'une voiture volée refuse d'obtempérer, percute un policier et le traîne sur vingt mètres. Il sera condamné à trente-cinq heures de travail d'intérêt général (qu'il exécutera dans 400 jours... peut-être). En août 2024, dans les Alpes-Maritimes, l'adjudant de gendarmerie Éric Comyn est mortellement percuté par un chauffard ivre déjà condamné dix fois, et dix fois laissé libre. Désespérée, la veuve déclarera : « La France a tué mon mari. » Est-ce vraiment la France ? Est-ce le législateur ? Ou est-ce plus précisément de la responsabilité de ceux qui se refusent à appliquer les textes ?

Par-delà ces dénis de justice, il n'est pas rare de relever de la part des membres du syndicat de la magistrature des comportements détestables et insultants envers les victimes. Ce fut le cas lors de cette lamentable affaire du « mur des cons », quand les syndicalistes avaient affiché, à la vue de tous et des journalistes en particulier, dans le hall d'entrée de leurs locaux leurs têtes de Turc. À côté d'hommes et de femmes politiques s'affichait le visage de Philippe Schmitt, dont le seul tort était d'être le père d'une jeune fille assassinée et d'avoir eu l'outrecuidance de demander publiquement des comptes aux magistrats sur l'évolution de l'enquête en cours. Son insistance bien légitime, sans doute additionnée à sa qualité d'officier général dans l'armée, ne le prédisposait pas à une quelconque bienveillance de la part de ses interlocuteurs. C'est ainsi qu'il fut à son tour cloué au pilori. Habitué à la joute, il ne s'en laissa pas conter et déposa plainte. Après plusieurs années, les juges condamnèrent la secrétaire générale du syndicat de la magistrature à une amende de cinq cents euros… avec sursis. Il n'y avait pas de raison de changer de pratique entre gens de bonne compagnie.

*

Les jugements ne sont pas les seuls points d'achoppement entre la justice et les justiciables. Les pratiques procédurales sont bien souvent elles aussi l'occasion de décisions surprenantes de la part des magistrats. C'est le cas de la mise en détention préventive (mise en prison d'une personne suspectée d'un crime ou d'un délit pendant le temps de l'enquête ou en attendant le procès). Cette mesure est prévue et strictement limitée par le Code de procédure pénale, seuls des éléments techniques listés et énumérés peuvent permettre son application. Les interprétations politiques ne doivent pas entrer en ligne de compte. Pourtant, comment expliquer la mise sous les verrous pendant près de cinq mois d'un policier ayant fait, en service, usage de son arme et provoqué la mort d'un jeune conducteur de voiture de 17 ans et le peu de temps passé dans les mêmes conditions par un humoriste célèbre auteur d'un accident sous l'emprise de produits stupéfiants ayant entraîné des blessures graves à une mère et la perte de son enfant en gestation ? Pourquoi de telles différences d'interprétation ?

Les erreurs procédurales sont aussi à l'origine de drames affreux. En janvier 2020, la cour d'appel de Nîmes ordonna la libération d'un homme condamné à trente années de prison pour un féminicide particulièrement atroce sur son ex-compagne, en raison du dépassement du « délai raisonnable » avant son procès en appel (plus de deux ans). Certains récits judiciaires tentent de nous persuader qu'on ne transige pas avec la rigueur de la loi et qu'il semble plus « acceptable » de libérer un assassin que de le faire patienter. La magie de la démonstration réside sans doute dans cette formidable aptitude à ne se poser de questions ni sur la responsabilité des magistrats à l'origine de cette situation ni sur l'intérêt de trouver une solution moins choquante.

On le voit, le système dans son ensemble semble enkysté dans des réflexes corporatistes qui contribuent à ses dysfonctionnements. Une partie des magistrats du siège tranchent en conscience, jouant sur toute l'échelle des sanctions mise à leur disposition, recourant si nécessaire aux peines de prison fermes. La justice est rendue, il faut leur en donner crédit et les féliciter pour avoir bravé le milieu ambiant. Mais leur décision sera-t-elle appliquée en totalité ?

Rien n'est moins évident. Dans son dernier ouvrage, *Justice : la colère qui monte*, la magistrate et syndicaliste Béatrice Brugère, s'appuyant sur une étude de l'Institut pour la Justice, souligne que 8 % des peines de prison prononcées, soit dix mille par an, ne sont jamais exécutées (aucune explication n'est avancée par l'administration sur ce dysfonctionnement). Il faut attendre quelquefois jusqu'à cinq ans pour que les 92 % restant soient mis en application, souvent… sans incarcération (un comble pour des peines de prison). En effet 41 % des « condamnés fermes » ne mettent jamais les pieds en geôle, les peines courtes étant aménagées d'office et à l'extérieur des centres pénitentiaires et maisons d'arrêt (cf. supra). Un incarcéré n'effectue en moyenne que 62 % de la durée de sa peine prononcée.

Pour être exécutoire, un jugement doit faire l'objet d'une signification au condamné. Une majorité de jugements prononcés après un délai nécessaire à la délibération le sont hors de la présence du délinquant, qui la plupart du temps ne se représente pas le jour de la sentence. Toute notification est donc impossible et empêche l'exécution.

S'ajoute à cette problématique l'absence ou les erreurs de retranscription des procès pour cause de manque de greffiers.

Concernant les autres pénalités, leur mise en application réelle souffre des mêmes maux. Selon un rapport parlementaire datant de 2018, le délai moyen de prise en charge d'un condamné à une peine (ou un contrôle judiciaire) de travail d'intérêt général (TIG) est de 400 jours et le taux de recouvrement des amendes atteignait péniblement les 38 % en 2020.

Quand tout fonctionne dans les règles de l'art, vient alors le temps de l'entrée en scène du juge d'application des peines (JAP). C'est un magistrat du siège (mais qui ne juge pas – *non-jugeant*), spécialisé depuis sa création en 1958 dans le suivi des condamnés à l'intérieur et à l'extérieur des prisons (probation). Il dispose, dans un souci d'individualisation de la peine, d'un pouvoir d'investigation très large (examens, auditions, enquêtes, expertises, réquisitions, etc.) en matière d'application des sanctions prononcées. Ainsi, au principe de valeur constitutionnelle de l'individualisation de la sanction pénale, le système judiciaire français a ajouté un principe d'individualisation de l'application de la sanction qui, lui, n'existe pas dans notre Constitution. Cette double précaution ne joue qu'au bénéfice du condamné, car son seul risque est de ne pas profiter de la totalité des remises de peine à la main du JAP (sachant qu'il bénéficiera de droit des remises automatiques). Ainsi, pour une sanction d'une année de prison ferme, le condamné pourra jouir de trois mois de remise automatique et de trois mois décidés par le JAP, il pourra donc sortir de maison d'arrêt au bout de six mois, s'il ne bénéficie pas d'une mesure supplémentaire de libération sous contrainte (bracelet électronique, contrôle judiciaire) lui permettant de partir encore plus tôt.

Aucun système d'alerte n'a fonctionné pour faire cesser ces dénis de droit, pas même les plaintes incessantes des juges du siège à l'égard de leurs collègues d'application des peines accusés de démonter consciencieusement les jugements prononcés. Le même grief est fait à l'encontre des magistrats des enfants et de tous les autres spécialistes dont les expertises riment trop souvent avec mansuétude absolue.

Sans être unique en Europe, la construction d'une exécution des peines et d'une probation (suivi des condamnés se trouvant hors des prisons) sur le modèle d'un JAP n'est pas un système dominant dans les pays occidentaux. Certaines nations n'ont jamais rattaché cette mission particulière aux tâches traditionnelles des juges, estimant assez logiquement, dans le pur respect de la séparation des pouvoirs, que la bonne administration des jugements devait échapper au domaine judiciaire.

Aux Pays-Bas, par exemple, le travail de probation est mené à bien par des organisations non gouvernementales, même si le ministère de la Justice joue un rôle d'impulsion administrative dans l'orientation et le contrôle des tâches. En Angleterre et au Pays de Galles, la probation est aux mains de services privés, en Autriche les rôles sont partagés entre privé et public.

Aurons-nous le courage de nous inspirer des bonnes pratiques extérieures, de briser ce dogmatisme qui a été imposé par quelques-uns au fil du temps à notre pays au mépris des droits des victimes ?

*

Cette transformation doit s'appuyer sur des moyens à la hauteur des enjeux. La bonne administration de la justice revêt aussi un important aspect budgétaire, mais gardons-nous d'investir à perte, de déverser comme nous savons si bien le faire dans notre pays des flots de subventions sans jamais atteindre d'objectifs probants. L'efficacité des engagements financiers toujours payés, rappelons-le, par le contribuable, dépend à la fois d'un bilan objectif de l'existant qui rendrait compte des résultats des dépenses précédentes, et d'une vision précise de l'avenir. L'absence de l'un et l'autre voue à l'échec toute tentative de réforme générale. Malheureusement, ces comportements peu responsables semblent avoir dominé depuis des décennies les choix généraux des gardes des Sceaux successifs. Cet héritage douloureux nous condamne à enregistrer la présence de onze magistrats pour cent mille habitants quand les autres pays européens affichent une moyenne deux fois supérieure, largement dépassée par l'Allemagne, la Pologne ou la Hongrie.

En 2018, la France dépensait 0,33 % de son PIB pour le ministère la Justice, soit soixante-dix euros par habitant. De 2017 à 2022, ce budget a augmenté de plus de deux milliards. S'il faut saluer l'effort, le chemin est encore long pour rejoindre au classement nos camarades européens affichant, à l'image de l'Espagne, plus de quatre-vingt-dix euros par habitant. Ce chiffre étant d'ailleurs la moyenne européenne, loin des 131 euros de l'Allemagne ou les 113 de la Suède.

La volonté réformatrice de la loi de programmation de la justice votée en 2019 n'a pas tenu ses promesses. Des avancées, aux premiers rangs desquelles la création des cours criminelles départementales pour désengorger les cours d'assises et la mise en place de l'amende pénale forfaitaire afin d'apporter une sanction immédiate à la consommation de produits stupéfiants, sont certes à applaudir, mais l'engagement de simplification de la procédure pénale, un des plus gros chantiers annoncé, par la ministre de l'époque, n'a pas été suivi d'effet.

Cette nécessité soulevée par tous les acteurs de terrain, policiers, gendarmes et magistrats, s'est heurtée au lobbying des corporations du monde judiciaire, des associations et ONG se revendiquant de la protection des droits individuels. Je peux en témoigner en tant que député siégeant à cette époque.

Face aux coups de boutoir de tous ces contradicteurs augmentés de la complicité active des nombreux députés anciens avocats (premier groupe de pression à l'Assemblée nationale), les simplifications textuelles demandées ont été habilement détournées vers des engagements à numériser le parcours judiciaire des procédures de l'enquête initiale à la condamnation finale. La lutte contre le mille-feuille des lois et règlements à défraîchir de toute urgence fut jugée obsolète avant même d'avoir débuté. Il fut alors opposé aux *brailleurs* et aux *ringards* (que nous étions) une certitude de rapidité d'un outil digital capable de régler le problème en trois clics. Une partie de l'augmentation conséquente du budget mentionné plus haut fut orientée sur cette manœuvre dont les effets sont toujours attendus aujourd'hui même.

Nous avons fait ce que nous savons si bien faire : dépenser beaucoup d'argent, de temps, d'énergie, sans demander de comptes aux administrations. Cette absence de pilotage a accru dramatiquement le problème au point de nécessiter un nouveau plan pluriannuel dont les objectifs furent listés dans la loi de novembre 2023 d'orientation et de programmation du ministère de la Justice. Il fut voté un budget augmenté de quatre milliards et demi d'euros à l'horizon 2027, pour le situer à l'identique de la moyenne des autres pays européens. Il fut prévu également une augmentation exceptionnelle de dix mille emplois, dont mille cinq cents magistrats et mille cinq cents greffiers, et un engagement renouvelé vers une digitalisation tant attendue et toujours aussi peu installée.

L'augmentation des budgets et le recrutement de personnel réaffirmés en dépit de la contrainte du déficit budgétaire seront de nature à compenser en partie le retard de notre pays par comparaison avec nos voisins européens. Mais outre un contrôle plus rigoureux sur l'argent investi et des effets produits, deux autres logiques nécessitent d'être déployées avec courage.

Tout d'abord, l'opportunité historique du quasi doublement du nombre de magistrats dans les quatre années à venir doit être l'occasion de recruter mieux, en ouvrant les portes à des candidats ayant déjà eu une expérience de vie affirmée dans d'autres administrations ou dans le secteur privé. Compte tenu de leur âge, ceux-ci, sans doute moins malléables et influençables par rapport aux idées préconçues distribuées à outrance lors des formations initiales, enrichiraient de leur vécu une institution qui peine à s'ouvrir au monde extérieur et aux préoccupations des justiciables.

La deuxième préoccupation revient avec une périodicité de métronome, lors des campagnes présidentielles et législatives. Le nombre de places de prison a été depuis fort longtemps érigé en artefact politicien. Chaque camp s'est heurté de manière récurrente à cette drôle d'évidence qui semble contraindre l'efficacité à une logique comptable. Peut-être cette observation résume-t-elle à elle seule l'inanité de la pensée politique, quand les responsables de tous bords s'abandonnent à la paresse de l'esprit, s'accusant mutuellement de ce qu'ils n'ont pas su faire. Les années Sarkozy nous assuraient la fermeté à travers la promesse de vingt-quatre mille places carcérales, trois mille furent livrées. Trois mille autres en lieu et place des douze mille affichées par son successeur (plus précisément M. Urvoas, garde des Sceaux, car Mme Taubira, qui le précéda à ce poste, ne se souciait que fort peu des incarcérations), trois mille encore et toujours, au lieu des quinze mille du programme électoral d'Emmanuel Macron. Dix-huit mille figurent dans la nouvelle loi de financement, doit-on s'attendre aux trois mille places traditionnelles ? Il semblerait que sept mille soient en cours de construction, patientons ! Quoi qu'il en soit, le compte n'y est pas. Pourquoi est-ce si difficile pour les gouvernements de tenir leurs engagements en ce domaine ?

Notons d'abord que peu d'élus locaux sont transportés d'allégresse à l'idée de voir une prison s'ériger sur leur territoire, même s'ils se montrent de fervents partisans de ce type d'établissement… de préférence chez les autres !

Ensuite, quinze mille places supplémentaires supposent le recrutement et la formation d'au moins trente à quarante milles surveillants pénitentiaires. Outre le coût budgétaire, les vocations pour intégrer ce corps ne se situent pas à ce niveau dans notre société.

Ajoutons que la philosophie anticarcérale baignant toutes les composantes du ministère de la Justice s'est diffusée au fil du temps. Les colorations politiques des gouvernements successifs n'ont rien changé à ce mouvement responsable d'une inaction administrative ancrée dans la durée.

Le retour de l'administration pénitentiaire au ministère de l'Intérieur (comme ce fut le cas avant 1911) pourrait être de nature à initier un nouvel état d'esprit. Avec quelques autres, nous l'avions, sans grand espoir, suggéré lors des deux campagnes présidentielles d'Emmanuel Macron. Il me semblait que cette réforme, associée à la disparition de la fonction de JAP, était de nature à revisiter en profondeur la politique d'application des peines et à recueillir l'approbation des justiciables. Idée sans doute à garder en mémoire. D'autres la réaliseront peut-être.

Le nombre de places actuel en milieu carcéral est estimé à un peu moins de soixante-deux mille (sans compter les sept mille en cours). Le taux d'occupation moyen dépasse régulièrement les 120 %. À la fin de l'année 2023, environ quatre-vingt-douze mille personnes étaient placées sous écrou, parmi lesquelles un peu plus de seize mille sous bracelet électronique. Par-delà la diversité de la longueur des peines, ces enfermements concernaient des typologies particulières d'individus, au premier rang desquels un peu moins de vingt mille détenus provisoires, gardés pour enquête en cours ou en attente de jugement. Si ce type de mise en surveillance forcée s'explique pour les cas les plus dangereux, susceptibles de détruire des preuves, d'influencer des témoins ou de disparaître dans la nature, une bonne partie pourrait faire l'objet de mesures de contrôle à l'extérieur, plus simples et moins onéreux (bracelets électroniques, assignation à résidence, limitation des déplacements, etc.), libérant ainsi un nombre non négligeable de possibilités d'hébergement. À peu près autant (dix-neuf mille) sont des prisonniers étrangers dont une majorité pourrait être expulsée en fonction d'accord bilatéraux leur permettant de purger leur peine dans leur pays d'origine. Enfin, environ 20 % du nombre total des incarcérés sont atteints de troubles psychotiques et sont incarcérés faute de structures spécialisées suffisantes.

Ainsi, si l'augmentation du nombre de places de prison demeure une priorité indéniable, le calcul de construction de nouveaux centres et des possibilités d'hébergement associées devrait être pensé en fonction de la typologie des personnes. Cette option est retenue par le garde des Sceaux, Gérald Darmanin. Dans ce domaine, une étude sérieuse prenant en compte des critères précis, dont ceux mentionnés ci-dessus, devrait précéder toute annonce au « doigt mouillé » dans des programmes politiques d'une surenchère inefficace et jamais respectée.

De l'autre côté du spectre, les annonces de libération inconditionnelle de détenu avant terme devraient être maniées avec prudence, voire interdites, compte tenu des générosités automatiques déjà existantes dans notre système. Ce fut le cas lors de la pandémie de la COVID où près de sept mille prisonniers (certains avancent le chiffre de douze mille) furent élargis pour des raisons sanitaires.

Par-delà ces constats, la France serait bien inspirée de mettre en œuvre, ou pour le moins d'expérimenter les bonnes pratiques de voisins européens. Aux Pays-Bas, le taux d'entrée en milieu carcéral est d'un tiers plus élevé que dans l'Hexagone, et pourtant les prisons bataves ne souffrent pas d'engorgement, car ce pays pratique de manière insistante une politique de réponse pénale basée sur l'application de très courtes peines effectives dès la première incartade. Avec 20 % de réponses carcérales immédiates contre moins de 1 % dans notre pays, les Néerlandais consolident l'effectivité de la sanction et génèrent par cette réplique ferme (augmentée d'un suivi probatoire efficace) un des taux de récidive les plus bas des pays européens. La rapidité du passage en milieu fermé assure parallèlement une rotation et une disponibilité des places, et il n'est donc pas nécessaire de dépenser les milliards du contribuable pour la construction d'établissements pénitenciers et le recrutement d'agents de surveillance.

Toutes ces mesures de bon sens – courtes peines au premier délit, traitement sérieux de la multirécidive, peines minimales pour tous les délits et crimes (certains utilisent le vocable de « peines planchers » pour certaines infractions), application réelle du sursis, diversification du recrutement des magistrats, nouveau système d'application des peines et de la probation, etc. – nécessitent un minimum de courage, de simple bon sens. Mais cet investissement dans ces réformes est attendu, il ne peut plus être reporté, le système est à bout de souffle, la crédibilité de l'État est en jeu et la colère des justiciables de plus en plus palpable.

Chapitre 5

L'État, « roi nu », le courage de reconquérir le pouvoir.

Mon incursion, sans plus de préparation qu'une expérience professionnelle policière, dans les paysages mouvants de la politique s'est avérée riche en enseignements. L'arrivée de la macronie rafraîchissait alors le vieux monde de l'entre-soi, incapable de s'expliquer et de maîtriser ce flux pétillant débordant de toute part. La promesse était belle : ne plus faire comme avant, s'astreindre à moins de lois mais mieux les appliquer, les enrichir des propositions des autres pour peu qu'elles fussent audacieuses.

L'espoir perdura quelque temps et puis la politique reprit son cours (« Nous avons essayé de faire au mieux, mais ce fut comme d'habitude », Sylvain Tesson, *Avec les fées*). Nous fîmes comme nos prédécesseurs, nous écrasâmes de notre majorité immodérée les tentatives d'expression de nos voisins d'hémicycle dont certaines me semblaient pourtant bien pondérées. Nous censurâmes les initiatives jusqu'à l'incompréhensible. Je me souviens de cette suggestion d'un groupe extérieur à notre fratrie, mais plutôt raisonnable, qui reprenait une des propositions sévèrement taclées par le Conseil constitutionnel deux années auparavant dans la loi dite « anticasseurs » de 2019. Christophe Castaner, ministre de l'Intérieur à l'époque, avait mis tout son poids dans la balance afin d'exclure des manifestations un certain nombre d'excités particulièrement dangereux, ne cherchant qu'à casser des commerces ou s'attaquer aux flics. La haute cour en jugea autrement et censura l'article. Il fut repris deux années après par des députés UDI dans une proposition de loi améliorée. Assez logiquement, nous fûmes nombreux à approuver cette nouvelle mouture. Las ! Nous avions oublié la règle de base : ne pas voter avec les oppositions. Christophe Castaner, devenu entre-temps chef de notre majorité, nous le rappela fermement. Quand je lui fis part de mon incompréhension d'autant plus forte que cette mesure était attendue par les forces de l'ordre, rien ne le fit changer d'avis, pas même la demande pour l'occasion d'une liberté de vote. Cette incohérence me poussa ce jour-là à m'affranchir non sans états d'âme de cette discipline de groupe que je pratiquais jusque-là avec rigueur. Je ne fus pas le seul.

La Vᵉ République et sa logique majoritaire renforcée par la mise en place du quinquennat présidentiel favorisent ces pratiques partisanes. Les sénateurs et les députés influent peu sur les évolutions profondes de notre société. Ce furent les gouvernements qui se chargèrent de proposer et de faire adopter l'abolition de la peine de mort, le droit à l'interruption volontaire de grossesse, le mariage pour tous, la procréation médicalement assistée, et le droit à mourir dans la dignité. Autant de transformations impactantes (qu'on y adhère ou non) initiées lors de programmes présidentiels et mis en place par l'exécutif. Dans ce processus, les députés du bloc majoritaire votent globalement « pour », juste remerciement de leur élection largement due à l'effet d'aspiration de leur leader à qui ils vouent une reconnaissance plus ou moins durable (on se souvient des frondeurs socialistes). Leurs collègues d'opposition, eux, s'opposent ou obstruent par définition. Chacun assume un rôle prévisible et désespérant, même si les dernières élections législatives de 2022 et surtout de 2024, après la dissolution, privant le pouvoir en place de majorité absolue, ont introduit un espace d'improvisation favorable à des accords moins prévisibles.

Signe incontestable de cette soumission, c'est le gouvernement qui oriente l'ordre du jour des deux assemblées. D'abord en décidant de la longueur des sessions parlementaires : si le calendrier de l'Assemblée nationale est fixé par son président ou sa présidente après consultation des présidents de tous les groupes politiques, les dépassements extraordinaires (ils sont quasi-systématiques) sont à la main du Premier ministre. Par ailleurs, pour assurer à l'exécutif la mise en œuvre dans des délais raisonnables des réformes législatives qu'il estime primordiales, il lui est réservé la moitié du temps ordinaire et la totalité du temps en session extraordinaire. Le reste est consacré au contrôle de l'action du gouvernement, à l'évaluation des politiques publiques et aux propositions de loi d'origine parlementaire, sauf si, conformément à l'article 48 de la Constitution, l'exécutif prévoit l'inscription à l'ordre du jour de nouvelles priorités, ce qui arrive constamment.

Le mode de fonctionnement de la Ve République réduit l'Assemblée nationale et le Sénat (dans une moindre mesure) à des chambres d'enregistrement. À titre personnel, j'eus plus la sensation de peser sur l'événement à la tête de mon unité d'intervention que lors de certains longs moments de solitude, les fesses vissées pendant des heures sur le strapontin de velours rouge de l'hémicycle.

La logique de fonctionnement de nos institutions voulue par le constituant de 1958, pour se démarquer des instabilités des régimes antérieurs, orienta définitivement les trajectoires des élus nationaux vers d'autres ambitions que le désir désormais illusoire de changer la réalité quotidienne des Français. Ce pouvoir ne leur appartenait plus, et tous, les uns après les autres, même ceux issus de la société civile et emplis d'illusions, s'en rendirent compte. De surcroît, ils ne purent, comme l'avaient fait leurs prédécesseurs, retrouver une efficacité et un sens au travers d'un mandat local, cette possibilité venait de leur être retirée avec l'article L.O.141-1 du Code électoral qui interdisait le cumul des mandats électoraux. Il leur était donc impossible d'être député et maire. La majorité d'entre eux resta cependant en fonction et se représenta, nourrissant sans doute pour certains le secret espoir d'intégrer un gouvernement, seul cénacle de puissance réelle, et pour d'autres, persévérant courageusement sur un chemin de pèlerinage caillouteux, occupant leurs temps et leurs énergies de commissions d'enquête en rapports et d'audits en groupes de travail.

Il y a pourtant mieux à faire. Même dans la configuration actuelle, les parlementaires pourraient se rendre utiles, voire incontournables. Les activités annexes, hors le vote de la loi, confiées aux élus nationaux font état d'un contrôle de l'action du gouvernement et d'évaluations des politiques publiques. C'est en investissant plus en profondeur ces deux domaines que les députés ou les sénateurs pourraient contribuer à un renouveau considérable de leurs fonctions, donner un nouveau sens à leurs missions et faire œuvre utile au bénéfice de nos concitoyens. Qui mieux que les élus de la nation pour vérifier sur le terrain les effets d'une loi qu'ils ont votée ? Ces représentants du peuple ne sont-ils pas placés idéalement pour contraindre les administrations centrales ou locales à appliquer textes et règlements ? Ne pourraient-ils pas s'emparer des réformes de structure dans le domaine de la sécurité, de la santé, de la justice, etc., et vérifier où en sont les investissements antérieurs et quels en sont les effets ? Nul doute que dans le cadre de ces attributions, ils auraient décelé, avant que les agriculteurs ne manifestent massivement, la multiplicité étouffante des normes et le contournement généralisé des textes (en particulier les lois EGALIM) censés garantir un niveau minimum de revenu à nos paysans.

Mais la prise en compte de ce rôle nécessiterait deux exigences fortes. En premier lieu, quelques moyens financiers supplémentaires pour embaucher plus de collaborateurs compétents sur ce type de missions (la masse salariale mensuelle destinée aux collaborateurs est d'environ dix mille euros en France contre quinze mille en Allemagne). Par ailleurs, il convient que les élus se persuadent que cette tâche est propre à leurs missions, même si la visibilité d'un tel travail est moins perceptible qu'une question au gouvernement ânonnée devant les caméras de télévision le mardi ou mercredi après-midi ou qu'une « punchline » assassine distribuée à la presse dans la salle des quatre colonnes de l'Assemblée nationale. Choisir l'efficacité plutôt que l'affichage, orienter son action politique vers les autres plutôt que de penser à son propre futur exige cette forme peu commune de courage : l'abnégation.

À titre personnel, et en dépit de toutes ces réserves, j'ai apprécié mon passage au sein du cœur battant de notre démocratie. J'avais très tôt envisagé que ces honorables fonctions ne pouvaient être que passagères et que le temps d'un quinquennat suffirait largement à ma curiosité. Ce détachement assez précoce m'assura la liberté de ne pas avoir à me battre à chaque instant pour perdurer. Fort de cet avantage, j'orientai mon énergie exclusivement vers des domaines qui me demeuraient chers et pour lesquels je nourrissais toujours une certaine appétence. C'est ainsi qu'il me fut confié en équipe avec ma collègue Alice Thourot, députée de la Drôme, une mission parlementaire sur « le continuum de sécurité ». Le Premier ministre, notre mandataire, nous orienta sur l'évolution de la prise en compte de certaines tâches de sécurité et de leur nouveau partage entre police et gendarmerie nationales, polices municipales et services privés de sécurité. Au bout de six mois d'enquête, nous publiâmes en septembre 2018 un rapport contenant soixante-dix-huit propositions d'amélioration. Nous ne visions pas seulement une continuité de l'action des divers membres du secteur, mais ni plus ni moins qu'une nouvelle philosophie de « sécurité globale » impliquant tous les acteurs dans le cadre d'une construction homogène et sans rupture. Assez rapidement, nous transformâmes ce rapport en proposition de loi, paraphée par tous les membres de notre majorité. Mais ce n'est qu'en juillet 2020 que le nouveau Premier ministre Jean Castex et son ministre de l'Intérieur, Gérald Darmanin, s'intéressèrent sérieusement à nos travaux. Le parcours du combattant commençait.

Peu de personnes s'imaginent la difficulté de transformer des idées simples et pratiques en texte législatif. Je peux témoigner de l'énergie déployée et des centaines d'heures dépensées en discussions et tractations. Car la loi est avant tout le résultat du plus grand consensus à trouver entre les hommes comme de l'équilibre à respecter entre les institutions. Le projet débuta par la rédaction du document, éclairée par de nombreuses auditions de spécialistes, d'universitaires, d'ONG, de protecteurs des droits à des divers niveaux, de juristes, etc. S'agissant d'une proposition de loi (d'origine parlementaire), une première tractation eut lieu auparavant avec les conseillers très proches de Gérald Darmanin afin d'aboutir à une version satisfaisante pour les deux parties que sont le gouvernement et le Parlement. Il est généralement d'usage d'exposer cette première mouture au Conseil d'État et d'enregistrer les modifications désirées. Les quelques articles réglementant l'usage de caméras piétons et embarquées sur des drones, dans le cadre des missions de police, nous imposèrent d'alerter aussi la commission nationale de l'informatique et des libertés (CNIL). Nous nous rendîmes à ses avis. Vint ensuite le parcours à l'Assemblée nationale. Des dizaines et dizaines d'heures de discussion en commission des lois à accepter des modifications raisonnables et à repousser les plus fantasques. Une longue semaine, une bonne partie des nuits et week-end compris en hémicycle, à rediscuter inlassablement des mêmes sujets et écarter à nouveau les amendements pourtant éliminés, mais réécrits de façon différente (ben non ! c'est pas pareil, regardez, la virgule a changé de place…). Un vote favorable et le début de la « navette », c'est-à-dire un passage devant les sénateurs, retour à l'Assemblée nationale, discussion, vote, Sénat à nouveau, même processus et puis à la fin, un accord à l'amiable dans le cadre d'une commission mixte paritaire (moitié députés, moitié sénateurs). Le Conseil constitutionnel doit se prononcer avant la promulgation de la loi. Les parlementaires d'opposition, n'acceptant pas leur défaite, ont alerté les « sages ». Nos gouvernants, président inclus, cèdent souvent à ce drôle d'instinct de respectabilité, ils saisissent aussi cette cour suprême afin d'afficher un semblant d'égards pour les règles. Et en effet, la plupart du temps, on voit les lois détricotées et démolies sous l'œil goguenard des contempteurs et devant les mines défaites des membres de la majorité trahis par leurs amis du gouvernement. Combien de fois ai-je vécu et maudit cette pusillanimité assassine, cette absence de résistance, cette disparition de tout courage ambiant qui mène aux fiascos répétés !

*

Ces attitudes ne sont pas nouvelles et ont conduit l'État, au fil du temps, à dissoudre une grande partie de ses pouvoirs décisionnaires.

Ainsi, au milieu des années 1990, à la suite d'une conférence des Nations Unies « sur la Terre » à Rio de Janeiro, apparaissait pour la première fois le principe de précaution. Les signataires partaient du postulat qu'en l'absence de certitudes dues à un manque de connaissances, il convenait de prendre des mesures de gestion des risques afin d'éviter des dommages potentiellement graves sur l'environnement et la santé. Cette mesure fut insérée dans la Constitution française le 1er mars 2005 au même titre que la charte de l'environnement, s'inscrivant ainsi dans le corpus de textes fondamentaux permettant au Conseil constitutionnel de freiner un nombre certain d'initiatives, figeant du même coup l'action des ministères et des administrations. La plupart de nos voisins européens ne retranscrivirent point cette préoccupation à un niveau aussi haut de la hiérarchie des textes et purent ainsi continuer à innover sans ces lourdes contraintes, nous distanciant inexorablement dans un certain nombre de domaines novateurs.

Au moins cette naïveté particulière, sur laquelle nous devrions trouver le courage de revenir, pouvait s'entendre dans la volonté de bien faire pour protéger au mieux notre planète. Mais cette justification honorable ne se retrouve pas partout, loin s'en faut. Aujourd'hui, le droit individuel jouit d'une supériorité absolue sur les règles régissant la vie en communauté. Le philosophe Pierre-Henri Tavoillot dénonçait en 2023 dans le *Journal du Dimanche*, cette mutation accélérée de « l'État de droit à des tas de droits ». La réalité est évidente et les faits sont têtus, les réformes textuelles, les jurisprudences des diverses juridictions, les jugements, les décisions d'autorités multiples et variées nous font basculer à vitesse croissante d'un État de droit (entendez collectif) à un État des droits (versions individuelles). La primauté désormais affichée et défendue du particulier dont les privilèges personnels ne sauraient être soumis à une quelconque autorité supérieure, même au prétexte d'une régulation nécessaire à la vie collective, est aujourd'hui réaffirmée en tous lieux et à tout moment.

Un nouvel instrument juridique consacra définitivement ce mouvement inéluctable de perte de pouvoir de la puissance publique. La question prioritaire de constitutionnalité (QPC) fut introduite par la révision constitutionnelle du 23 juillet 2008. Ce mécanisme permit au Conseil constitutionnel saisi d'un renvoi préjudiciel (avant tout jugement au fond) de se prononcer sur la constitutionnalité d'une loi déjà en application. Il introduisit donc un contrôle *a posteriori* sur le travail de tous les législateurs passés, présents et à venir, et détricota consciencieusement un certain nombre de textes et de principes (entre trente à quarante par an) d'application générale (*erga omnes*) mais au profit direct (du moins au départ) d'un seul requérant. Le consensus politique en ce domaine fut remarquable. L'idée avancée à la fin des années 1980, non sans malice, par Robert Badinter, qui y trouvait son intérêt en tant que président du Conseil constitutionnel, fut naïvement reprise en 2007 dans le cadre du « comité Balladur » qui visait à rééquilibrer et modifier les institutions et ratifié sous la présidence de Nicolas Sarkozy. Par nature, les QPC sont introduites par des mis en cause contestant par ce biais constitutionnel des procédures ou des manières d'opérer pour lesquelles ils sont jugés. C'est ainsi qu'en 2010, la procédure de garde à vue sans assistance d'avocat fut révisée, en 2014, une loi pénitentiaire fut sanctionnée pour ne pas avoir explicitement fixé le bénéfice des droits des détenus, en 2018 fut affirmé le principe de fraternité et d'aide, y compris à des étrangers en situation irrégulière. Plus proche, en septembre 2022, les juges ont prononcé l'inconstitutionnalité de l'article 60 du Code des douanes datant de 1948, permettant aux gabelous de fouiller marchandises, moyens de transport et personnes suspectes. Les avocats de trafiquants de stupéfiants, dont le véhicule recelait une grosse somme d'argent liquide, ne manquèrent pas de s'appuyer sur cette atteinte à la loi suprême pour obtenir, sans aucun jugement au fond, la libération de leurs clients.

Ce ne sont pas quelques cas isolés. Sur un peu plus d'un millier de recours en QPC depuis 2010, une grande partie concernait des délinquants et des fraudeurs qui par ce biais échappèrent à toute sanction. Si l'objectif de protection absolue d'un citoyen face à la puissance de la loi peut s'avérer louable, il faut bien reconnaître que ce moyen de contestation profite trop souvent aux professionnels de l'illégalité et constitue un subterfuge supplémentaire particulièrement efficace pour se soustraire à la rigueur des sanctions. Une limitation raisonnée devient nécessaire, mais qui aura le courage politique de dénoncer une construction dont les bonnes intentions ont été dévoyées ?

*

Dans notre législation, les possibilités d'appel et de recours sont multiples. Tous les jugements de première instance peuvent faire l'objet de deux appels, le premier en cour d'appel pour rejuger sur le fond, le deuxième en Cour de cassation pour vérification des règles de droit. Par-delà ces possibilités, de nombreux recours visent des mesures considérées comme coercitives, prises dans le cadre de procédures judiciaires ou administratives. La garde à vue, les perquisitions, les saisies, les déferrements, les présentations devant les magistrats, les mises en détention provisoire, les mesures de contrôles, etc. peuvent amener à des contestations légales. Tous ces recours se sont accumulés au fil du temps dans le seul but d'améliorer le droit de la défense, creusant un déséquilibre constant au détriment des victimes, mais aussi de l'État, représentant de la collectivité. Une fois encore, l'intérêt commun s'efface devant une surreprésentation des libertés individuelles.

À ce stade d'exagération absolue, est-ce qu'une modération de ces voies de recours demeure possible ? Le chemin a été tracé par la loi de 2024 traitant de l'immigration et réduisant drastiquement le nombre d'appels possible pour un demandeur d'asile, lors de l'instruction de dossiers devant l'OFPRA (office français de protection de réfugiés et apatrides) et la CNDA (cour nationale du droit d'asile), permettant une décision administrative beaucoup plus rapide.

Ces voies de révision installées à tous les étages judiciaires et administratifs sont aussi présentes au niveau le plus haut de la pyramide nationale ou supranationale. Ainsi, dans notre pays, le travail de nos parlementaires élus peut être contrôlé, contesté par pas moins de cinq cours suprêmes composées de membres nommés qui ne rendent aucun compte à personne.

Le Conseil constitutionnel, tout d'abord. Il est composé de neuf membres désignés pour neuf ans par le président de la République et les présidents des deux assemblées. La plupart d'entre eux sont d'anciens acteurs de la politique et leurs orientations irisent leurs décisions, mais l'usage exige une retenue dans la critique à ce sujet (on ne peut être sage et orienté, nous dit-on). Au fil des années, le Conseil a étendu ses pouvoirs d'interprétation en s'appuyant non seulement sur la Constitution et son préambule, mais aussi sur les textes faisant partie de ce qu'il nomma un « bloc de constitutionnalité » : la Déclaration des droits de l'homme et du citoyen de 1789, le préambule de la Constitution de 1946 et la Charte de l'environnement de 2004. Les analyses qu'il délivra au fil du temps renforcèrent un corpus jurisprudentiel qui s'est nourri lui-même, justifiant un certain nombre de positionnements peu évolutifs sur le fond et brutaux dans la forme. Dans le courant de l'année 2020, la présidente de la commission des lois, Yaël Braun-Pivet (devenue depuis présidente de l'Assemblée nationale), décrivit un fonctionnement de la haute cour

« dont on ne pouvait se satisfaire » et appela à la nomination de plus de juristes en son sein. Il faut dire que sa loi sur le suivi des personnes condamnées pour terrorisme et sortant de prison avait été brutalement retoquée. La manière fut abrupte et choquante, pas de débat contradictoire et une décision applicable immédiatement et sans appel possible (on n'ose imaginer un tel mode opératoire pour une juridiction correctionnelle).

Pourtant, les législateurs et les membres du gouvernement prennent d'infimes précautions pour éviter ce type de censure toujours vexante. La révision constitutionnelle de 2008 a instauré une consultation obligatoire du Conseil d'État par l'exécutif avant de déposer un projet de loi. Les avis préalables de cette deuxième cour suprême sont destinés à éviter une censure de leurs collègues constitutionnalistes, une fois le projet de loi voté. Mais dans les faits, il n'en est rien. Chacun des deux organismes veille jalousement à ses prérogatives en déployant des jurisprudences souvent contradictoires. Si, dans ce cadre précis, le Conseil d'État joue un rôle officiel de conseiller juridique du gouvernement, il est aussi la plus haute juridiction de l'ordre administratif. L'antinomie de ces deux fonctions (on ne peut à la fois être juge et partie, en tout cas partout ailleurs qu'au Conseil d'État) est régulièrement soulevée. Des tentatives de question prioritaire de constitutionnalité dénonçant cette problématique sont toujours en attente de réponse (la justice a toujours du mal à juger les juges). Pareillement à leurs collègues constitutionnalistes, les membres du Conseil d'État ne sont pas juristes de formation. Ils ne sont pas magistrats mais fonctionnaires, jouissant d'une inamovibilité. Ils sont essentiellement issus de l'École nationale d'administration (ENA, désormais

INSP, Institut national du service public), contrairement aux juges des tribunaux administratifs et des cours administratives d'appel recrutés essentiellement après études de droit par concours spécialisé (TA-CAA). La fonction de conseil au gouvernement ne semble pas pousser ces conseillers à un positionnement plus favorable à la défense des intérêts de l'État et de la chose publique, à tel point que dans son édition du 23 février 2024, *Le Figaro* s'en est inquiété dans un article fracassant : « Au Conseil d'État, ces décisions politiques qui font polémique ». Un conseiller d'État, sous couvert d'anonymat, regrettait que « la boussole de la défense de l'État à tout prix se soit éloignée » et qu'aujourd'hui certains « défendent davantage une vision du monde allant de la défense des minorités à celle de l'environnement, en passant par l'intersectionnalité chère au wokisme ». Ces évolutions étaient déjà perceptibles dans l'arrêté de 2021 condamnant l'État pour inaction climatique au bénéfice de la commune de Grande-Synthe. Cette appréciation sans concession résonna comme un diktat impossible à satisfaire et par conséquent une voie ouverte à une condamnation permanente des autorités publiques. Cette situation n'est plus tenable, les moyens de l'État et ses structures ne peuvent être retournés sans cesse contre lui. Qu'en sera-t-il sinon de la défense de nos valeurs et plus particulièrement de notre laïcité dans le cadre du combat contre l'offensive islamiste et l'islam politique ? Cette lutte sociétale contre un adversaire ne cessant de remettre en cause nos libertés fondamentales doit s'appuyer sur un corpus juridique et jurisprudentiel que seul le Conseil d'État peut clairement réaffirmer. On attend de cette juridiction qu'elle joue avec son camp, c'est-à-dire celui de l'intérêt collectif et de la souveraineté nationale face à l'emprise juridique européenne, comme le précisait l'ancien ministre de l'Industrie Arnaud de Montebourg lors de son audition de novembre 2023 face aux conseillers d'État.

Il est temps de réagir avec le courage de la détermination en rappelant les missions de politique générale du Conseil d'État tout en veillant à une orientation du recrutement plus technique, basée sur la pratique du droit administratif. Il faut rappeler que le cœur de la vie politique doit se concentrer au parlement et non dans les travées des cours de justice où l'impartialité doit être de mise.

Abondance de biens ne nuisant pas, le système juridique français s'est offert le luxe d'une troisième cour suprême nationale. La Cour de cassation est la plus haute juridiction de l'ordre judiciaire. Contrairement au Conseil constitutionnel et au Conseil d'État, les membres de la Cour de cassation sont des magistrats professionnels. Ils sont en charge de vérifier que les décisions de justice sont en adéquation avec les règles de droit. Ils ne se prononcent jamais sur le fond des affaires, en tout cas officiellement, car, par le biais d'une jurisprudence particulièrement fournie, ils s'autorisent tout autant que leurs homologues constitutionnalistes un grand pouvoir d'interprétation, débouchant quelquefois sur des décisions surprenantes. Ainsi, en 2022, se référant à l'article 1719 du Code civil, la Cour de cassation avait soulevé la responsabilité d'un propriétaire lors de l'effondrement du balcon de son appartement squatté et dans lequel il ne pouvait plus accéder. En condamnant celui-ci, elle affirmait ainsi la prééminence des droits des spoliateurs sur les spoliés. Une fois de plus, et dans la même veine que les autres autorités supérieures déjà évoquées, les juges, s'extirpant d'une réalité évidente, prirent le contre-pied du bon sens général. Ne se fondant que sur des interprétations de droit, ils scellèrent pour cette affaire, mais aussi pour l'avenir, la protection des auteurs du trouble au détriment des victimes dont ils exigèrent une obligation légale, impossible à assumer vu la difficulté à pénétrer dans les lieux.

Compte tenu des dérives constatées, des tiraillements entre autorités suprêmes, de l'absence de vision d'ensemble au bénéfice du bien commun, n'est-il pas temps de regrouper ces trois instances en une seule entité capable de rassembler sur une ligne directrice fondée sur des notions strictes de défense d'un État de droit confortant une unité nationale ? Il est moins question de fusionner les trois filières (trois chambres spécialisées pourraient perdurer) que de coordonner leurs actions et leurs doctrines sous l'égide d'une direction commune initiant un corpus juridique identique. Parler d'une seule voix renforcerait la solidité de nos constructions nationales juridiques et jurisprudentielles, car à l'extérieur de nos frontières, deux autres entités supranationales imposent elles aussi leurs exigences propres, ignorant superbement nos trois championnes nationales.

La Cour de justice de l'Union européenne (CJUE) contrôle la légalité des actes des institutions de l'Union européenne et statue sur le respect par les États membres de l'UE des obligations qui découlent des traités. Ce rôle d'arbitre est parfaitement compréhensible : il faut bien que la structure européenne puisse faire appliquer les normes érigées et en sanctionner les carences. Mais au fil du temps, son pouvoir s'est étendu à l'application du droit de l'Union (entendre : au bénéfice des citoyens) et à l'uniformité de son interprétation sur son territoire. Elle interprète également le droit de l'UE à la demande des juges nationaux, ce qui conduit à afficher une suprématie de fait des textes et jurisprudences communautaires sur le corpus national dans des litiges concernant des particuliers.

Enfin la Cour européenne des droits de l'homme (CEDH) vient couronner ce riche ensemble de juridictions suprêmes. Elle est l'organe juridictionnel du Conseil de l'Europe (rien à voir avec l'Union européenne). Composée de quarante-six pays européens, cette organisation internationale créée au sortir de la Seconde Guerre mondiale (avant l'UE) se concentre sur une mission générale de protection des droits de l'homme, du renforcement de la démocratie et de la prééminence du droit en Europe. La CEDH peut être saisie directement par un particulier sans aucun intermédiaire, pas même un avocat. Ce mode opératoire consacre le niveau ultime de la défense du droit des individus au détriment du droit des États. C'est ainsi qu'en vertu de l'article 3 de la convention, la CEDH estime de manière constante que la protection des étrangers prime sur celle de l'ordre public national et qu'il ne serait plus possible d'expulser un fauteur de troubles, fût-il soupçonné de préparer une action violente ou un attentat. Pourtant, au lendemain de l'assassinat de Dominique Bernard, enseignant à Arras pris pour cible par un islamiste, le ministre de l'Intérieur, Gérald Darmanin, affirma que sa volonté d'expulser des étrangers dangereux ne faiblirait pas. Il tint sa promesse quelques jours après en renvoyant dans son pays un ressortissant ouzbek malgré une décision contraire de la CEDH. Ce jour-là, la France réaffirma l'autorité de sa puissance publique face à des droits individuels dont l'application aurait pu la mettre en danger. Ainsi, la question de la soumission à la CEDH se pose car, en réalité, même si l'organisation ne possède aucun pouvoir coercitif, elle est forte d'une jurisprudence persuasive influençant sans retenue nos juges nationaux. C'est à ce niveau, selon la constitutionnaliste Anne-Marie Le Pourhiet, « que se situe les freins les plus puissants à l'exercice des attributions régaliennes de notre pays ». Retrouver une partie de sa souveraineté consisterait soit à s'exonérer définitivement de la tutelle de la CEDH, et par logique du Conseil de l'Europe, et se concentrer sur les organismes de l'UE, soit à introduire dans notre Constitution une clause interdisant la prééminence de la jurisprudence de la CEDH sur la loi nationale. Nul doute que ces deux solutions relèveront une fois de plus du courage indispensable à la reconquête du pouvoir national.

Rassembler nos cours suprêmes nationales en une seule entité, limiter les contrôles juridictionnels supranationaux aux seules institutions dépendant de l'Union européenne rationaliserait ce maquis de juridictions et de juges. En l'absence d'une telle simplification, il demeurera difficile aux législateurs et membres de l'exécutif de renforcer la construction des politiques publiques nécessaires à l'avenir de notre pays et de passer au travers du tamis anarchiquement tissé par les titulaires des innombrables pouvoirs judiciaires dont l'objectif principal, sous prétexte de défense de droits individuels, est tout simplement d'exister, quitte à saper les fondements de l'ordre établi.

*

Ce cheminement juridique déjà confus se complexifia à la fin des années 1970 avec l'apparition d'entités nouvelles s'imposant aux pouvoirs publics : les Autorités administratives indépendantes (AAI) et les Autorités publiques indépendantes (les API sont dotées de la personnalité morale). La première fut la CNIL (commission nationale de l'informatique et des libertés), dont le rôle est de veiller à ce que le monde digital ne porte atteinte ni à la vie privée ni aux libertés individuelles ou publiques. Une quarantaine d'institutions furent créées depuis cette date. Une loi de 2017 ramena ces organisations à un chiffre plus raisonnable. Aujourd'hui, elles sont vingt-quatre à intervenir dans tous les domaines de la vie publique : les jeux, la sûreté nucléaire, la concurrence, la transparence de la vie publique, la défense des droits, la régulation de la communication audiovisuelle, l'accès aux documents administratifs, le contrôle des lieux de privation de liberté, le secret de la défense nationale, etc. Le Conseil d'État les assimile à des organismes administratifs hors structure, qui agissent au nom de l'État et disposent d'un réel pouvoir exécutif, sans pour autant relever de l'autorité du gouvernement. Les pouvoirs publics ne peuvent pas leur adresser d'ordres, de consignes ou même de simples conseils. Leurs membres nommés par le président de la République, après avis des deux assemblées, ne sont pas révocables. La rédaction d'un rapport annuel d'activité est leur seule contrainte, le gouvernement se chargeant pour sa part lors de la discussion du projet de loi de finances d'un compte rendu (non contraignant) sur la gestion budgétaire. La limitation la plus importante des pouvoirs de ces autorités consiste en un domaine de compétences théoriquement restreint, mais qui ne cesse en pratique de s'étendre au même rythme que les technologies du numérique (pour la CNIL, par exemple) ou que l'appétence à investir des champs polémiques nouveaux (le défenseur des droits face au port du voile ou du burkini). Ce type de structures se retrouve sous une forme ou sous une autre dans la plupart des démocraties, mais nos voisins anglo-saxons se sont bien gardés de leur attribuer une autonomie totale. Ainsi, les agences dites indépendantes des États-Unis ne sont rattachées à aucun département exécutif fédéral, mais sont bien placées sous l'autorité du gouvernement, ce qui leur permet, tout en jouissant d'une autonomie certaine, de s'inscrire dans une continuité de politique publique. C'est loin d'être le cas chez nous : les membres de ces organisations particulières, sont libres, inamovibles, irresponsables dans le cadre de leurs activités, dotés du pouvoir de s'auto-saisir et d'exprimer des sentences contre des administrations ou des collectivités, mais aussi des particuliers, sans avoir l'obligation de respecter quelque règle de bases comme le principe de contradiction, de partialité, de remise en contexte des observations ou de notification des décisions, ainsi que d'autres manquements soulevés par le syndicat Alternative Police dans un article intitulé « Rapport 2023 de la Défenseure des Droits : un programme politique ? ».

À peine nommée défenseure adjoint de droits, l'ancienne ministre socialiste George Pau-Langevin prit le parti de contester l'interdiction du port du burkini sur une base de loisirs de la Seine-et-Marne. « Il m'apparaît que l'interdiction du burkini est susceptible de constituer une discrimination », répondant à une saisine du collectif contre l'islamophobie en France (dissout depuis par le ministre de l'Intérieur). Cette orientation militante en faveur des droits des minorités les plus contestataires au détriment des valeurs communes partagées par le plus grand nombre rejoint cette évolution de fond largement reprise par nombre d'institutions. Contestables par leur nature, certaines décisions sont l'œuvre de chefs d'orchestre que l'on aurait voulu irréprochables. Ce ne fut pas toujours le cas. Début 2019, Chantal Jouanno, présidente de la commission nationale du débat public (AAI), mise en cause sur son salaire (on parlait à l'époque de près de quinze mille euros mensuels bruts), renonça à organiser les débats des « Gilets Jaunes », gagnant pour la plupart dix fois moins, mais n'abandonna pas pour autant sa fonction. Au même moment, son collègue défenseur des droits Jacques Toubon déclara sur une radio ne pas comprendre la polémique sur son salaire qui, cumulé avec ses retraites, s'élevait selon un hebdomadaire à environ trente mille euros mensuels.

Ces situations ne sont ni fantasmées ni anecdotiques. Le trait commun entre tous ces systèmes autonomes juridiques, autorités indépendantes excipant d'un pouvoir sans les contreparties, est sans doute que ces structures vivent et prospèrent dans de splendides isolements. Elles sont sollicitées essentiellement par un microcosme à leur image, nourrissant des centres d'intérêt souvent partisans et tout aussi éloignés des préoccupations de la globalité de la population.

Ce sont les mêmes publics, les mêmes thématiques, les mêmes exagérations et le même pouvoir de nuisance sous couvert de défense de minorités, en opposition frontale avec la modernité et l'universalisme de notre nation, qui déterminent la raison d'être de certaines associations ou organisations non gouvernementales (ONG). Ainsi, nombre de dirigeants de structures d'aide aux migrants actives et nécessaires dans l'accueil et l'orientation des étrangers et demandeurs d'asile ont peu à peu orienté leurs missions vers un postulat transfrontiériste admettant de moins en moins de limites aux flux et les régulations nécessaires aux politiques migratoires. Une partie du personnel s'est spécialisée dans le conseil pratique et juridique visant à contester les décisions de l'État avant de distiller quelques conseils opérationnels organisant la clandestinité, tout cela avec l'argent de subventions publiques de l'État et des collectivités locales, et dont les quelques rares suspensions ou suppressions sont immédiatement contestées devant… les tribunaux administratifs et le Conseil d'État (la boucle est bouclée).

Sur la scène européenne, des ONG à l'image de « SOS Méditerranée » se sont spécialisées dans la recherche et le sauvetage en mer d'esquifs de migrants à la dérive. Leur but est louable, sauf à manquer cruellement de compassion. Pourtant, ces compagnies sont entrées en conflit avec le gouvernement italien, les accusant de nourrir le flot migratoire en direction de l'Europe. Des accusations de collusion entre passeurs et humanitaires ont même été avancées. À plusieurs reprises, des navires ont été bloqués à quai pour ne pas avoir respecté les nouvelles normes imposées par l'Italie, tandis que ce pays, par la voix de son ministre de la Défense, protestait contre le financement de ces associations par l'Allemagne. La vision des deux partenaires européens, dépendant sans doute d'un positionnement géographique différent, s'opposait quelque peu. Aux uns la lourde tâche de recueillir les flux incontrôlés de candidats au départ envahissant la côte tyrrhénienne et l'île de Lampedusa, aux autres la générosité financière qui, sous couvert de bonne conscience, alimente un business humanitaire plutôt lucratif.

Dans un autre domaine, j'ai eu le loisir de constater lors d'une commission parlementaire relative à « la déontologie du maintien de l'ordre » que je présidais à l'Assemblée nationale, combien quelques partenaires audités orientaient leurs réflexions vers un constat militant définitif. Le but pour eux étant moins d'évaluer objectivement le rôle des forces de l'ordre que de les accuser systématiquement ou plutôt « systémiquement » de violences dites « policières ». Je me souviens d'un rapport d'Amnesty International basé sur les plaintes d'un vaste panel de manifestants blessés lors d'affrontements violents avec les forces de l'ordre. Aux questions de quelques-uns d'entre nous, s'étonnant hors audition de ne point constater les mêmes témoignages du côté des nombreux policiers et gendarmes blessés, il fut renvoyé aux échanges avec la direction de l'inspection générale de la police nationale. D'un côté, des accusations personnelles et à charge, et de l'autre, une parole administrative diluée. Tel est l'équilibre présenté par ces partisans de l'accusation à outrance.

Ce sont aussi les mêmes absences de pondération qui furent portées à l'encontre de la scénariste et femme de lettres Émilie Frèche, dont l'engagement dans la lutte contre le racisme et l'antisémitisme lui valurent, selon elle, sa déprogrammation lors d'une soirée caritative organisée par les mêmes représentants d'Amnesty international (*Le Figaro* du 11 mars 2024), comportement exclusif, sectaire. Selon Boualem Sansal, dans *Le serment des barbares*, « une secte ne cherche qu'à faire du mal, point besoin d'y voir plus loin et d'y mêler le bien comme le fait Amnesty ou la confrérie de Greenpeace ».

Pourtant, les investissements de ces associations dans le domaine d'un meilleur rapport police/population, comme dans les segments de sexisme, de l'autodétermination de genre, de féminisme, d'écologie, pourraient emporter l'adhésion s'ils n'étaient conçus trop souvent comme des prétextes à des luttes et des oppositions frontales à l'ordre en place. L'indigénisme, le racialisme, l'antisionisme, le transfrontiérisme véhiculés par ces organisations sont autant de vocabulaires nouveaux dont le but n'est pas seulement d'éviter une sanction pour apologie de concepts interdits par la loi, c'est un vrai courant de pensée wokiste (venant des USA) visant à mettre en œuvre des changements radicaux dans une société qui serait l'héritière du racisme, de la xénophobie, du colonialisme et d'oppressions de toutes sortes, et dont les évolutions d'égalité, de conquête de droits, d'universalisme, de fraternité sont consciencieusement passées sous silence.

Face à ces alliances agressives de circonstance entre des communautés revendicatrices se réclamant « d'intersectionnalité », l'État avance en ordre dispersé. La puissance de sa structure, paradoxalement, se retourne contre lui. Trop de normes, comme l'ont dénoncé les agriculteurs, trop d'administration et de décideurs à tous les niveaux rendent la puissance publique impotente, incapable de faire respecter les lois qu'elle édicte.

Les services de l'État, centralisés ou déconcentrés, souffrent d'une obésité maladive, et chaque nouvelle structure créée ne contribue qu'à rajouter de la complexité au schéma initial. L'exemple du ministère de l'Intérieur est éclairant. Les trois administrations actives (Direction générale de la police nationale, Direction générale de la gendarmerie nationale, préfecture de police de Paris) se composent de dizaines de directions nationales ou centrales spécialisées, de services et d'offices divers et variés, et d'une multitude d'état-majors, de salles de commandement, de cellules de coordination, de bureaux de synthèse.

Ces trente dernières années, à chaque nouvelle problématique (et il y en a eu beaucoup), a répondu la création d'une structure bureaucratique nouvelle qui a justifié son existence en demandant des comptes, des statistiques, des reportings aux effectifs de terrain déjà pourtant fortement absorbés par leur quotidien opérationnel.

Entre l'administration et le décideur politique de passage, le combat est inégal. La résistance au changement des organisations pérennes l'emporte bien souvent. Au mois de mars 2024, le gouvernement organisa une « convention managériale de l'État ». À cette occasion, le président de la République relança avec vigueur le cap qu'il avait déjà fixé sept années auparavant. Transformation de l'État, simplification, responsabilisation des managers territoriaux, telles avaient été les consignes si peu appliquées dans les faits qu'elles furent réaffirmées avec une pointe d'agacement. Moins de délais, moins de paperasse, culture du résultat et prise de risque apparaissaient tels des mantras, dans une nouvelle feuille de route à destination de préfets et chefs de service. La direction est réaffirmée, l'objectif politique est clair, l'étape suivante demandera dans ce domaine aussi un courage certain, celui de juger les résultats et d'en tirer toutes les conséquences pour les décideurs défaillants. Au moment des décisions difficiles et ingrates, les ministres seront quant à eux jugés sur leur capacité de résistance aux pressions et aux dénonciations corporatistes, politiques, syndicales, médiatiques et autres.

C'est précisément grâce à ce courage exprimé par une fermeté absolue que l'État, « roi nu », reconquerra l'entièreté de son pouvoir.

Chapitre 6

La sécurité des Français, le courage de l'action.

Les policiers, tout comme les hommes et femmes politiques, partagent l'ambition d'améliorer le quotidien de leurs compatriotes et recueillir leur adhésion. Je fus en tant qu'élu l'étrange synthèse de ces deux univers et je poursuivis dans le monde mouvant de la politique ma vocation première de flic équarrie aux rugosités des milieux criminels. Le regard de l'expert est souvent dérangeant. L'homme de l'art, en particulier dans le domaine de la sécurité, est d'ordinaire perçu comme un spécialiste fonctionnant au ras du terrain, incapable de hauteur de vue et d'analyse, alors qu'il ne trimbale dans sa besace que quelques réponses de bon sens à des préoccupations cent fois ressassées par des populations exposées aux dangers et aux violences quotidiennes. C'est un gêneur, il contrarie les rêveries des politiciens et de leur entourage immédiat, occupés à élaborer des conceptions globales, des plans d'ensemble, des théories révolutionnaires appliquées à une matière qui exige surtout du pragmatisme et le courage de l'action.

J'ai eu cette merveilleuse opportunité de participer au plus près à deux campagnes présidentielles. Avec quelques camarades spécialistes, nous avons, pleins d'entrain et de confiance dans cette nouvelle ère de 2017, beaucoup plus désabusés en 2022, travaillé à proposer des solutions qui nous paraissaient évidentes pour améliorer la sécurité des Français. J'en ai déjà dévoilé certaines dans le domaine de la justice. Cette approche interministérielle de la sécurité approuvée par le candidat, partant de la commission de l'infraction jusqu'à l'application de la sanction, ne fut pas partagée par les entourages technocratiques qui tentèrent de nous cantonner à des domaines de compétences limités aux frontières du monde de la police ou de la gendarmerie. Les injonctions à demeurer dans notre pré carré furent particulièrement vives lors de la deuxième campagne présidentielle, mes interlocuteurs semblant ignorer mon expérience de cinq années d'homme politique élu à l'Assemblée nationale. Ma détermination n'en fut que renforcée et ma volonté d'investir dans des réponses judiciaires fut décuplée à l'annonce de la nomination d'Élisabeth Guigou comme conseiller spécial de campagne pour le domaine de la justice. Cette ancienne garde des Sceaux du gouvernement Jospin avait vu son magistère pavé de réformes favorables aux délinquants et catastrophiques pour les victimes. Nous nous appliquâmes donc consciencieusement à développer des propositions novatrices et proches des problématiques de terrain dénoncées non seulement par les enquêteurs, mais aussi par des magistrats conscients de nos inactions actuelles. Ce type de propositions tentait d'apporter des solutions de court, de moyen et de long terme aux préoccupations et aux craintes mille fois exprimées par les habitants de nos territoires. Policier de sécurité publique ou député de la nation, j'ai continuellement perçu la peur de mes concitoyens craignant pour leur famille à la nuit tombée, à l'approche d'un parking de gare, d'un coin de deal ou à la sortie du RER. Nous ne fûmes pas capables, pas plus que nos prédécesseurs, de prendre les mesures de bon sens propres à les rassurer. Et pourtant, nous avons été quelques-uns du monde de la police à conseiller les plus puissants. Je me souviens de la conversation désabusée que nous avions eue avec un ami haut responsable de notre institution, lui aussi conseillant dans les années 2005-2006 Nicolas Sarkozy, alors ministre de l'Intérieur. Nous échangeâmes les mêmes vérités, le privilège d'une lecture attentive de nos fiches et d'une écoute bienveillante de nos suppliques nous laissant entrevoir une évolution favorable, et puis, les premières émotions passées, vint le délitement d'une énergie réformatrice se perdant dans les arcanes du premier cercle des courtisans chargés par le chef de mettre en musique ces « projets intéressants ». Le pourtour des puissants est saturé de ces « arrangeurs musicaux » qui s'imaginent chefs d'orchestre et interrompent les mélodies avant même qu'elles ne débutent. Mon camarade et moi avions la même affection pour nos présidents respectifs, et une appréhension identique pour leur entourage. Il fut plus prompt que moi à laisser tomber l'affaire. Je persiste à croire que le travail fourni finira par payer dans le temps, et c'est dans cette optique que je livre le fruit des réflexions passées et actuelles.

Aujourd'hui, police et gendarmerie, à travers des organisations différentes, proposent des schémas traditionnels qui n'ont que très peu évolué dans le temps. Pourtant, la diversité des tâches exercées permettrait une meilleure visibilité et une meilleure appréhension en les regroupant en deux types de missions en fonction de leur finalité : la « police au service de l'État » et la « police au service du citoyen ». Cette distinction novatrice nécessiterait une spécialisation particulière, même si des compétences peuvent quelquefois se chevaucher.

*

Chaque État doit pouvoir s'appuyer sur des services de police (terme générique regroupant police et gendarmerie) capables de faire respecter un certain nombre de principes républicains sans lesquels l'équilibre de la société se trouverait menacé. Cette « police au service de l'État » recouvre plusieurs aspects.

La lutte contre la criminalité, organisée ou non, et contre toute sorte de délinquance est une de ces missions, qui par-delà l'impact personnel sur les victimes est de nature à fragiliser le ciment de la vie en commun. Elle est actuellement prise en compte par la direction nationale de la police judiciaire et pour partie par les équipes spécialisées des directions nationales de la sécurité publique et de la police aux frontières ; il convient d'ajouter une partie de la gendarmerie nationale dans son ressort territorial de compétence.

La sûreté et le contrôle transfrontières, la lutte contre les étrangers sans titre et les reconduites à la frontière sont du ressort essentiellement de la police aux frontières et pour partie de la gendarmerie des transports aériens.

Les compagnies républicaines de sécurité, les gendarmes mobiles, certaines compagnies d'intervention de la préfecture de police ou de la sécurité publique en province sont spécialisées dans le maintien et le rétablissement de l'ordre public.

Les services de renseignement (direction générale de la sécurité intérieure – DGSI) ou services du renseignement territorial (SRT) sont en charge de l'information et des analyses sur les divers types de menaces, au premier rang desquelles les menaces terroristes.

Au-delà des frontières, la direction de la coopération internationale et de sécurité (DCIS), s'efforce de développer ou de maintenir des liens avec des partenaires étrangers en s'appuyant sur une implantation de quatre-vingt-treize postes à l'international (couvrant cent cinquante-six pays). Le retour en sécurité intérieure qu'assure cette direction n'est pas négligeable dans le domaine du renseignement, de la lutte contre les grands trafics internationaux et le terrorisme impactant la France. Les postes d'attaché de sécurité intérieure (ASI), placés auprès des ambassadeurs, sont occupés par des experts, commissaires de police ou officiers supérieurs de gendarmerie.

La distribution de ces missions, dans lesquelles la France cultive une véritable expertise, s'est faite à l'évidence au gré des périodes et des territoires géographiques, les compétences s'empilant sans qu'à aucun moment durant les dernières décennies un effort de simplification et par conséquent d'efficacité opérationnelle et budgétaire n'ait été entrepris en profondeur.

Malgré l'intégration de la gendarmerie nationale au ministère de l'Intérieur en janvier 2009, police et gendarmerie demeurent deux entités bien séparées se côtoyant toujours, se confrontant souvent, même si l'évolution de la délinquance et la réalité du terrorisme ont obligé ces diverses « maisons » à collaborer sur la base de systèmes ou de structures tentant de favoriser la coordination, la cohésion, la complémentarité ou l'interopérabilité.

De son côté, la préfecture de police (Paris) est devenue un second corps de police à part entière, échappant totalement à la direction générale de la police nationale, mettant à mal une unicité pourtant décidée en juillet 1966 par le général de Gaulle. Le retour à la dualité historique, direction générale de la sûreté nationale (ancêtre de la DGPN) et préfecture de police, est malheureusement acté dans les faits.

La structuration des rapports actuels des trois grandes institutions du ministère de l'Intérieur nuit à son efficacité. Elle est dispendieuse en budget et en effectifs et génératrice de conflits plus ou moins larvés, mais toujours présents en arrière-plan, ce qui obère ou rend plus difficile les choix politiques lors des changements de fond nécessaires.

Ainsi, la dernière réforme des services de police conduite par Gérald Darmanin, qui visait à plus de cohérence et de partage des efforts en unifiant sous l'autorité d'un seul chef hiérarchique tous les services de police d'un même département, s'est-elle confrontée à une fronde des cinq mille enquêteurs de la direction de la police judiciaire avant d'être imposée fermement par le ministre.

D'autres propositions, pourtant financièrement et opérationnellement entendables, n'ont pas bénéficié de la même dynamique. En novembre 2017 et 2018, je reprenais devant la commission des lois de l'Assemblée nationale, dans mes avis de projet de loi de finance pour la sécurité, une suggestion de la Cour des comptes de créer à disposition de la police et de la gendarmerie un service unique de police technique et scientifique (PTS) au niveau national et départemental, en lieu et place de pas moins de quatre organismes nationaux et plus de cent cinquante locaux. Cette évidence a été réaffirmée deux ans après, lors des réunions pour l'élaboration du « livre blanc de la sécurité intérieure ». L'insistance fut telle que les administrations, pour calmer le pouvoir politique, scellèrent un accord tacite : à la police la direction unifiée de la PTS, à la gendarmerie nationale la toute nouvelle direction de lutte contre la cybercriminalité. La résistance au changement de la haute fonction publique se traduit souvent par cette extrême lenteur à mettre en place les évolutions demandées, si bien qu'une fois le vent du boulet passé, rien ne bouge. Aujourd'hui, les multiples structures de la PTS perdurent.

Pourtant, l'efficacité commande une nouvelle organisation, car dans le domaine de la sécurité comme un peu partout dans la fonction publique, les décideurs politiques, leurs opposants, les syndicats, le monde médiatique, universitaire, réfléchissent tous en termes de moyens. Augmenter les effectifs, augmenter les budgets, augmenter les salaires sans précéder ces mesures d'une étude sur le bilan des augmentations précédentes et leur traduction réelle sur le terrain. Pourtant, l'addition du nombre de policiers et gendarmes (réserves comprises) situe la France dans la partie haute des pays européens les plus dotés d'agents par habitant, mais un certain nombre de contraintes (bureaucratie, baisse du nombre d'heures travaillées, etc.) a impacté le taux de présence effective sur la voie publique.

Si ces constantes sont communes à toutes les composantes des forces de sécurité, elles sont plus particulièrement flagrantes pour les effectifs des commissariats soumis aux horaires cycliques (H24). Ceux-là sont présents durant des vacations supérieures à douze heures par jour, durant lesquelles ils accumulent paradoxalement un nombre important d'heures supplémentaires (la réalité du terrain peut décider d'interventions de longue durée quelques minutes avant la fin de service). Mais en contrepartie, le nombre de jours travaillés ne dépasse pas cent trente à cent quarante sur une année, soit un gros tiers-temps de présence effective. La logique est purement mathématique : avec le personnel hospitalier, les policiers sont les seuls à assurer une présence réelle vingt-quatre heures sur vingt-quatre, avec cette évidence de recruter *a minima* six à sept personnes sur un poste de travail. Partant de ces incontournables constats, les rédacteurs de futurs programmes politiques seraient bien avisés, s'appuyant sur des positionnements novateurs issus d'analyses en profondeur, de modérer la surenchère habituelle sur le nombre d'agents à recruter pour se concentrer en priorité sur les réformes nécessaires à l'optimisation des moyens déjà existants et des temps de présence et de visibilité sur la voie publique.

Ainsi la « départementalisation » des services et moyens matériels et humains de la police nationale ne saurait être une fin en soi et pourrait être utilement complétée, comme nous le proposâmes aux présidentielles de 2017 et 2022, par une nouvelle organisation en « directions métiers », privilégiant ainsi une efficacité doublée d'un redéploiement vers la voie publique de plusieurs milliers d'emplois issus de la disparition des unités de police, de gendarmerie, de la PP, en double ou en triple.

Ce modèle commun à la police et à la gendarmerie existe déjà. Depuis septembre 2010, la Direction de la coopération internationale de sécurité (DCIS) est un exemple précis de cohabitation positive des deux forces de sécurité au sein d'une même structure.

Au titre des simplifications de structure, la direction nationale de la police judiciaire pourrait regrouper en son sein tous les spécialistes policiers et gendarmes en charge du travail sur la criminalité et la délinquance.

Dans la même optique, la direction nationale de la police aux frontières, la gendarmerie des transports aériens, le service des étrangers de la PP ont aussi vocation à se rapprocher.

Une direction nationale du maintien et du rétablissement de l'ordre (création) pourrait regrouper (sans fusion) les compagnies républicaines de sécurité et les escadrons de gendarmerie mobile (plus de trente mille policiers et gendarmes).

La création d'une direction nationale du trafic et de la circulation routière, à l'identique de ce qui existe dans la plupart des pays européens, permettrait de rassembler les nombreuses brigades motocyclistes et les unités éparses chargées des contrôles routiers. Elle permettrait plus de souplesse lors d'incidents ou de crises climatologiques, sociales, etc. à forte répercussion sur les axes routiers. Le rattachement d'une police des transports en commun pourrait aussi lui être imputé.

Certaines autres missions plus marginales mais non moins importantes, les unités cynophiles, l'intervention en haute montagne, les moyens de transport aériens, les maîtres-nageurs, les démineurs, le NRBCE (nucléaire, radiologique, bactériologique, chimique, explosifs), etc. pourraient aussi faire l'objet de regroupements.

Concernant les groupes spécialisés d'intervention, le RAID pour la police et le GIGN de la gendarmerie, ainsi que leurs antennes territoriales : le maintien de cette dualité se justifie compte tenu de l'état actuel de la menace terroriste et du danger sur tout le territoire. Néanmoins, le mouvement général de regroupement peut se traduire dans ce domaine par la création d'un commandement opérationnel unique situé au-dessus des deux unités et des deux directeurs généraux, à l'image du COS, le commandement des opérations spéciales pour les forces spéciales de l'armée française.

La lutte antiterroriste souffre aussi d'une dispersion des unités compétentes. Au niveau du renseignement, les réformes de restructuration ont déjà été faites par la création de la direction générale de la sécurité intérieure (direction autonome) qui est régulièrement renforcée en effectifs et en moyens. En revanche, les services d'enquête judiciaire en charge des investigations sur les affaires liées au terrorisme sont trop nombreux et trop cloisonnés. Ils sont répartis entre la DGSI, la direction nationale de la police judiciaire avec son service anti-terroriste (SDAT), la direction régionale de la police judiciaire de la préfecture de police avec son groupe spécialisé appartenant à la brigade criminelle (SAT). Bien que la primauté accordée à la DGSI en 2018 ait amélioré la fluidité des échanges, le regroupement des enquêteurs soit au sein de la SDAT soit au sein de la DGSI semble demeurer une nécessité absolue.

Ces regroupements dans des directions spécialisées permettraient une vraie osmose opérationnelle et par conséquent une économie de budget et d'énergie évitant ainsi les structures de coordination dispendieuses en effectifs pour une efficacité mineure, les doubles états-majors et la multiplicité des structures de soutien. Le nombre d'emploi ainsi redistribué en police de terrain se trouverait augmenté de manière non négligeable, participant ainsi au doublement de la présence des forces de l'ordre sur la voie publique à l'échéance 2030, comme l'a souhaité le président de la République le 10 janvier 2022 à Nice.

*

La mission de « police au service du citoyen » est plus précisément assurée par la direction nationale de la sécurité publique (DNSP) et ses déclinaisons territoriales en directions départementales et commissariats pour la police nationale, et par les brigades de gendarmerie en ce qui concerne la gendarmerie nationale. L'objectif visé est, ou plus précisément devrait être, orienté sur la prise en compte de la sûreté du citoyen et sur la nécessaire réponse à ses préoccupations sécuritaires. Il nécessite attention, contact et vigilance. Le policier est orienté vers l'écoute de ses concitoyens, mais il est aussi formé aux techniques professionnelles nécessaires à une intervention éventuelle.

Malgré quelques tentatives sous l'ère Jospin avec l'expérimentation d'une police de proximité rapidement abandonnée, en dépit de l'annonce début 2018 par Gérard Collomb, alors ministre de l'Intérieur, du lancement de la police de sécurité du quotidien, cette tâche noble et complexe se résume à ce jour à des patrouilles, le plus souvent véhiculées, qui ne répondent en rien au désir de contact direct de nos compatriotes avec leur police et leur gendarmerie. Ces aspirations légitimes d'échanges sont réduites à leur plus simple expression et le manque de culture policière en ce domaine ne fait que creuser ce fossé. Les difficultés à l'application d'une telle doctrine, implantée de longue date chez nos voisins anglo-saxons dans le cadre du *communauty policing*, résultent d'un regard différent et quelquefois inversé dans plusieurs domaines. Ainsi, la mentalité non seulement des responsables de police mais aussi des policiers de terrain est clairement et traditionnellement orientée vers des missions d'intervention mécanisées, plus que sur des patrouilles préventives pédestres ou cyclistes. Ainsi nos fonctionnaires de sécurité publique ou gendarmes de brigade répondent aux demandes de leurs salles de commandement et sont projetés d'un incident plus ou moins grave de voie publique à l'autre, sans discontinuer, tout au long de leurs vacations horaires. De plus, l'urgence et le stress incessants développés lors de ce type de tâches orientent psychologiquement les membres des forces de l'ordre vers un rapport tendu et méfiant avec leurs interlocuteurs, par conséquent très éloigné de l'attitude emphatique et apaisée indispensable aux échanges avec des citoyens en demande. C'est dommage : anticiper pour limiter les situations de chaos coûte souvent moins cher à la société et aux finances publiques (pour exemple, la commission des lois du Sénat a estimé à 793 millions d'euros les émeutes de juin 2023).

Mais depuis toujours, le ministère de l'Intérieur s'est défini comme le ministère de l'urgence. Bernard Cazeneuve avait coutume de vanter ce magistère particulier comme celui « des ennuis et non de l'ennui ». Cette observation assez exacte contraint bien souvent les titulaires du poste à rebondir de crise en crise sans jamais trouver le temps d'une stratégie pérenne sur des problématiques de long terme. L'exemple déjà développé de la lutte contre le trafic des stupéfiants illustre cette tendance à ne tenter de régler les problèmes qu'une fois qu'ils ont envahi les rues de nos cités et les esprits de leurs habitants.

Il faut avoir le courage de l'action dans ce domaine aussi et d'admettre que cette méthode doit être réformée. Il est grand temps que les ministres et leurs équipes adoptent une véritable philosophie de la sécurité intérieure, à l'image de ce qui se fait dans d'autres ministères. Le morcellement et la séquentialisation des priorités en fonction de l'actualité imposent trop souvent des lignes directrices dénuées de toute vision d'ensemble. Ainsi, de nombreux moyens furent alloués récemment à des thèmes précis (lutte contre les violences faites aux femmes et aux enfants, infractions routières, etc.), des délits spécifiques apparurent ou furent rebaptisés afin d'apporter une réponse politique à des émotions immédiates (infanticide, féminicide, homicide routier, écocide). Dans la même veine, de nombreuses lois de circonstance encombrèrent au dernier moment l'ordre du jour des assemblées. Ces actions conjoncturelles, utiles sans doute et souvent nécessaires, ne s'inscrivent malheureusement pas dans une réflexion de long terme sur la sécurité intérieure, son but général, ses moyens et ses évolutions.

Les forces de sécurité intérieure ne parviennent pas à dégager cette ligne directrice commune. Il y a plusieurs raisons à cela. Tout d'abord, le ministre de l'Intérieur traite d'une problématique vaste allant de la cohésion des territoires à la lutte contre l'insécurité, sans oublier le soutien aux forces y participants, qui se trouvent mises en cause régulièrement par des groupuscules de tous bords. Par ailleurs, le concept même de sécurité est porté, par trois directions actives (DGPN, DGGN, PP) sans chef unique, contrairement à l'armée qui a réussi à imposer un organe de commandement suprême face aux responsables des armées de terre, de mer, et de l'air et de l'espace. Là où l'état-major des armées contribue à former et à instruire son ministre sur les décisions à prendre, les directeurs généraux de la police et de la gendarmerie, ainsi que le préfet de police de Paris coopèrent parfois, s'opposent ponctuellement, et cèdent souvent aux enjeux d'image de marque et de pouvoir, y compris aux moments les plus intenses et les plus dangereux pour notre démocratie. Patron du RAID, je fus le témoin direct, le lendemain du massacre de *Charlie Hebdo*, de la froide colère de Bernard Cazeneuve confronté brutalement aux antagonismes de ses directeurs généraux et des chefs d'unité. Il exigea loyauté et collaboration et, pour s'assurer de leur totale coopération, il les consigna sous la surveillance étroite des plus hauts membres de son cabinet au « salon fumoir », petite salle de réunion proche de son bureau, dont ils ne sortirent qu'une fois la crise terminée après l'assaut de l'Hypercasher de la porte de Vincennes et le sauvetage de tous les otages. Il est évident que cette action d'autorité (particulièrement efficace au demeurant) ne peut se concevoir au quotidien. Mais cette anecdote révèle qu'en l'absence d'un chef suprême à l'identique du chef d'état-major des armées, aucune régulation des conflits entre hauts responsables n'est possible hors l'action du ministre lui-même, s'épuisant dans des arbitrages incessants (quand il décèle les problèmes ou qu'ils sont portés à sa connaissance).

Ajoutons pour une totale transparence qu'il est sans doute difficile pour un ministre de l'Intérieur, déjà « challengé » dans son domaine de compétence par un préfet de police de Paris en relation directe avec le président de la République, de voir émerger un chef suprême des services actifs doté d'une plénitude de pouvoirs concurrentiels. Ce prisme d'analyse explique sans doute aussi la pérennité des organisations actuelles.

Ces bouleversements techniques souhaités sont loin d'être pris en compte dans la loi de janvier 2023 d'orientation pluriannuelle du ministère de l'Intérieur. Si certaines prises de conscience déclinées dans ce texte semblent louables, à l'image de la lutte contre la cybercriminalité et la numérisation moderniste du ministère de l'Intérieur (d'un financement de sept milliards et demi sur les cinq années à venir), tout comme l'exigence d'un doublement de la présence de forces de l'ordre sur la voie publique à l'échéance 2030, les changements manquent d'ambition et les réformes structurelles se limitent à l'unique étape de la départementalisation. Les effets opérationnels s'en trouveront nécessairement limités et le courage de l'action amenuisé.

*

L'efficacité dans le domaine de la sécurité appelle aussi aux évolutions des mentalités de tous et à la coopération des citoyens. L'époque n'est plus à la prise en compte totale de la tranquillité des Français par une autorité supérieure (l'État) à laquelle il convient de s'en remettre pour tout et à tout moment. Le temps est venu de revenir à une approche participative et responsabilisante à l'identique de ce qui se passait dans nos villes et nos villages d'il y a quarante ans, avant que nous décidions de ne plus nous intéresser collectivement à notre tranquillité et de nous réfugier dans un individualisme forcené. Mais, signe d'espoir, l'œil inquisiteur de nos grands-parents attentif, aux déambulations des gamins du quartier un temps disparu se revitalise à travers des constructions participatives initiées par la police ou la gendarmerie (dispositif de « vigilance citoyenne ») ou par des associations ou des organismes privés (« Citoyens vigilants »), cristallisant les bonnes volontés autour d'un éveil à l'observation de faits inhabituels et à l'information immédiate des forces de sécurité. Rien de plus que de renouer avec les réflexes du passé, mais ce qui semblait spontané antan, ou infus aujourd'hui dans la sphère anglo-saxonne, nécessite de nos jours et dans notre pays un pilotage structuré sans lequel rien ne semble possible tant nos instincts altruistes paraissent profondément enfouis. Mais le sont-ils réellement ou bien s'expriment-ils différemment ? Une chose est sûre : les réseaux modernes de communication, le digital et ses applications associées, vecteurs nouveaux d'alerte et de prévention, commencent à contribuer à une forme moderne et réaffirmée de solidarité. Par exemple, certains logiciels (bien connus des conducteurs) d'assistance à la navigation automobile contribuent à la mission de protection routière en permettant aux utilisateurs, en amont d'un accident, d'informer les usagers qui les suivent afin qu'ils anticipent sur le danger à venir (la prévention par les utilisateurs).

Cela ne pourrait être qu'un début. Les menaces terroristes et criminelles sont devenues des préoccupations constantes pour le citoyen du XXIe siècle. Connecté en permanence, il est immédiatement informé de tout et en tout lieu. Cet atout n'est pourtant que très peu mis au service de la sécurité. Dans un lieu public ou privé, dans les transports en commun, les employés, les passants, les clients sont autant d'acteurs de vigilance et de témoins de faits. Cette connexion perpétuelle pourrait être rentabilisée pour signaler des comportements suspects ou des agressions. L'anonymisation et la rapidité du signalement sont cependant nécessaires à la garantie de sécurité du témoin. La qualité et le nombre de témoignages reposent sur cette assurance. Les opérateurs et constructeurs de téléphones portables pourraient être sollicités par l'État ou les collectivités locales afin de se pencher sur cette problématique sécuritaire. Équiper les appareils de systèmes avec possibilité de déclenchement à distance, de géolocalisation très précise, de boutons d'urgence, de mini caméras et micros déportés et autres installations, pourrait permettre en cas de danger la levée de doute ou le recueil d'informations importantes pour des patrouilles de forces de sécurité alertées et dirigées sur les lieux sans délais. Le citoyen redeviendrait ainsi, à moindre risque, en s'appuyant sur la haute technologie, acteur de sa sécurité et de celle des autres. Certaines entreprises ont intégré ces évolutions et s'intéressent d'ores et déjà à ces secteurs. C'est ainsi qu'une célèbre entreprise de produits électroniques et de téléphonie conduit une expérimentation de ce type, concourant à la sécurité des maires et des élus locaux.

Cet entrelacs d'acteurs de sécurité publics et privés est le signe évident d'une évolution à son aurore. L'instabilité des périodes contemporaines nous enjoint de presser le pas et, là aussi, nous commande le courage de l'action.

Avec ma camarade députée de la Drôme Alice Thourot, nous avons contribué, en portant en mai 2021 la « loi sur la sécurité globale préservant les libertés », à mieux organiser les polices municipales (vecteurs d'avenir, présentes sur le terrain au plus proche des administrés), les services de protection privée, à fixer des règles de collaboration et de coordination, pour répondre plus vite et plus fortement aux attentes de nos concitoyens. Il ne fut pas facile de bousculer les habitudes et les certitudes castratrices de nombre d'acteurs politiques enfermant chaque protagoniste dans des cases immuables et surannées. Mais à force de persuasion, nous avons arraché dès les premiers votes, bien au-delà de notre camp, un consensus non seulement à l'Assemblée nationale mais aussi au Sénat, nous avons impulsé une idée nouvelle de « Sécurité Globale », philosophie profondément moderne servie par un concept de « *continuum* de sécurité », en clair, une action continue et coordonnée de tous les professionnels de la sécurité.

Mais les résistances demeurent vives. Sitôt voté, le texte fut amputé par le Conseil constitutionnel de l'article consacrant des pouvoirs nouveaux aux polices municipales. Ces policiers de plus en plus nombreux, en contact étroit avec les populations, constituent pourtant un premier échelon efficace de protection des citoyens. Cette appréciation un peu décalée des constitutionnalistes doit être repensée, de même que notre lutte contre l'insécurité est à revisiter quelquefois, à approfondir souvent. Le courage de l'action doit désormais s'insérer au plus profond des structures à regrouper, des mentalités des policiers et des citoyens à éduquer, des technologies à développer. Ce n'est qu'en agissant de cette manière responsable que nous rendrons nos rues plus sûres et nos promeneurs plus sereins.

Chapitre 7

L'immigration : le courage des vérités.

Le 11 mars 2012 à Toulouse, le terroriste Mohamed Merah abattit froidement Imad Ibn Ziaten, militaire en permission. Il réitéra quatre jours après à Montauban, assassinant d'autres soldats, Mohamed Legouad et Abel Chennouf, et blessant gravement Loïc Liber. Sa haine s'exprima à nouveau dans la ville rose, au sein de l'école confessionnelle Ozar Hatorah, que le monstre souilla sans pitié en tuant trois enfants et un parent, Jonathan Sandler. Aux yeux des barbares dépravés, les victimes avaient pour circonstance aggravante de servir au sein de l'armée française, les bambins et leur accompagnateur n'avaient qu'un seul tort : être juifs.

Le 7 janvier 2015 à Paris, les frères Chérif et Saïd Kouachi massacrèrent les dessinateurs et journalistes du périodique *Charlie Hebdo* ainsi qu'un agent d'entretien et Franck Brinsolaro, un policier en charge de la sécurité. Le gardien de la paix Ahmed Merabet tenta courageusement de s'opposer à leur fuite. Il fut achevé à bout portant. Le lendemain, c'est Amedy Coulibaly, ami de la fratrie, qui assassinait sur la voie publique Clarissa Jean-Philippe, policière municipale à Montrouge. Le 9 janvier, le même terroriste pénétra dans la supérette casher de la porte de

Vincennes, abattit quatre clients puis se retrancha avec vingt-six otages. Une fois encore, la communauté juive était visée. Victime expiatoire et sempiternelle d'on ne sait quel péché.

Juives, certes, mais aussi étrangères et françaises issues de l'immigration, mélangées aux « natifs » constituant la mosaïque sociale de notre pays, ces victimes, individuellement ou en groupe, symbolisent pour les djihadistes un bloc compact à fracturer.

C'est ce que firent par la force des armes les janissaires de *Charlie Hebdo*, du casher de Vincennes, du Bataclan, et bien d'autres. C'est ce que fait par la propagande la planète wokiste. Si elle n'utilise pas les mêmes moyens, le combat est cependant commun. Puisant ses arguments dans le passé – religiosités ancestrales pour les uns, esclavagisme et colonisation pour les autres –, ils poursuivent le même but : l'affrontement haineux pour préparer nos nouvelles vies enfermées dans des communautarismes violents.

Dans ces conquêtes planifiées, les deux camps fondent en partie leur stratégie sur le mouvement migratoire en provenance du Maghreb, de l'Afrique subsaharienne, des pays islamiques du Proche et du Moyen-Orient et de l'Asie centrale, masses d'arrivées incontrôlées renforçant un contingent déjà pléthorique installé sur le territoire national.

Si la majorité des nouveaux venus n'est évidemment acquise ni aux menées subversives d'une extrême gauche velléitaire ni aux sirènes du djihad, ce bloc de nouveaux entrants se surajoutant aux communautés déjà présentes constitue un réservoir d'une telle quantité que chacun peut y recruter des alliés dans une proportion ignorée mais de laquelle dépendront la fréquence des attaques à venir. En outre, par-delà ces mouvements extérieurs, les thuriféraires de la violence peuvent aussi compter sur une frange de la population française issue de l'immigration des pays islamisés.

C'est ainsi que les groupes d'ultra-gauche, à l'identique de certaines associations politiquement orientées, labourent depuis quelques années ce terreau propice à la fourniture d'une main-d'œuvre malléable nécessaire à leurs actions de déstabilisation tous azimuts, tandis que leurs représentants élus au Parlement français ou européen, ou dans des exécutifs locaux, ne manquent jamais de flatter une communauté électorale musulmane compacte (pour le moment) qui leur assure un renfort de voix significatif dans leurs fiefs d'implantation.

Le recours sans vergogne à cette manne politique justifie, pour ceux qui s'y résignent, la vilenie de comportements les plus inacceptables, au premier rang desquels la fraternisation avec l'islamisme radical comme ce fut le cas lors de la marche contre l'islamophobie en novembre 2019 au côté du CCIF aujourd'hui dissout. Ainsi, la convergence des luttes chère à nos marxistes d'antan se dessine non pas sur les bases d'une résistance sociale de la traditionnelle classe laborieuse, mais sur celle d'un dangereux combat en faveur de communautés hargneuses ou de minorités vindicatives contestant nos légitimités au sein même de notre nation.

À l'autre bout de l'échiquier politique, le phénomène migratoire est tordu de la même manière, renvoyant à des peurs identiques mais à des publics différents. Il s'agit de prémunir les Français « installés », contre un grand remplacement annoncé, ou tout le moins un bouleversement de nos équilibres culturels, économiques et sociétaux. Le paroxysme des craintes est un argument sur lequel jouent à merveille les mouvements nationalistes et populistes, et l'époque actuelle est propice à ces sirènes nous préconisant sans précaution oratoire de renoncer à ce que nous sommes : un peuple accueillant et résistant, orienté vers les autres. À l'identique des théories de l'économiste Dani Rodrik, ces penseurs extrêmes des mobilités mondiales nous enferment dans un « trilemme d'incompatibilité » nous enjoignant de choisir entre démocratie, souveraineté nationale et échanges internationaux (de marchandises et de main-d'œuvre). Si tous promeuvent la souveraineté nationale, concept profondément acceptable et respectable avec lequel il est difficile d'être en désaccord, la plupart nous enjoignent désormais de renoncer totalement à l'immigration en adhérant au concept d'une « immigration zéro », au risque de mettre en panne notre économie.

Hors de ces positionnements rigidifiés, il devient compliqué de naviguer dans la nuance et difficile aux « humanistes et militants de la liberté et de la tolérance de ne pas se laisser exploiter par la tyrannie du fanatisme » (Thomas Mann). Depuis toujours, les migrations et l'altérité forcément associée furent récupérées comme autant d'artefacts par les partis politiques. Au cours de notre histoire, les mouvements migratoires ont toujours fortement influencé les opinions publiques, qui les ressentent comme autant de menaces pour nos valeurs, notre cohésion nationale et notre sécurité. Ces sentiments auraient dû être perçus depuis quelque temps déjà par les gouvernements successifs, mais ce ne fut pas le cas. Le sujet demeura longtemps tabou au sein des divers partis politiques modérés, conscients pourtant que la captation partisane de ces problématiques contribuait à une crispation rendant inaudible toute proposition modérée ou tout simplement réaliste.

Entre une droite censément autoritaire et sécuritaire et une gauche au discours humaniste, les partis traditionnels n'ont cessé de se fracasser sur le principe de réalité de la situation migratoire. Aux yeux des électeurs, ils n'ont donc fait qu'exprimer des tendances identiques, aux corrections partisanes minimes, sans influence sur l'évolution de la situation. La conséquence de ce fossé entre les discours et les actes a considérablement renforcé la méfiance des Français, qui ressurgit aujourd'hui tant sur le personnel politique que sur les populations immigrées installées, victimes de tous les amalgames possibles. Il n'y eut à travers le temps aucun courage pour ouvrir un débat de fond sur les migrations. La problématique ne fut abordée qu'à la marge et quelques mesurettes aux allures de slogans apparurent çà et là à l'occasion de campagnes politiques, pour s'évaporer aussi rapidement dès les premières difficultés d'application. Disons-le, la France n'a jamais eu de politique migratoire cohérente sur le long terme. L'absence de prise en compte globale sur ce dossier a laissé la voie libre aux ultras et aux populistes qui ont raflé la mise – dont ils touchent les dividendes aujourd'hui – et érigé un monopole de vérité absolue. Pire, ce défaut de stratégie a étonnamment conduit à se séparer de quelques manettes de pilotage pour les confier, sans doute avec soulagement, à l'Union européenne dont les membres n'étaient pas d'accord entre eux, ne serait-ce que sur l'analyse du phénomène.

Avant ma nomination à la tête du RAID en mai 2012, j'exerçais la fonction de sous-directeur chargé de l'international au sein de la direction centrale de la police aux frontières. Une de mes attributions consistait à assister le préfet représentant la France au « board » de Frontex, et quelquefois à le suppléer. À ces occasions, je fis l'amer constat du manque de solidarité entre les pays nordiques, peu touchés à l'époque par le phénomène migratoire (la donne a changé depuis), et ceux du sud, largement impactés. Les discussions interminables au siège de l'agence à Varsovie sous la présidence du Finlandais Likka Laitinen se terminaient souvent par des prises de position alambiquées ne débouchant sur aucune décision tangible. Cette orientation assumée par une partie des membres de l'Union européenne (au détriment des autres) permettait d'afficher un humanisme de bon aloi en favorisant grâce aux patrouilles nautiques le sauvetage et le rapatriement sur nos sols de naufragés de plus en plus nombreux. Cet appel d'air fut vite pris en compte par les organisations criminelles et le commerce des passages illicites à destination du Vieux continent ne cessa de croître. Dans le même temps, j'eus à connaître une dizaine de tentatives d'organisation de vols communs pour des retours d'illégaux vers leur pays d'origine. Frontex, maître d'œuvre en la matière, ne fut jamais en capacité d'assumer ce rôle, il était évident que cette mission éminemment répressive n'entrait pas dans la vision généreuse que l'agence se faisait à ce moment-là de sa tâche et que le moindre prétexte pour suspendre l'affaire était le bienvenu. Ainsi, pour exemple, il nous fut impossible de procéder au renvoi d'Afghans dont nos troupes sur place (et celles des Britanniques) garantissaient pourtant mieux que partout ailleurs la sécurité au péril de la vie de nos soldats (90 militaires français sont morts en Afghanistan).

Depuis cette époque, les crises migratoires n'ont cessé de se multiplier, touchant désormais l'ensemble du Vieux continent. Celle de 2015, où furent comptabilisées près d'un million d'arrivées au prix d'un nombre important de victimes lors de périples mortels, permit une prise de conscience et un changement de la politique de l'agence avec en particulier la création d'un corps européen de gardes-frontières de trois mille agents embauchés à l'horizon 2027, renforcés de sept mille officiers mis obligatoirement à disposition par les pays membres. Frontex est désormais investi de pouvoirs accrus à la fois pour lutter contre les entrées illégales mais aussi pour organiser les retours forcés dans les pays d'origine. Même la Suisse, admise dans l'espace Schengen, d'habitude si attentive à sa souveraineté, a décidé en 2022 par référendum populaire de s'appuyer largement sur l'agence européenne. Quant à la Belgique, au grand dam des ONG de défense des droits des migrants, son Parlement a autorisé en mai 2024 l'agence européenne à effectuer (avec l'assistance de policiers belges) des contrôles aux frontières maritimes, terrestres et aéroportuaires du pays et à organiser les retours forcés.

Notons, dans le cadre de ces évolutions de mentalité, que lors de la dernière campagne pour l'élection des députés européens, la plupart des partis politiques d'extrême droite appelaient non pas à se défaire de Frontex (ce qui est nouveau), mais à renforcer ses prérogatives pour rendre cet outil plus opérant et plus en compatibilité avec les mesures déclinées à l'échelle nationale. Le choix sur la liste du Rassemblement National de l'ancien directeur de l'agence européenne Fabrice Leggeri en est l'un des signes forts.

Sous la contrainte des tensions géopolitiques, les orientations de la politique migratoire européenne ont désormais évolué. Les décideurs ont pris conscience que les flux des populations pouvaient se transformer en arme de guerre. Lors de crises internationales, les damnés de la terre furent repoussés vers les frontières de nos démocraties à plusieurs reprises par des dictateurs sans vergogne. Kadhafi le fit en son temps, submergeant les côtes italiennes de naufragés africains volontaires ou contraints, ou orientant quelques vagues vers les barbelés de Ceuta et Melilla, enclaves espagnoles en territoire marocain. Le Turc Erdogan ne se comporta pas mieux, jouant de ces marées humaines échouées à nos portes d'entrée grecques et bulgares au gré des désaccords politiques ou de versements de subventions jugées insuffisantes (rançons honteuses et inefficaces). C'est le même chantage auquel se livra récemment le nouvel autocrate de la Tunisie, le président Kaïs Saïed : estimant trop maigres les subsides de la vieille Europe et trop longues leurs échéances de paiement, il actionna à son tour et avec efficacité l'instrument migratoire. Vladimir Poutine et son complice biélorusse Alexandre Loukachenko s'employèrent il y a peu à châtier l'Union européenne, alliée de l'Ukraine, en poussant des milliers de ressortissants du Moyen-Orient et d'Afrique vers les gardes-frontières polonais.

La tentation par des décideurs malveillants à la déstabilisation des peuples est une aubaine sans cesse répétée qui se surajoute au mouvement continu d'arrivée de foules fuyant des territoires ravagés par des catastrophes naturelles, écologiques ou sanitaires, tentant d'échapper aux guerres et à la répression de dictateurs et de membres de juntes militaires.

Les pays occidentaux, conscients des freins au développement, ont mené depuis des décennies des stratégies publiques d'investissement pour favoriser l'évolution économique des pays sources de migration massive. Avec un financement de huit milliards d'euros en 2021 (en constante augmentation), la France est l'un des premiers contributeurs d'aide publique bilatérale pour le développement (APD). Par manque de coordination entre les nations donatrices ou organismes multilatéraux, les effets réels sont en deçà des espérances et sans conséquences palpables sur les départs. En charge pendant trois ans de la collaboration avec les forces de sécurité maliennes à Bamako, au début des années 2000, j'ai pu observer la dilution de nos aides dans de nombreux projets dont nous pouvions légitimement nous demander s'ils étaient réellement pensés pour améliorer le bien-être des populations sur place. Le service de coopération et d'action culturelle de l'ambassade de France procéda à l'achat et à la distribution de milliers de boîtes de préservatifs, initiative sans doute nécessaire, mais qui aurait mérité plus de contrôle dans sa mise en œuvre car, les jours suivants, ces produits se retrouvaient en vente sur les étals des commerçants de rue. Et que dire de cette étrange idée de maintenir à flot sur financement français les équipes méharistes (à dos de chameaux) de la garde nationale pour contrôler dans l'extrême nord malien les passages vers l'Algérie de contrebandiers et trafiquants en tous genres circulant dans de puissants véhicules tout-terrain, bien trop rapides pour les majestueux camélidés ? Aux errements de ces dépenses publiques débridées, ainsi qu'aux défauts de politiques communes de subventions autorisant les manœuvres des gouvernements locaux jouant sur des mises en concurrence, des surenchères et des préférences entre les donateurs, s'ajoutèrent pour le Mali et quelques autres États francophones l'argument du retour sur investissement de leur diaspora. Le montant de l'APD française, largement inférieur aux versements financiers provenant de la communauté malienne installée dans l'Hexagone tous flux confondus, les licites comme ceux provenant de l'argent de la drogue, de la prostitution et tous les autres types de trafic, ne poussa pas les décideurs des capitales africaines à la limitation des migrations, bien au contraire.

Ces expériences malheureuses plaident pour une action européenne coordonnée des politiques de développement. Des instruments existent depuis la fin des années 1950 avec la mise en place du premier fonds européen de développement (FED). En 2017 fut ratifié un nouveau consensus européen fixant les bases d'une meilleure collaboration sur le terrain avec les délégations de l'Union européenne afin de réduire la fragmentation de l'aide et favoriser le déploiement d'initiatives conjointes, en particulier dans le cadre environnemental et climatique.

Dans le courant de l'année 2023, les Vingt-sept finirent par se mettre d'accord sur un nouveau pacte européen sur la migration et l'asile, ratifié par le Parlement en avril 2024 pour une entrée en application deux ans plus tard (délai inexpliqué compte tenu de l'urgence du problème).

Une large partie du texte est consacrée à la protection des frontières de l'espace européen avec la mise en place d'un premier filtrage, aux limites de l'UE, des personnes tentant d'entrer illégalement. L'objectif est d'accélérer le traitement des demandes d'asile avant entrée, en installant des centres de rétention proches des bordures terrestres et maritimes de l'Union ainsi que dans les aéroports. Les pays frontaliers sont éligibles pour cela à un soutien financier ainsi qu'un appui technique et matériel de l'Agence européenne pour l'asile. Les demandeurs d'asile dont la sollicitation est rejetée devront être renvoyés dans leur pays d'origine ou un pays de transit dans un délai inférieur à douze semaines. Les États peuvent là aussi recevoir l'aide de Frontex pour coordonner ces retours. Enfin, le filtrage aux frontières s'appuie en partie sur le renforcement d'Eurodac, une base de données – notamment biométriques – des migrants sur le sol européen. Aux empreintes digitales déjà collectées vont désormais s'ajouter des images faciales (l'âge minimum pour la collecte des données est abaissé de 14 à 6 ans) permettant de mieux identifier les personnes introduisant plusieurs requêtes dans des pays différents.

Par ailleurs, la Commission européenne, garante de la cohésion entre membres, aura la possibilité de déclencher un mécanisme de solidarité impliquant tous les États en cas de pression migratoire constatée dans un ou plusieurs États frontaliers (par exemple, l'Italie ou la Grèce). Les membres choisiront entre deux options : accueillir une partie des demandeurs d'asile sur leur territoire ou bien aider l'État sous pression à travers un soutien financier, la construction de centres d'accueil ou encore l'aide au retour.

Le pacte tente également à travers l'Agence de l'Union européenne pour l'asile (AUEA), d'harmoniser l'application de la politique migratoire et d'asile de tous les pays de l'UE.

Enfin, la Commission a proposé d'intensifier les accords de réadmission avec les pays d'origine des migrants pour faciliter le retour des personnes n'ayant pas obtenu l'asile. L'accès aux visas européens serait facilité pour les pays tiers volontaires pour accueillir leurs ressortissants reconduits, et durci à l'inverse pour les moins coopératifs.

Ces mesures vont dans le bon sens, mais dans ce domaine aussi, le courage de la vérité nous pousse à dénoncer deux écueils majeurs auxquels il faudra répondre sous peine d'inefficacité du dispositif. Le premier est le comportement traditionnel de procrastination ou de résistance des administrations européennes, dont un certain nombre de membres ne sont pas à titre personnel (quelquefois par positionnement politique) favorables à un durcissement des législations. Le deuxième est que ces dispositions concernant les arrivées ne règlent pas le problème des illégaux déjà installés sur les territoires de l'Union, or les opinions publiques européennes sont tout simplement devenues rétives à des présences d'étrangers qu'elles jugent d'autant plus difficiles à supporter qu'elles ne cessent d'être alimentées par des flux considérés (pour le moment en tout cas) comme intarissables. Pour l'instant, ces évolutions claires prises en compte par les organes de direction de l'UE dans le cadre du nouveau pacte de l'immigration et de l'asile s'affichent aussi au niveau des gouvernements nationaux. Ainsi l'ex-chancelier allemand Olaf Scholz, dans une interview au magazine *Der Spiegel*, déclarait en octobre 2023 : « Nous devons expulser à grande échelle ceux qui n'ont pas le droit de rester en Allemagne. Nous devons expulser plus, et plus rapidement. » Que de chemin parcouru depuis la déclaration d'intention de celle qui fut son prédécesseur, Angela Merkel, d'accueillir en 2015 un million d'étrangers !

Inconstance des dirigeants ? Versatilité de l'opinion publique ? En aucun cas. La réalité du phénomène migratoire est évolutive en fonction de l'actualité mondiale et des crises enregistrées (on parle alors de *push factors*, phénomènes divers provoquant le départ d'une population hors de son pays d'origine : conflit armé, famine, oppression politique ou religieuse, catastrophes naturelles, etc.) auxquelles s'ajoutent des conjonctures attirantes, réelles ou fantasmées, dans les pays de destination (on parle alors de *pull factors*, zone de prospérité économique, de sécurité politique, présence de la communauté d'origine, générosité de systèmes d'aide, etc.). S'ajoutent à ces réalités quelques éléments plus psychologiques au niveau des candidats au voyage : la représentation que tout migrant se fait de son futur en fonction de ses connaissances, de ses perceptions, de son environnement social, du désir de s'installer et s'intégrer, de faire venir sa famille ou de repartir... mais aussi au niveau des populations accueillantes et de leur perception de la migration en fonction des époques ou des lieux.

Les positionnements politiques frileux de ces dernières décennies reflétèrent, pour les plus bienveillants, la difficulté globale à appréhender un phénomène délicat touchant à la misère humaine confrontée à une nécessaire et traditionnelle générosité des Français et de la République. Ils s'additionnèrent aux bords extrêmes de l'échiquier politique de postures dogmatiques variant d'un intransigeant refus d'assistance et de secours jusqu'au désir fou et incertain d'accueillir sans limite. Si nous sommes héritiers de ce passé, les années proches n'ont révélé ni inconstance ni versatilité des dirigeants ou des populations, mais il a fallu naviguer pour les uns et les autres entre le désir d'aider et d'héberger et celui de ne pas être submergé, entre l'envie d'intégrer et celle de ne pas se dissoudre. Il nous faut désormais être vigilants à ne pas sombrer, à ne pas diluer les valeurs héritées de notre passé, sur lesquelles nous nous sommes construits, et à fixer urgemment des systèmes de régulation efficaces. Il y va de la survie de notre paix civile.

*

Ces modulations nécessaires doivent coller à la réalité des faits migratoires et à leur diversité. En France, comme dans la plupart des pays européens, trois types d'immigration coexistent. Deux sont à combattre et une à organiser.

La première, contre laquelle il nous faut lutter, relève de l'immigration agressive. Une immigration délinquante et criminelle qui revêt plusieurs aspects. Fernand Gontier, ancien directeur central de la police aux frontières, cite « le cas de Géorgiens, Moldaves, Arméniens ou encore des Russes associés dans des Vory (vory v zakone – les voleurs dans la loi) qui se livrent à des vols aggravés et des trafics divers dont celui très lucratif des cigarettes contrefaites. Certains Albanais, Kosovars ou Macédoniens se livrent à des cambriolages ou des trafics de stupéfiants… une partie de la communauté nigériane installée à Marseille organise la prostitution des quartiers nord » (*La face cachée de l'immigration*, Éditions Baudelaire). Au-delà de ces « spécialités » fortement cultivées dans une partie de ces communautés, la délinquance de voie publique empoisonne la vie d'habitants de nombreuses villes, et désormais de nombreuses campagnes. Elle nuit, en outre, à l'image de la majeure partie des étrangers en situation régulière qui souffrent d'un amalgame difficile à supporter. Il ne se passe pas une semaine sans une agression, un délit ou un crime commis par un étranger, quelquefois sous OQTF (obligation de quitter le territoire français). Les faits les plus graves sont d'un niveau tel qu'ils en deviennent insupportables pour la population. Par ailleurs, sans parler de chocs culturels ou civilisationnels souvent mis en avant, le respect d'interdits en vigueur dans nos pays est sans doute rendu plus aléatoires au sein d'une population dont la précarité renforce un regroupement et une vie en vase clos peu favorables à la compréhension de règles, de modes de vie ou d'équilibres singulièrement différents à ceux vécus dans certaines régions d'origine. L'égalité de l'homme et de la femme ainsi que la supériorité des préceptes de la loi sur ceux de la religion dans la régulation de la vie en société représentent, avec d'autres, des principes de base dont la transgression conduit nécessairement à des actes répréhensibles et punis par les textes.

Le résultat est que, selon une étude de l'INSEE en 2019, 82 % des personnes mises en cause dans des procédures judiciaires sont françaises et 18 % ne le sont pas, alors qu'elles représentent 92 % de la population pour les premières et 8 % pour les secondes. Cette surreprésentation des étrangers impliqués augmente régulièrement depuis 2016, plus 15 % contre 1 % de nationaux. Ces délinquants sont originaires d'Afrique à 58 % (dont 38 % pour le Maghreb). Par ailleurs au 1er janvier 2020, 21 % des écroués dans nos prisons n'étaient pas nationaux (les détenteurs de la double nationalité, 5 % de la population de France métropolitaine, sont comptabilisés comme français).

De 2014 à 2020, sur 101 projets terroristes aboutis ou déjoués vingt-deux pour-cent des auteurs étaient de nationalité étrangère. À la tête du RAID de 2013 à 2017, j'ai pu constater par moi-même que nombre d'arrestations exécutées à la demande des services enquêteurs ou de renseignement anti-terroristes sur des projets d'attentat concernaient effectivement des ressortissants de pays étrangers.

Ils n'étaient certes pas les seuls, j'ai eu à affronter des islamistes de toutes provenances, Français ou Françaises « de souche », convertis non pas à l'islam mais à l'islamisme le plus violent, ainsi que doubles nationaux, mais l'immense avantage que procure le rattachement par la nationalité à un pays extérieur est de pouvoir se séparer des néfastes (avant qu'ils ne passent à l'acte) en les expulsant. Or, jusqu'à une période récente, l'expulsion de terroristes comme de délinquants était fort peu pratiquée. J'ai tenté, avec quelques camarades, dès 2017, en pleine cohérence avec mes écrits remis au candidat Emmanuel Macron lors de la campagne présidentielle, de prêcher en ce sens, mais au sein de notre majorité pléthorique de l'époque, beaucoup, empreints d'un pseudo-humanisme proche de la naïveté, rejetaient catégoriquement cette suggestion. Une évolution vers plus de pragmatisme et d'efficacité fut enfin constatée dans le courant de l'année 2020, où les pouvoirs publics reconnurent à mots couverts puis de manière de plus en plus décomplexée un lien direct (et réel) entre la délinquance et une partie de l'immigration. En novembre 2022, le ministre de l'Intérieur déclarait devant les sénateurs : « L'éloignement des étrangers en situation irrégulière (ESI) représentant une menace pour l'ordre public [délinquants, terroristes, menées subversives, atteintes graves et répétées à l'ordre public] constitue une priorité absolue de la lutte contre l'immigration irrégulière. » Une circulaire rédigée deux mois plus tôt précisait la nécessité d'un suivi particulier pour les ESI inscrits au fichier des signalements pour la prévention de la radicalisation à caractère terroriste (FSPRT). Ainsi, à compter du début juillet 2021 et en l'espace de quinze mois, l'État procéda à plus de trois mille expulsions. Ce nombre devrait augmenter avec les nouvelles possibilités conférées par la loi sur l'immigration de janvier 2024 qui entend faciliter l'éloignement des étrangers qui représentent une menace grave pour l'ordre public.

Sur le front de la lutte antiterroriste, en 2023, quarante-quatre objectifs de la direction générale de la sécurité intérieure furent visés par une procédure d'éloignement administrative (OQTF) ou une interdiction judiciaire du territoire français (ITF) pour des condamnés en fin de peine, une progression de 26 % par rapport à l'année précédente. Notons dans ces chiffres, et c'est un fait nouveau et majeur, onze déchéances de nationalité française (pour des doubles nationaux, hommes comme femmes, Turcs, Algériens, Russes d'origine tchétchène) suivies d'expulsions. Dans ces cas précis, l'effort de l'administration est louable, car ces procédures demandent une volonté et un suivi d'airain pour cheminer dans le labyrinthe des recours administratifs et judiciaires dont la France a le secret. Voyez donc. En 2007, Rachid Aït El Hadj, franco-marocain, fut jugé en France pour ses liens avec les membres d'un groupe djihadiste responsable des attentats de Casablanca en mai 2003 (quarante-cinq morts, dont trois Français, et une centaine de blessés). Libéré après avoir purgé sa peine, il fit l'objet d'une mesure de déchéance de nationalité contestée devant le Conseil d'État. Cette haute instance valida la décision administrative qui devint effective en 2015, mais le renvoi au Maroc ne put se faire en l'attente de l'avis de la commission d'expulsion saisie à son tour. En 2016, l'intéressé fut soupçonné d'avoir eu des liens avec l'auteur de l'attentat manqué contre une église de Villejuif (2015) et le djihadiste meurtrier du couple de policiers à Magnanville (2016). En l'absence de preuve, la commission d'expulsion, en décembre 2023, rendit un avis défavorable à son départ car « la présence de l'intéressé n'est pas de nature à constituer une menace réelle et actuelle d'une particulière gravité pour l'ordre et la sécurité publics de la France ». Malgré cette surprenante décision qui n'a que valeur d'avis, le préfet pris la décision de l'expulser, ce qui fut fait à la fin du mois de mars 2024.

Nos procédures à rallonge avec leurs multiples possibilités de recours desservent l'intérêt de notre nation. La loi « immigration, intégration et asile » du mois de janvier 2024 va dans le bon sens. Mais cela n'est qu'un début. Les plus hauts représentants de nos institutions doivent viser comme dans d'autres pays l'exécution de la quasi-totalité des OQTF, le président de la République envisageait même les cent pour-cent (objectif irréaliste compte tenu de quelques situations particulières) qu'il s'agit tout de même de tangenter à défaut de les atteindre. Pour ce faire, il conviendra de contraindre, comme le soulignait récemment le ministre de l'Intérieur Bruno Retailleau, certains pays de provenance, l'Algérie en particulier, à respecter les traités internationaux et à reprendre leurs ressortissants expulsés.

La volonté de lutter contre cette immigration « agressive », en particulier par le biais des expulsions généralisées, est essentiellement de la responsabilité nationale, même si, on l'a vu, notre État peut s'appuyer aussi sur des moyens légaux (nouveau pacte asile immigration de l'UE) ou opérationnels (recours à Frontex pour des retours forcés) européens. Ce volontarisme doit être un marqueur fort du pouvoir républicain, afin de jouer sur trois leviers majeurs : une diminution de la criminalité générale en s'attaquant à celle produite par les populations étrangères, une satisfaction de l'opinion publique qui plébiscite un retour de l'autorité, la fin d'un monopole de parole des extrêmes et populistes.

*

Le deuxième type de migration à combattre est dépendant des flux incessants d'arrivées notre pays. Il s'agit d'une immigration invasive qui nécessite, pour la contrer, les moyens coordonnés de l'Europe.

Sondage après sondage, les Français font état d'un malaise face à une arrivée ininterrompue de migrants, qui poussent à un sentiment de rejet global, incluant malheureusement les populations étrangères les mieux intégrées. Avec des augmentations de près de 64 % des flux de migrants clandestins en 2022, et près de 50 % des demandeurs d'asile en 2021, l'Europe est manifestement incapable, avec les règles en vigueur aujourd'hui, de protéger nos frontières communes. L'agence européenne Frontex a détecté en 2022 trois cent trente mille franchissements irréguliers (s'ajoutent à ce chiffre tous les passages non constatés), en augmentation de 64 % par rapport à l'année précédente. Dans le même temps, selon des estimations par définition aléatoires s'agissant de clandestinité, deux mille cinq cent personnes auraient péri en tentant de rejoindre l'Union européenne, faisant de la mer Méditerranée « le plus grand cimetière d'Europe », selon les déclarations du pape François en septembre 2023 lors d'une visite à Marseille. Les chemins de migration sont nombreux : en Méditerranée occidentale (Canaries, côtes du sud de l'Espagne, enclaves espagnoles au Maroc de Ceuta et Melilla), en Méditerranée centrale en provenance de Libye et Tunisie (îles italiennes de Pantellera ou Lampedusa, côtes continentales italiennes, île de Malte), en Méditerranée orientale (des côtes turques vers les îles de Lesbos, Chios, Samos et le continent grec, sans oublier la route terrestre des Balkans en direction de l'Italie *via* la Slovénie ou vers l'Autriche et l'Allemagne, ainsi que la frontière entre la Turquie et Chypre sur l'île du même nom).

La fréquence et l'alternance des voies de passage utilisées rendent les ripostes étatiques (hors moyens communs de l'UE) peu opérantes. Lors de la campagne présidentielle de 2017, je fus étonné par les pseudo-arguments chocs de certaines composantes politiques (qui ont changé d'avis depuis) prétendant mettre fin à l'immigration en agissant uniquement sur « la fermeture des frontières ». Il s'agissait de verrouiller les portes du pays, comme celles d'une habitation, en interdisant toute entrée. La France n'est pas un appartement mais plutôt un territoire varié de champs, de forêts, de montagnes, de rivages. L'hexagone comptabilise 2 900 kilomètres de frontières terrestres qui rendent impossible un contrôle efficace à mailles resserrées, sauf à y employer toutes nos forces de sécurité intérieures et nos forces armées. Ce que semblaient ignorer les partisans de cette stratégie, c'est qu'à l'époque de ces déclarations de campagne, la France vivait déjà, depuis les attentats terroristes du Bataclan, sous l'état d'urgence permettant un contrôle restauré de nos frontières nationales (le traité de Schengen l'autorise à titre provisoire lors de menaces significatives). Cette mesure facilita un nombre important d'arrestations et de refoulements de personnes suspectes, mais la commission d'autres attentats, dont certains perpétrés par des étrangers nouvellement arrivés, démontra qu'il était difficile, même dans ces conditions, de se prémunir contre tous les risques. La France compte officiellement 122 points de contrôles terrestres, 75 aérodromes, 33 ports et 11 gares ferroviaires accueillant un flux international. S'ils sont tous contrôlés par les effectifs de la police aux frontières, ainsi que des douaniers ou des gendarmes, de nombreux passages s'effectuent dans les endroits les plus insolites et les plus périlleux. Fernand Gontier cite le col franco-italien du Montgenèvre, à plus de deux mille mètres d'altitude, fréquemment emprunté par des illégaux pour la plupart afghans, souvent aidés dans leur tâche par des militants italiens ou français indiquant les chemins de montagne et fournissant des équipements adaptés. Tout aussi surprenant, il relate l'arrivée sur une plage Corse en janvier 2010 de 123 kurdes de Syrie, dont 37 enfants. À la tête, à l'époque, de l'office central pour la répression de l'immigration irrégulière et de l'emploi d'étrangers sans titre (OCRIEST – devenu en 2022 l'office de lutte contre le trafic illicite des migrants, OLTIM), j'ai dirigé l'enquête judiciaire sur ce trafic international qui nous a amenés des Bouches-du-Rhône jusqu'à Izmir, et du Gard jusqu'en Grèce et en Turquie ; les trafiquants et organisateurs furent arrêtés, le passage avait coûté à chaque candidat au voyage près de dix mille euros.

Les membres de l'Union seront plus efficaces ensembles car ils peuvent déployer beaucoup plus de moyens. Jusqu'à présent, il a semblé que chacun tentait de tirer son épingle du jeu en renvoyant les illégaux non pas dans leurs pays d'origine mais chez le voisin européen profitant du « règlement Dublin » qui légalise cette manœuvre. À cette règle-là, les nations situées aux frontières extérieures et par conséquent aux portes d'entrée du continent, à l'exemple de l'Italie, de l'Espagne et de la Grèce, se trouvent défavorisées. L'absence de règles de temps et de recours communes à tous sur le traitement des réfugiés, ajoutée à une différence conséquente du pécule d'aide aux demandeurs d'asile (ADA) versé en application de conventions internationales, favorise un appel d'air vers les pays les plus généreux (dont la France). Gérard Collomb, ancien ministre de l'Intérieur, n'avait pas hésité, à raison, à dénoncer ce « benchmarking », s'attirant l'ire des associations et organisations pro-migrantes supportant peu la dénonciation publique de ces évidences.

Les nouvelles règles communes déjà évoquées devraient dès leur mise en application apporter plus de cohésion à la politique globale du bloc européen, d'autant que les dernières élections au Parlement européen ont renforcé les blocs « nationalistes » dont on peut penser qu'ils y seront attentifs. Mais certains États n'ont pas attendu. Poussé par son opinion publique et un consensus politique fort, le Danemark, mené par les socio-démocrates au pouvoir à l'époque, fit le choix des moyens nationaux en externalisant à la fois ses demandes d'asile et ses prisonniers étrangers dans des pays tiers. Au Royaume-Uni, le phénomène des migrations fut toujours un thème sensible de politique intérieure. Cela constitua un des principaux arguments des partisans victorieux du Brexit. Depuis le début du mois de février 2020, date officielle de séparation avec l'Europe, les Britanniques tentent de trouver des solutions nationales à une problématique qui ne semble pas avoir été maîtrisée, en dépit de la reprise en main par le gouvernement de tous les pouvoirs en ce domaine. Une loi controversée permettant d'expulser dans le cadre d'un « pacte sur la migration et le développement économique » une partie des migrants arrivés illégalement vers le Rwanda fut rapidement mise de côté par le nouveau gouvernement travailliste qui se heurta quelques semaines après son arrivée au pouvoir à des émeutes racistes particulièrement violentes dénonçant la trop forte présence de migrants au sein de la société britannique. En Italie, Giorgia Meloni fut nommée présidente du Conseil dans le courant de l'année 2022. Elle dirige un gouvernement issu d'une coalition majoritaire de partis de droite et d'extrême droite suite à sa victoire aux dernières élections législatives dont un des thèmes principaux de campagne portait sur la lutte contre l'immigration de masse. La première crise migratoire d'ampleur, en septembre 2023, jetant des milliers de naufragés sur les côtes de l'île de Lampedusa, fut l'occasion pour Mme Meloni, confrontée aux réalités du terrain, de revenir sur sa position initiale en matière de migration. Au lieu d'invoquer la souveraineté comme ce fut le cas dans sa campagne électorale, elle appela plutôt à des solutions européennes en exposant sa vision d'une Europe forteresse, réaffirmant que la question n'était pas de savoir comment redistribuer les migrants au sein de l'UE, mais comment mettre un terme aux départs illégaux. Elle fut par la suite une des principales partisanes du Pacte européen sur la migration et l'asile d'avril 2024. Cette évolution dans une action combinant la volonté nationale et la force de l'Union européenne semble porter ses fruits, les arrivées sur les côtes italiennes ayant sensiblement diminué cette dernière année.

Tous ces cheminements entre actions collectives européennes et impulsions nationales traduisent la difficulté pour nos pays occidentaux à apporter une réponse efficace à l'encontre de cette immigration subversive. Mouvement de fond dont certains nous prédisent son accélération, à l'instar de Nicolas Sarkozy déclarant que « la crise n'est pas finie, elle ne fait que commencer ». Le repli des pays européens sur eux-mêmes ne permettra pas de freiner cette tendance et l'expérience du Danemark n'est efficace que parce que l'action résolue de son gouvernement se superpose à une implication parallèle et concomitante des services offerts par l'Union européenne. Frontex est présent dans les aéroports de ce petit royaume scandinave et les outils de recherche et de prévention contre les illégaux, comme le système d'information Schengen (fichier SIS), les bases de données européennes des empreintes digitales (bornes Eurodac), les services spécialisés Europol et Eurojust, sont autant d'organismes s'ajoutant aux moyens nationaux et appuyant les dispositifs locaux.

Le courage exige de se confronter à ces réalités et à leurs mutations rapides. C'est ainsi que la Bulgarie, la République tchèque, le Danemark, la Finlande, l'Estonie, la Grèce, l'Italie, Chypre, la Lettonie, la Lituanie, Malte, les Pays-Bas, l'Autriche, la Pologne et la Roumanie exprimèrent récemment le désir de faire évoluer le nouveau pacte avant même son entrée en application en s'appuyant sur des pays tiers, qualifiés de « pays sûrs », pour participer activement à la gestion des migrations à destination de l'Europe. S'inspirant du partenariat conclu avec la Turquie en 2016 pour retenir les migrants syriens, ces nations veulent encourager et multiplier les accords de réadmission avec des pays tiers situés sur la route des candidats au voyage.

Elles plaident aussi pour la mise en place d'un mécanisme communautaire permettant de détecter, de secourir des migrants en haute mer et de les mettre en sécurité dans un port sûr (selon la terminologie du droit international) en dehors du territoire de l'UE, rendant du même coup inutiles et indésirables les actions en mer des ONG promptes à ramener les naufragés aux frontières maritimes des États européens.

Sur ce chemin d'un pragmatisme évident, elles se heurteront aux contre-pouvoirs que représentent certaines associations ou organisations internationales favorables aux mouvements migratoires, dont les agissements (déjà dénoncés) s'appuient sur une force de communication et un lobbying politique installés depuis des années. Déjà une vingtaine d'ONG, SOS Méditerranée et Médecins sans frontières en tête, tentent de s'opposer aux nouvelles lois italiennes prévoyant amendes, immobilisations et confiscations de navire en cas de secours non coordonnées en mer Méditerranée. Dans ce registre, j'ai le souvenir qu'Éric Besson, ministre de l'Immigration, tenta au milieu de l'année 2009 de mettre fin au monopole de la Cimade, seule organisation à disposer de l'aide juridictionnelle aux étrangers et officiant sans partage dans les centres de rétention administrative (CRA). Il répartit par un décret, pris un dimanche soir, ce puissant pouvoir avec cinq autres partenaires caritatifs. Présent dans son bureau le lundi pour lui rendre compte d'une affaire judiciaire d'importance traitée par l'OCRIEST, je fus le témoin involontaire d'une conversation téléphonique houleuse entre le ministre et un des responsables de cette puissante association. Le niveau sonore d'un échange quelque peu courroucé me permit de percevoir les menaces de révoltes organisées de migrants mâtinées de recours en justice. Peu après, j'entendis sur une radio le plus haut responsable de cet organisme contester la décision ministérielle, parlant de « méthodes de voyous », de « processus de division [...] qui ne permettra plus d'aider efficacement les étrangers à assurer une voie de recours ». Et il conclut : « C'est réduire au maximum l'aide juridique apportée aux étrangers, parce que le ministère voit bien que cette aide le gêne pour atteindre ses quotas d'expulsion. » Hier comme aujourd'hui, il n'a jamais été de bon ton de revenir sur des situations d'exclusivité bâtie au fil du temps à grand renfort d'argent du contribuable.

Mais dans ce domaine aussi les choses évoluent, et les opinions publiques européennes ont pris conscience de ce pouvoir de nuisance qui ne vise qu'à affaiblir les puissances publiques et à favoriser certains groupes associatifs qui, sous couvert d'humanitaire, ont bâti de véritables business plans et monopoles économiques. Malheureusement, ces structures spéculatrices entraînent dans leur funeste sillage les plus vertueuses (et il y en a beaucoup), et c'est tout le secteur du secours charitable qui se retrouve exposé à un désamour grandissant des citoyens. Dans un sondage paru au mois de mai 2024, 68 % des Français se sont déclarés favorables à la suppression des subventions pour les associations d'aide aux migrants. Le Conseil d'État, interrogé sur le même thème, a tenté en mai 2024 de trancher entre véritable aide humanitaire et activisme politique. Il a ainsi autorisé la ville de Paris à subventionner SOS Méditerranée au motif que l'aide accordée d'un montant de cent mille euros était fléchée vers l'action de sauvetage en mer, et annulé les quinze mille euros de la ville de Montpellier affecté vers des activités de sensibilisation et d'éducation qui relevaient plus de la propagande politique. De manière tout à fait pragmatique, il n'est pas illégitime de s'interroger sur ces dons importants à une époque de déficit abyssal du budget de la capitale et d'une augmentation croissante des impôts fonciers. Pour l'occasion, les motivations traditionnelles basées sur le principe du respect de la politique internationale de la France par les associations subventionnées semblent avoir totalement disparu de la jurisprudence développée par la haute cour. Cette évolution inquiète et la récente décision du début du mois de juin 2024 du Conseil constitutionnel accordant l'aide juridictionnelle aux étrangers en situation irrégulière au nom du « principe d'égalité devant la justice » n'est pas faite pour calmer une opinion publique et une partie de la classe politique soulignant à juste titre l'obligation faite désormais à la République de soutenir financièrement les illégaux dans leurs actions à se maintenir sur le territoire (c'est un peu fournir les munitions à son propre peloton d'exécution).

Cette dérive des droits définitivement acquise dans les faits et dans certains esprits se constate aussi dans le dossier délicat de la couverture médicale des étrangers. L'obligation de porter secours à toute personne souffrante, quel que soit son statut, est un devoir qui n'est que rarement contesté. Reconnaissons aussi que cette responsabilité est plus visiblement mise en œuvre vis-à-vis des étrangers vivant légalement ou illégalement dans nos pays occidentaux qu'elle ne peut l'être au sein même de leur pays d'origine.

En France, les étrangers en situation irrégulière présents sur le territoire national depuis au moins trois mois consécutifs bénéficient de l'aide médicale de l'État (AME), dispositif leur permettant d'accéder à un vaste panier de soins. La situation est cocasse car pour bénéficier de ce droit, les futurs allocataires devront prouver que depuis un trimestre ils étaient en état de clandestinité, donc illégaux sur le territoire national (la loi a ses raisons que la raison ignore). La budgétisation de l'AME pour le projet de loi de finance 2024 s'établit à un milliard et cent quarante et un millions d'euros. Le nombre de bénéficiaires n'a cessé d'augmenter, passant de 380 000 en 2021 à 403 000 sur les neufs premiers mois de 2022 ; la hausse depuis 2019 est de plus de 20 %. En France, l'AME donne accès à un panier de soins quasiment équivalent aux nationaux, à l'exclusion des cures thermales et de la procréation médicalement assistée. Chez certains de nos voisins européens, en dehors de l'aide d'urgence, un sans-papiers ne peut prétendre à la gratuité des soins. Ces constatations exposées dans le livre *La face cachée de l'immigration* sont complétées par la description de fraudes organisées par des associations et des professionnels. En 2016, cinq filières recourant à la fraude au statut d'étranger malade ont été démantelées. Plusieurs médecins délivrant de faux certificats médicaux à des illégaux pour leur permettre de se maintenir sur le sol national furent interpellés, l'un d'eux avait déclaré vingt sept mille consultations en une année, avec un pic incroyable d'activité de huit cents consultations sur une journée. Des implications au niveau le plus haut furent établies au sein d'associations à vocation humanitaire s'appuyant sur des rabatteurs complices. Chaque dossier était facturé cinq mille euros. Les faux certificats médicaux attestaient de fausses pathologies mentales. Le remboursement par les caisses maladie de ces actes fictifs coûta près de quatre millions d'euros au contribuable.

*

À l'identique de l'ancien Premier ministre Manuel Valls, homme politique de gauche qui déclarait que « sur l'immigration, nous devons appuyer sur le bouton stop, la priorité aujourd'hui est l'assimilation et non plus à l'immigration sans but. Le regroupement familial doit être restreint... », ils sont nombreux, les hommes et femmes politiques, les chroniqueurs, les analystes, à prôner depuis quelque temps une immigration choisie, il est temps de les écouter et de pratiquer une véritable stratégie d'immigration sélective. À toutes les époques, notre civilisation s'est nourrie des apports des étrangers en termes de main-d'œuvre, mais aussi de culture, de savoir, de sciences et techniques. Un concours mesuré et contrôlé de bras et de cerveaux est, aujourd'hui comme hier, nécessaire au développement de nos économies, de notre vie associative et étudiante, de notre renouveau culturel, sportif et créatif. L'immigration zéro prônée par certains tenants des droites populistes ou rigoristes ne peut conduire qu'à une décroissance et à une dégringolade dans tous les domaines de notre pays. Ce verrouillage, à l'heure où l'Italie de Mme Meloni, autrefois acquise à ces thèses et désormais confrontée au pragmatisme économique, promet un titre de séjour à 450 000 personnes dans les trois années à venir, au moment où l'Espagne entend régulariser pas moins d'un demi-million d'étrangers pour les mêmes raisons, semble dangereux pour notre avenir. C'est bien dans cette faille-là que les partis modérés doivent s'engouffrer en démontrant l'inanité d'affirmations comme le « zéro immigration » d'un côté ou le « tout immigration » de l'autre. Mais face à une opinion publique largement désabusée, ils ne pourront être crédibles sur cette phase d'immigration sélective que s'ils s'engagent résolument à lutter contre les deux autres, qu'elles soient agressives ou invasives.

C'est à ce prix que nous pourrons mieux intégrer, mieux assimiler, mieux accueillir, comme nous l'avons fait par le passé, et que chacun y trouvera son compte dans le partage de nos valeurs traditionnelles.

À Mohamed l'assassin terroriste, le tueur d'enfants traînant de sa naissance à sa mort une vie inutile, j'oppose la fraternité d'armes d'Imad, de Mohamed, d'Abel, de Loïc, réunis dans la foi en leur pays et la fierté d'être soldats. Leurs racines par-delà la Méditerranée ou l'océan Atlantique ont uni leurs destins à la République et à ses valeurs. Ils sont les exemples d'une communauté de vie réussie, d'une flamme harmonieuse que personne ne pourra faire vaciller. J'aime cette abnégation que j'ai si souvent admirée pendant mes quarante années de policier. Les colonnes d'assaut du RAID intervenant en fin d'après-midi à l'Hypercasher de Vincennes, dans la noirceur de la nuit au Bataclan, ou aux aurores blêmes à Saint-Denis ou ailleurs, sont composées de tout ce que le creuset de notre police peut rassembler de valeurs. Agnostiques et athées côtoient juifs, musulmans et catholiques, toutes les couleurs de peau se frottent et jamais personne n'a reculé quand il s'est agi d'éradiquer le terrorisme islamiste ou de se confronter à d'autres types de danger. Je me souviens aussi de ce mois d'août 2021, échangeant des SMS fébriles avec Martin, le chef du détachement du RAID à Kaboul pendant l'évacuation à haut risque de l'ambassade de France que mon ancienne unité protégeait alors. Bien que n'étant plus à la manœuvre, la situation tendue me préoccupait, les messages que le président de la République me délivrait suite à mes inquiétudes n'avaient rien, du moins au début, de rassurant. Mon lien direct avec Martin contribuait à cette angoisse, je m'inquiétais pour tous bien que nourrissant une amicale affection avec quelques-uns d'entre eux, au premier rang desquels Roméo, un colosse d'origine camerounaise dont j'avais toujours apprécié les certitudes inébranlables envers les valeurs que nous défendions. J'ai tremblé pour eux tous sans aucune distinction, jusqu'à ce qu'ils fussent en sécurité sur notre territoire. Ces quelques expériences personnelles montrent, sans doute maladroitement, combien les situations de danger gomment des différences que certains s'évertuent à faire renaître en s'appuyant sur les nouveaux dogmes d'une pseudo-culture wokiste alambiquée, soulignée par les concepts tout aussi fumeux dont le seul but est de faire ressurgir les vieux démons du racisme (rebaptisé racialisme), de l'antisémite (antisionisme), et autres appels à la désobéissance civile (violence et brutalité pour contester les règles démocratiques).

Ce partage entre individus de cultures et de provenances diverses n'est pas l'apanage des groupes spécialisés. Ayons tous à notre tour ce courage des vérités : les équipes de football les plus admirées (surtout quand elles gagnent), à commencer par la sélection nationale, ne sont pas monochromes, les innombrables et magnifiques médaillés olympiques et paralympiques sont tout aussi bigarrés et nous les avons aimés pareillement. Ils procurèrent tous et toutes un plaisir incommensurable à un public tout aussi chamarré et divers, mais soudé derrières eux l'instant de l'exploit, l'instant d'une communion. L'impressionnant témoignage que Cameron Woki nous livre dans son ouvrage (*Je croirai toujours*), talentueux deuxième ligne de l'équipe de France de rugby, enfant du Congo par ses parents et des cités de la Seine-Saint-Denis, nous appelle à réfléchir, à travers son parcours de volonté et de foi chrétienne qui l'anime, à la manière d'appréhender toutes nos différences et d'en tirer le meilleur profil au service du collectif, car « le paradis à atteindre n'a pas de prix. Sauf celui que l'on accorde au partage et à la victoire ».

Chapitre 8

Un monde qui nous échappe : le courage de réagir.

Dans *Le chat et le renard*, sorti en janvier 2024 aux Éditions de l'Observatoire, Patrice Duhamel semble résumer le dilemme de notre nation et la responsabilité de sa population toujours prompte à vouer aux gémonies ses dirigeants quels qu'ils soient. « Il est de bon ton, écrit-il, de vilipender les dirigeants, de pointer leurs défauts d'avantage que leurs qualités, de mettre en cause leurs sens des responsabilités, et de l'intérêt général, de contester leur autorité, voire leur légitimité. À les avoir observés et côtoyés avec leurs erreurs et leurs réussites, cette critique régulière, souvent systématique, parfois presque pavlovienne me semble parfois justifiée mais souvent exagérée. Présidents, Premiers et Premières ministres sont des boucs émissaires confortables. "Comment voulez-vous gouverner un pays où il existe deux cent cinquante huit variétés de fromages ?" a lancé en privé un jour de grande lassitude ou de haut chagrin le général de Gaulle, qui ne cessait de pourfendre les corporatismes. Cinquante années plus tard, Emmanuel Macron, frappé par la frilosité des Français face aux réformes, a évoqué publiquement sur le même registre, "les Gaulois réfractaires au changement". Même analyse, constat identique. Et si à un demi-siècle de distance, par-delà leurs différences majeures, ces deux présidents avaient vu juste ? »

Les destinées de notre Vᵉ République se sont accélérées au rythme tant des défis géopolitiques que des changements technologiques et de communication. Si l'observation de l'analyste politique demeure pertinente, la France du général de Gaulle a profondément évolué et sa population réagit aujourd'hui différemment d'hier. Le monde dans lequel nous baignons est un village. La proximité planétaire s'est construite avec une rapidité impressionnante sous une impulsion duale. D'abord celle d'un commerce mondial rendant interdépendants les nations et les individus, structurant identiquement les consommations, suscitant de nouveaux besoins (pas toujours indispensables), sans se soucier d'une nécessaire souveraineté nationale dans quelques secteurs vitaux (alimentation de base, énergie, médicaments, armement, etc.) qui se sont rappelés à notre bon souvenir à l'occasion des crises récentes de la COVID et du conflit ukrainien, et des attitudes inamicales de Donald Trump. Ensuite, celle de canaux modernes de communication renforcé par l'intelligence artificielle. Ces échanges instantanés structurent nos esprits, façonnent nos manières de penser et vampirisent la chronographie de nos journées. Sans doute que les nombreux architectes et acteurs de ce double système pourraient reprendre à leur compte la phrase effrayante de Pierre Laval prononcée le 5 juillet 1940, devant les députés réunis dans la salle du casino de Vichy qui lui accordèrent à une immense majorité les pleins pouvoirs : « Nous voulons détruire la totalité de ce qui est, cette destruction accomplie, créer autre chose qui soit entièrement différent de ce qui a été, de ce qui est. »

Nous y sommes désormais, mais d'une autre manière. La différence majeure avec l'époque de la collaboration réside dans la manière d'établir un nouveau système, cette « autre chose entièrement différente de ce qui a été ». Nos autocrates et nos régimes dirigistes d'avant s'imposèrent et se maintinrent par la force, contraignant les libertés des citoyens. À l'inverse, les démocraties, reposant sur une légitimité du peuple sacralisée par le droit de vote, adjoignirent à cette extraordinaire liberté la modernité et la prospérité économique pour la majorité de leurs ouailles (les démocraties libérales pèsent toujours 80 % du commerce international de biens et de services et 74 % du PIB mondial). Mais les changements de paradigme de la fin du XXe siècle et du début du XXIe, ébranlèrent ces constructions et réduisirent grandement les indéniables avantages des régimes du monde libre en consacrant l'accession de tous les pays, quelles que furent leurs orientations politiques et sociétales, aux échanges mondiaux. L'individu, désormais projeté au centre du jeu, au détriment des nations et des pays, devint la seule entité viable et digne de considération de la part des organismes marchants et communicants (GAFAM, multinationales du commerce et des services). Cette attention le poussa à considérer que sa nouvelle liberté résidait dorénavant et peut-être essentiellement dans ces liens de commerce et de contact. Pensant être directement maîtres de leurs destins, les habitants du monde affadirent les notions essentielles de communautés d'histoire, de langue et de destin et sur lesquelles se sont bâties les nations.

Telles sont nos nouvelles ambitions, tel est notre nouveau destin, « volontés » modernes instillées par une société planétaire où le bonheur se love dans les replis d'un consumérisme effréné dont l'exigence d'immédiateté nous prive de la richesse de l'analyse et de la raison. À ce constat déjà effrayant en lui-même, ajoutons, comme le souligne le journaliste Bruno Patino dans son essai *La civilisation du poisson rouge*, que les capacités d'attentions des « millenials », ceux qui ont grandi avec les écrans connectés (et par voie de conséquence tous ceux qui arriveront après), sont de l'ordre de neuf secondes, à peu de chose près identique au poisson dans son bocal. Une étude du *Journal of Social and Clinical Psychology* évalue à trente minutes le temps maximum d'exposition aux réseaux sociaux et aux écrans d'Internet au-delà duquel apparaît une menace pour la santé mentale. Ce triste bilan ne pousse pas à l'optimisme.

Ce monde nous échappera bien plus, jusqu'à une certaine forme de destruction, si nous n'avons le courage de réagir. Sans répudier le progrès, il nous faut arrêter de renoncer à tout ce qui faisait de nous un peuple uni dans un cocon national. Le retour de l'État comme entité de régulation de nos rapports, le retour à la nation comme unité principale de destins doivent redevenir les priorités absolues. Nous n'avons pas besoin de « plus d'État » mais de « mieux d'État ». Les pouvoirs publics doivent désormais cesser de tout réguler et se concentrer sur l'essentiel : les secours primordiaux limités aux populations en détresse souffrant d'accidents de la vie, le contrôle efficient de nos solidarités traditionnelles (retraite, chômage, sécurité sociale, aides aux familles) et surtout le retour de la suprématie de l'intérêt du collectif sur le particulier. Les restaurations du régalien et de l'autorité de l'État nous sont prescrites en même temps que le renouveau de la responsabilité individuelle en réponse à l'irresponsabilité de l'individualisme.

*

L'union et la volonté collectives des pays européens nous sont indispensables pour nous affirmer non seulement vis-à-vis des grandes puissances historiques (États-Unis d'Amérique, Chine, Inde, Russie) ou d'autres potentats régionaux (Turquie, Iran, Arabie saoudite, Brésil, etc.), mais aussi face aux monarques supranationaux détenteurs du pouvoir de l'argent et maîtres incontestés des technologies du futur. L'installation des GAFAM et consorts ne fut que les prémices de ces dominations d'un nouveau type s'imposant aux États et aux individus. Se jouant de réglementations locales facilement contournées, renforcées d'un engouement généralisé leur conférant un certain monopole, ces nouvelles « forces obèses » s'imposent dans tous les domaines de nos vies collectives et individuelles, se riant des puissances publiques et piétinant nos intimités.

Dans son livre *Les scénarios noirs de l'armée française*, la journaliste Alexandra Saviana présage, lors d'une fiction d'attaque de Taïwan par la Chine populaire, l'aveuglement par une noria de ses minisatellites des capacités de la constellation européenne Galileo, et l'intervention des deux milliardaires Jeff Bezos et Elon Musk pour restaurer les systèmes satellitaires de l'île rendus inopérants dès le début de ce conflit fictif. Est-ce réellement une vue de l'esprit ? Des personnalités du monde des affaires, fussent-elles richissimes, peuvent-elles se mêler ainsi des affaires du monde ? Le fondateur d'Amazon et propriétaire du *Washington Post* prévoit d'envoyer 3 200 satellites dans l'espace dans les six prochaines années dans le cadre de Kuiper, un projet d'infrastructure pour l'Internet reposant sur une constellation placée en orbite terrestre basse. Le patron de Tesla et responsable du réseau social

X (anciennement Twitter) envisage quant à lui dans le cadre du projet Starlink le déploiement de quelque 42 000 minisatellites. L'un et l'autre s'intéressent au spatial, Jeff Bezos veut ouvrir l'accès à un tourisme des étoiles avec son entreprise Blue-Origin, Elon Musk rêve en toute simplicité de la colonisation de la planète Mars à bord de sa mégafusée SpaceX, dont le quatrième vol d'essai fut spectaculaire et plein de promesses.

L'historien des sciences Jacques Arnould nous l'affirme : « Il faut prendre les rêves de Musk et Bezos au sérieux. » Et nous le démontre dans son dernier ouvrage. *Des colonies dans l'espace : ultime utopie*. Rien de tout cela n'est fiction, tout au plus projets non finalisés dans certains domaines, mais déjà opérants dans d'autres. Ainsi, le 24 février 2022, pour appuyer l'offensive de ses forces armées en Ukraine, la Russie lance des cyberattaques d'ampleur en bloquant l'ensemble des réseaux civils et militaires de Kiev. Des milliers de hackers sont à l'œuvre, pilonnant tout ce que l'Ukraine compte de systèmes informatiques, tandis que des usines à trolls complètent cette stratégie en s'attaquant au moral des populations par la mise en ligne de fausses informations visant à développer un sentiment défaitiste. C'est là qu'entrent en jeu Elon Musk et son réseau satellitaire privé. Postée au-dessus du territoire ukrainien, la constellation Starlink reconnecte tous les systèmes par l'intermédiaire de paraboles installées un peu partout et dont la courte portée rend difficile son démantèlement. Grâce à cette manœuvre, le patron de Tesla prendra la main sur un conflit majeur et dictera ses conditions financières à un pays sous contrainte. En réalité, c'est au Pentagone, allié de l'Ukraine, qu'est envoyée la facture, et comme elle tarde à être honorée, la liaison est interrompue épisodiquement en guise de menace. Au fil du conflit, et des changements d'humeur de son nouveau patron Donald Trump, le multimilliardaire va évoluer sur sa position, inquiet pour son business, craignant que son aide à l'Ukraine soit mal perçue par la Chine, soutien essentiel à Moscou et pays dans lequel il produit la moitié de ses voitures électriques. En juin 2023, il annonce être parvenu à un accord avec le gouvernement américain, dont les détails comme le montant exact de la prestation de service restent inconnus. Sa participation se fait dès lors discrète et concomitante à une position plus favorable au Kremlin, l'homme espérant se positionner en arbitre proposant un pseudo-plan de paix que personne ne prendra au sérieux.

La mégalomanie de cet acteur majeur d'un conflit moderne, génie des temps actuels dopé aux psychotropes et aux euphorisants (il a affirmé officiellement en mars 2024 que sa consommation de kétamine était bénéfique aux investisseurs de Tesla), ne doit pas occulter la puissance réelle et multiforme de ces nouveaux types d'implications dans les affaires du monde. Ainsi un certain nombre d'actions échappe dorénavant au contrôle direct des États, même les plus puissants, et participe d'une dérégulation et d'une perte de maîtrise inquiétantes.

Autre exemple, Sam Altman, l'homme qui incarne ChatGPT, ambitionne de lever des milliers de milliards de dollars pour réorganiser (entendre : prendre la maîtrise totale) l'industrie mondiale des semi-conducteurs indispensables à la fabrication de tous types d'appareils numériques et verrouiller ainsi le marché planétaire. De potentiels investisseurs, à l'instar des Émirats arabes unis, se penchent avec intérêt sur cette hypothèse juteuse économiquement et intéressante en termes de levier de pouvoir planétaire sur les États et sur les individus. Dans le même temps, le fabricant américain de puces graphiques Nvidia atteint des sommets de valorisation boursière à un niveau de plus de trois mille milliards de dollars (le montant de la dette française), jusqu'à présent non égalé, pas même par Apple qui se « traîne » à quelques dizaines de milliards derrière. Pour cette entreprise, le conte de fées débuta à la fin de 2022, moment précis où les spécialistes de la Tech commencèrent à investir massivement dans la technologie révolutionnaire de l'intelligence artificielle générative. Si ces évolutions émerveillent par les capacités de progrès qu'elles induisent dans les domaines touchant au confort de vie et à sa longévité dans de bonnes conditions, elles appellent cependant à une vigilance accrue sur plusieurs points d'inquiétude.

Le premier est économique et financier. La capitalisation des poids lourds de la Tech (essentiellement américains, Apple, Microsoft, Nvidia, Meta, Alphabet, etc.) atteint un niveau de plus de douze mille milliards de dollars (soit dix fois plus que le PIB de certains pays européens) contre trois mille milliards il y a cinq ans. Au début 2020, elle pesait deux fois plus que les sociétés du CAC 40, aujourd'hui leur valeur boursière est quatre fois supérieure à ces mêmes entreprises mondiales.

Ainsi, par-delà les situations monopolistiques de ces mastodontes décidant seuls des possibilités de distribuer ou non leurs indispensables technologies d'avenir, c'est aussi leur puissance et leur capacité financière d'investissement (ou de refus d'investissement) qui détermineront leur pouvoir de nuisance et de vie ou de mort économique (à tout le moins de stagnation) sur certains État, aussi sûrement que l'usage de bombes de grosse capacité lors d'un conflit généralisé.

Ces pouvoirs sont trop importants pour qu'ils n'interfèrent pas demain sur la bonne marche du monde. C'est ce qui se fait timidement en France où l'Autorité de la concurrence investigue dans les entreprises du secteur de l'intelligence artificielle générative à la recherche de preuves d'abus de la part de leurs fournisseurs que sont les GAFAM et autres grands géants spécialisés dans ce marché. Selon le président de cette structure, « il n'est pas question d'avoir peur ou d'être méfiant vis-à-vis de l'intelligence artificielle », mais tout simplement de ne plus être naïfs, car « les acteurs les mieux placés pour produire cette innovation de rupture sont aussi ceux qui ont un pouvoir de marché dominant et pour certains un historique de violation du droit à la concurrence ».

Le deuxième point de préoccupation tient à la matière elle-même, régentée par des bornes et des limites particulièrement floues et sans garde-fous éthiques spécifiques. Une intelligence qui se régénère toute seule à des vitesses déjà inimaginables mais qui ne cesse d'accélérer a de quoi troubler les perspectives d'avenir des nations. Philippe Corot, patron de la start-up française Mirakl, référence mondiale dans l'e-commerce, confirme que nous ne sommes qu'au début d'un changement d'ère : « L'intelligence artificielle n'est pas une révolution, c'est un changement de civilisation. » L'enthousiasme est de rigueur du côté des entrepreneurs et des scientifiques applaudissant aux possibilités d'avancer plus rapidement et plus loin dans à peu près tous les domaines. Même le fisc, les douanes et les caisses de sécurité sociale français se félicitent des opportunités offertes par l'IA pour lutter massivement contre les fraudes. Sans doute que les particuliers, utilisateurs au quotidien, y trouveront au même titre que le numérique traditionnel et les réseaux sociaux une dose d'efficacité certaine dans leur vie professionnelle. Mais notre esprit critique, nos capacités personnelles d'analyse se confronteront à des algorithmes sournois bien plus puissants que ceux qui orientent nos préférences de lecture d'aujourd'hui. Car l'intelligence artificielle est une intellection d'ores et déjà capable, dans certains domaines, de se constituer et de se renouveler en suggérant aux ingénieurs des lignes de code beaucoup plus efficaces que celles qu'ils proposent. Ainsi la start-up américaine Cognition AI a présenté en mars 2024 un assistant numérique utilisant l'IA générative, baptisée Devin, capable de remplacer définitivement les développeurs informatiques.

Pris dans le tourbillon de tous ces progrès, notre avenir navigue de crise en dépression, de changement en permutation. Le temps se compacte sous les effets d'une numérisation définitive de nos existences, ne nous accordant plus le répit nécessaire à la réflexion ainsi qu'à la compréhension et l'assimilation des dernières évolutions. Mais nous n'en sommes pas à titre individuel les seules victimes, nous partageons ces incertitudes et ces remises en cause avec des États soumis aux mêmes instabilités d'une géopolitique qui échappe à tous les repères antérieurs et dont les dangers nouveaux s'entrechoquent avec le réveil des crises et des conflits.

*

Les canaux modernes de communications, au premier rang desquels les réseaux sociaux, structurent nos esprits et façonnent nos manières de réagir en nous inculquant une culture de « liberté nouvelle » souvent basée sur des biais cognitifs (erreurs de raisonnement) et sur des réflexes contestataires à l'ordre établi (comportement d'ensemble que le sociologue Gérald Bronner nomme « la démocratie des crédules »). Dans ces nouveaux espaces, les modes opératoires reposent sur les mises en scène personnelles des utilisateurs. Les psychologues et psychanalystes de l'Observatoire des mondes numériques en sciences humaines affirment que depuis l'avènement des réseaux sociaux, nous sommes pris dans « un nouveau rituel collectif ». Notre rapport à l'image, qui nous pousse à prendre en photo ou à filmer nos moindres faits et gestes pour les partager, doit s'interpréter comme un signe de reconnaissance et d'appartenance à un cercle. Ces manières de procéder, associées aux commentaires immédiats sur des sujets les plus éloignés de nos compétences, donnent à tous (et pas seulement aux plus jeunes) le sentiment d'être plus actif, d'agir sur le monde ambiant, de s'impliquer davantage, en clair « de vivre ensemble dans une certaine forme de co-création ». La problématique, selon d'autres spécialistes, réside dans la construction au sein de « foules de zombies » de personnalités narcissiques pensant avoir tout compris à tout et, se trouvant paradoxalement déconnectées de la réalité du quotidien, ne voulant plus se soumettre à d'autres règles que celles imposées par leurs propres réseaux numériques. Face à ce profond changement, l'autorité de la puissance publique, qui gérait jusqu'à présent les règles de notre vie en société et en réglait les conflits, est soumise à la concurrence directe d'un autre canal de souveraineté, les réseaux sociaux, visiblement plus immédiat et moins contesté. Moins contesté car il jouit de l'a priori favorable du pouvoir de la connaissance ou plus exactement de la « connaissance de surface ». Plus débridé aussi, car la parole est couverte d'un anonymat (de façade, car la plupart des messages postés sont traçables) qui permet de se défouler en oubliant souvent les limites de la décence et de la politesse, et quelquefois celles des lois punissant les propos racistes, antisémites, homophobes, diffamatoires et autres. Plus décomplexé enfin, car les réseaux restituent, le danger physique en moins, « la psychologie des foules » chère à Hippolyte Taine et Gustave Le Bon, prompts à démultiplier, dans une réplique commune et exagérée, des mouvements « désindividualisés » dans une dilution de responsabilité sur le collectif.

Le harcèlement des plus jeunes cristallise toutes ces déshumanisations et les résultats de telles lapidations digitales conduisirent aux suicides d'Aïcha, d'Evaëlle, de Lindsay et bien d'autres. La parade de tels drames s'avère compliquée. Le libre accès aux réseaux est considéré comme un droit fondamental, les utilisateurs, y compris les plus jeunes, ne veulent en aucun cas renoncer à cette connexion permanente à cette nouvelle liberté qui structure leur personnalité et régit leur vie sociale. La victime de harcèlement se retrouve ainsi coincée dans un dilemme mortifère : prendre ses distances, s'isoler et courir le risque de cesser de vivre dans son entourage social digital, ou se maintenir dans le flux en l'attente de l'arrêt des attaques au péril de son intégrité physique et psychique. Ainsi, la continuation du contact toxique ne peut s'interpréter comme une volonté délibérée de soumission, mais comme une impossibilité, sans intervention extérieure, de s'échapper du piège du réseau social. À ce titre, le ministère de l'Éducation nationale a alerté dans le courant de l'année 2024 du rôle que jouaient des comptes dénommés « Fisha », spécialement créés par des collégiens pour partager des propos sexistes ainsi que des photo-montages humiliants et des vidéos détournées en vue de cyber-harceler quelques-unes de leurs camarades.

Ce lacis débridé de communication véhiculant une multitude d'informations quelquefois contradictoires, souvent non vérifiées, n'est pas à première vue l'allié d'une autorité à restaurer. Comment cela se pourrait-il à l'étude des profils de certains influenceurs, séducteurs modernes et incontestés drainant pour certains des millions de followers acquiesçant en toute certitude aux messages diffusés y compris dans des domaines éloignés de leurs compétences habituelles ? Lors des élections législatives de juin-juillet 2024, des consignes de vote furent délivrées sans que l'on sache si ces interventions particulières eurent une incidence quelconque sur les résultats. Cette attitude, dont on est en droit de se demander s'il s'agit d'un véritable engagement citoyen ou d'une parole cornaquée par des algorithmes exigeant des messages percutants destinés à faire le buzz, ne serait pas contestable si la personnalité de certains porte-voix ne prêtait à caution. Au mois de juin 2023, à Brest, un de ces griots modernes (la poésie en moins), centrafricain, usa de son entregent pour appeler à l'émeute contre l'État français. Il en fut récompensé de douze mois de prison (avec sursis bien sûr) et deux cent quarante jours de travaux d'intérêt général, mais point d'injonction à quitter un territoire si peu respecté. Je suis pour ma part étonné, pour avoir dirigé l'assaut du RAID le 18 novembre 2015, que le logeur des terroristes de la rue Corbillon à Saint-Denis, condamné à quatre années de prison, puisse désormais se mettre en scène en live sur TikTok et gagner ainsi un pactole en dénigrant continuellement l'action de l'État et de la police. Héberger des terroristes et en tirer une notoriété peut donc rapporter gros. Quand la débauche surpasse la vertu, il est grand temps de réagir. Ce fut fait lors des troubles qui secouèrent la Nouvelle-Calédonie en mai 2024, où le réseau TikTok, générateur d'échanges stratégiques et de rendez-vous rapides entre émeutiers, fut interdit par le gouvernement et confirmé par le Conseil d'État, malgré un recours de la Ligue des droits de l'homme et la Quadrature du Net.

Mais ces parades semblent vouées à l'échec, car dans notre monde moderne et individualiste gavé à « l'infobésité » et à la « désinformation », dans lequel la connexion est constante, le salut ne peut venir que des bonnes pratiques individuelles. En dépit de prises de conscience collectives se traduisant dans quelques textes législatifs épars favorisant le droit à la déconnexion au travail, réglementant l'usage des écrans pour les plus jeunes, protégeant nos données individuelles ou collectives, obligeant les grands groupes numériques à une vigilance et une auto-censure de leurs canaux, etc., les pouvoirs de ce potentat moderne digitalisé, boosté au carburant de l'intelligence artificielle, ne cessent de gagner du terrain. Il est désormais nécessaire d'agir drastiquement sur les attitudes personnelles et de mettre un terme à l'impunité de comportements répréhensibles facilités et/ou dissimulés par les réseaux sociaux et les moyens modernes de communication, car quel que soit l'instrument utilisé, c'est l'usager qui, au final, décide de l'action.

À bien y réfléchir, ce nouveau monde bâti sur la facilité d'échanges de marchandises et d'informations est moins responsable de la situation de contestation et de remise en cause généralisées dans laquelle nous nous trouvons que l'incapacité de nos vieilles démocraties à imposer des valeurs qui demeurent d'actualité.

*

La fraternité et la tolérance sont les principes indispensables au vivre ensemble. Ces formes de respect doivent s'appliquer à toutes les forces républicaines qui concourent à éduquer nos jeunes plantes (enseignants, universitaires, etc.), à porter secours aux citoyens (personnels soignants, pompiers, etc.) et à assurer la paix et la sécurité publiques (militaires, policiers nationaux et municipaux, gendarmes, opérateurs de sécurité privée, etc.).

Permettez-moi, compte tenu de ma carrière personnelle, un point particulier concernant la police. Défendre la police, c'est défendre notre démocratie. Les offensives généralisées contre les forces de l'ordre ne sont pas chose nouvelle. L'histoire de notre pays, plus que tout autre, regorge de ces attaques régulières, parfois sanglantes, à l'égard de l'institution et des membres qui la composent. En ce domaine, rien de nouveau, les contestataires du pouvoir en place (la nébuleuse anarchiste, antisystème, extrême gauche, etc.) s'en prennent toujours aux policiers pour au moins deux raisons essentielles : ils incarnent le symbole visible d'une autorité haïe, ils s'opposent physiquement et dans un esprit républicain à l'aléa de l'anarchie et du chaos qu'un petit nombre tente d'imposer et, de ce fait, contrarient les projets de renversement de nos structures institutionnelles. Rien de nouveau ? Pas tout à fait, les groupes de fragmentation à la manœuvre dans notre société, partis politiques extrêmes, syndicats radicaux, ONG militantes, certains communicants, certains universitaires, minoritaires mais particulièrement visibles, réussissent peu à peu à inverser dans les têtes la logique et les valeurs et vulgariser une forme de pensée Orwellienne qui voudrait nous persuader que les agresseurs sont les membres des forces de l'ordre, que la violence n'est imputable qu'à la police ou l'État (souvenons-nous d'Oswald Baudot, déjà cité). Cette antienne répétée à l'envie commence à infuser dans l'imaginaire collectif, parmi les plus jeunes en particulier, car à l'âge des révoltes et des âmes tendres, il est de bon réflexe de se colleter à toute forme d'autorité. Il est temps de faire preuve, dans ce domaine aussi, de courage et de renverser la table, de s'opposer à cette évolution inquiétante, il est temps de réaffirmer quelques vérités systématiquement battues en brèche.

Le flic n'est pas un copain de jeu ou un partenaire d'affrontement. C'est une autorité publique dont le rôle principal est de protéger à la fois nos institutions et nos citoyens, et en particulier les plus vulnérables. Ainsi, dans notre pays, un émeutier ne peut prétendre impunément de casser, piller, agresser les passants et les forces de l'ordre, un délinquant souvent multirécidiviste ne peut se soustraire au contrôle en fonçant délibérément sur un policier au risque de le renverser ou de tuer un badaud. Ces scènes bien trop fréquentes ne s'apparentent en rien à un match opposant deux équipes à égalité, rentrant tranquillement au vestiaire après le coup de sifflet final. Il fut un temps ou la société avait délégué à ses forces de l'ordre les moyens d'assurer sa protection. Dans le cadre de ses missions, le policier bénéficiait de la possibilité d'user de la force légitime. On le prétend encore, mais est-ce toujours une réalité dans les faits ? La mise en garde à vue systématique des policiers, le recours à leur détention provisoire, les mesures d'interdiction d'exercer leur métier pendant le temps de l'instruction (plusieurs années) contribuent à inverser la tendance. La parole du représentant de l'État, ses procès-verbaux dont la force probante est pourtant garantie par la loi sont dévalorisés par rapport aux déclarations fracassantes et médiatiques des délinquants récidivistes et de leurs avocats antisystèmes ; quant au policier, lui, il est toujours condamné dans l'immédiateté.

Et pourtant, la majeure partie des enquêtes diligentées contre les représentants de l'ordre ne débouche, quelques années après, sur aucune condamnation. Pourquoi cette distorsion ?

Parce que les investigations permettent souvent de démontrer que l'usage de la force est légitimé par les provocations des pseudo-victimes et la mise en danger de la vie des policiers, et que les auteurs, mineurs ou majeurs, sont souvent des délinquants connus comme tels à maintes reprises. Ainsi les enquêtes rétablissent souvent la hiérarchie des fautes. Les premiers responsables des drames intervenant sur les refus d'obtempérer sont les conducteurs (délinquants) récalcitrants et souvent multirécidivistes, viennent ensuite la mise en cause d'un certain nombre de parents démissionnaires de leur rôle éducatif, et enfin, l'obstination de notre système judiciaire à ne pas sanctionner dès le premier délit afin d'éviter les suivants.

Cette réhabilitation quasi systématique a posteriori des policiers mis en cause est-elle satisfaisante ? Non, pour plusieurs raisons. D'abord parce qu'elle est signifiée plusieurs années après les faits et que l'énorme préjudice, moral, psychologique, financier, infligé à l'agent de l'État et à ses proches suintera à jamais telle une plaie purulente, lui interdisant toute restauration de la confiance envers ses chefs politiques et hiérarchiques mais aussi à l'encontre d'une opinion publique (fut-elle minoritaire) qui l'a cloué un temps au pilori. Celui-là n'est pas prêt de se brûler les ailes à nouveau, et s'il est un tant soit peu convaincant, il entraînera dans son renoncement quelques dizaines de collègues qui eux non plus ne monteront plus au front. Que fera-t-on alors quand, faute de sécurité légale pour nos représentants de l'ordre, ce mouvement se généralisera ? Nous n'avons plus le choix. Si nous persévérons à déléguer notre sécurité collective à « une force publique utilisée à l'avantage de tous » (article 11 de la Déclaration des droits de l'homme et du citoyen), alors assumons nos responsabilités en protégeant réellement ceux qui nous protègent.

Ensuite, restons persuadés que le résultat final importe moins aux forces de déconstruction que l'opportunité de « feuilletonner » (cf. l'affaire Adama Traoré) sous les projecteurs médiatiques une saga interminable, prétexte au rabâchage d'un discours anti-flics ne tendant qu'à opposer les uns aux autres.

Dans cette guerre particulière déclarée par quelques-uns à nos policiers, c'est sur l'immédiateté qu'il convient de bâtir une riposte.

D'abord, martelons quelques vérités simples. Le policier agissant dans le cadre de sa mission n'est pas un citoyen comme un autre et ne doit pas être considéré comme tel. Il est régulièrement confronté à la violence de notre société, celle des délinquants qui tentent de l'écraser ou qui ouvrent le feu sur lui, celle des émeutiers en bande compacte qui essayent de le lyncher à coups de pied ou de barre de fer, celle de manifestants hostiles qui veulent le brûler en projetant des cocktails enflammés ou des mortiers d'artifice, celle du mari violent qui se retourne contre lui après avoir assommé sa femme et tabassé ses enfants, celle des pseudo-hommes ou femmes politiques ou militants qui distillent des messages méprisants, « la police tue… suicidez-vous », mais qui n'oublient jamais de demander sa protection quand ils sont eux-mêmes menacés. Qui d'autre est soumis à un tel traitement ? Arrêtons cette hypocrisie qui consiste à penser que l'on peut juger un policier dans l'exercice de ses fonctions identiquement au commun des mortels ou, mieux, d'affirmer que son statut d'homme de loi l'oblige à une vertu supérieure aux autres, malgré le stress, les insultes, les crachats, les dangers, les peurs et les angoisses. Qui est capable de faire ça ?

Autre évidence : c'est l'État, donc nous tous, qui a donné à cet agent délégation pour user de la force légitime. La plupart du temps, cette force est réactive. Rappelons là aussi un axiome simple : si personne ne s'en prend aux forces de l'ordre, il n'y aura pas de riposte, n'en déplaise aux écologistes radicalisés qui prônent la « désobéissance civile ». Si nous autorisons par police interposée l'usage de la force stricte et nécessaire en riposte d'attaques injustes et illégales, il nous faut alors prendre nos responsabilités et ne pas abandonner nos soldats de l'ordre et de la paix publique en rase campagne.

La contestation systématique de l'autorité la plus incarnée, celle de la police, est la marque manifeste d'un monde qui nous échappe et appelle au courage de la réaction. Il est grand temps de nous doter, à l'intérieur de notre corpus légal et général, d'un système efficace de protection organisationnelle et juridictionnelle des membres des forces de sécurité intérieure utilisant la force nécessaire dans le cadre de leurs missions.

Des équipes de magistrats spécialisés.

Pourquoi ne pas confier, lors de violences légitimes, à une équipe de magistrats assistés d'experts spécialement formés sur les contraintes et les spécificités des interventions policières, la tâche de statuer rapidement sur les conditions de l'usage de la force et faire en sorte que leurs avis s'imposent rapidement et définitivement ? Outre l'expertise particulière des juges en ce domaine, cette solution aurait l'avantage de déconnecter l'enquête ayant motivé l'action de police (refus d'obtempérer, par exemple) des investigations sur les conséquences collatérales d'utilisation de la force et d'éviter à la fois les effets « feuilletonnage » pour les uns et les interdiction d'exercer durant des années pour les autres.

Interdiction de placement en détention provisoire.

La mise en détention provisoire d'un agent de la force publique intervenant dans le cadre de sa mission est hautement contestable, car elle ne peut répondre objectivement à aucun des critères énumérés à l'article 144 du Code de procédure pénale. Si cette mesure ne doit plus être applicable dans ce cas précis, elle peut être remplacée, si nécessaire, par d'autres moyens de contrainte plus en adéquation, citons le bracelet électronique, ou le recours à une hiérarchie en place capable sur instruction judiciaire de contenir efficacement des effectifs soumis à astreinte.

Adaptation du principe de la proportionnalité lors d'un usage légitime de la force.

Lors d'une crise récente ayant entraîné les émeutes de juin 2023, certains porte-paroles de l'institution policière ou des personnels ont revendiqué leur droit à n'être ni au-dessus ni en dessous des lois. Je partage cet avis, même si pour ma part j'estime que compte tenu de la spécificité de son travail, le policier ne peut être un justiciable comme un autre. Pour autant, se conformer aux lois n'exclut pas d'adapter à la marge les textes aux spécificités des missions pour renforcer la protection des personnels exposés. C'est déjà le cas des diplomates bénéficiant d'une immunité, ou des magistrats jouissant d'une indépendance et d'une inamovibilité dans le cadre de leurs fonctions. Concernant l'utilisation de la force, l'élément de proportionnalité a souvent, dans les années passées et plus encore ces derniers temps, joué, aux premiers moments de l'enquête, au détriment des policiers. Il y a quelques années de cela, l'opérateur du RAID ayant neutralisé « Human-Bomb » s'est retrouvé inculpé (c'était le terme à l'époque) et interdit de rejoindre son unité. Il lui fut reproché l'ouverture du feu sur un agresseur qui ne le menaçait pas directement d'une arme. Le preneur d'otages de petits écoliers, dans cette école maternelle de Neuilly-sur-Seine, disposait par contre d'un système de mise à feu d'explosifs puissants qu'il ne put actionner grâce à l'intervention du policier. Dans une lecture un peu étroite, certains magistrats exigent, comme ce fut le cas dans cette affaire, une proportionnalité stricte de la riposte, pistolet contre pistolet, matraque contre barre de fer, impassibilité contre crachats et injures. Cette interprétation exagérée de la proportionnalité n'est pas tenable sur le terrain, où les forces de l'ordre se retrouvent souvent en sous-nombre face à des bandes d'agresseurs sous lesquels ils succomberaient s'ils ne les tenaient à distance avec les moyens dont ils sont dotés (lanceurs de balles de défense, pistolets à impulsion électrique, grenades de désencerclement, grenades lacrymogènes, etc.).

Ces adaptations proposées tentent de répondre aux réalités des évolutions de notre société. Le besoin d'un retour au respect de l'autorité n'est pas, loin s'en faut, l'apanage des forces de sécurité. Dans une époque de réécriture et dilution de notre histoire dans des récits réinventés, de remise en cause de notre passé pour mieux contester notre présent, les plus jeunes sont les victimes les plus immédiates de cette perte de repères. Leurs transgressions légalement protégées par l'excuse de minorité se complètent aussi auprès des médias et d'une partie de l'opinion publique, sans doute compte tenu de leur âge, d'une lexicalisation bienveillante. Je suis toujours surpris (je pense que ma culture policière y est pour beaucoup), du terme de « jeune », systématiquement utilisé sur les chaînes de télévision et les ondes radios, pour désigner des agresseurs, des violeurs, des criminels, comme si la qualification des actes les plus sordides ne pouvait s'appliquer à une population en deçà d'un certain âge, qui pourtant fait montre d'une violence des plus extrême. Dans ces conditions, comment définir l'immense majorité de notre formidable jeunesse dont un sondage Odoxa pour Synopia et Mascaret en novembre 2023 révélait sa joie de vivre (huit sondés sur dix se disaient heureux), son optimisme (six sur dix), sa fierté d'être français (à soixante-dix-neuf pour-cent), et son goût de l'engagement pour les grandes causes (quinze points de plus que la moyenne nationale) ? Conscient d'une nécessaire réaction face à la minorité délinquante, l'État, s'exprimant d'une voix forte portée par deux Premiers ministres successifs, Élisabeth Borne et Gabriel Attal, a affiché une politique de fermeté basée sur la responsabilité directe des jeunes délinquants et la mise en cause des parents, où il fut question d'encadrement militaire de mineurs condamnés, de maintien en centres fermés, de placements de nuit, de présentation rapide devant des magistrats, de couvre-feu pour les moins âgés et de peines de travaux d'intérêt général pour les parents ne faisant pas respecter les mesures éducatives à leurs enfants. Toutes ces options furent défendues par François Bayrou, mais la loi qu'il présenta en juin 2025, pourtant adoptée par une large majorité de parlementaires, fut impitoyablement censurée par le Conseil Constitutionnel, définitivement brouillé avec le peuple et ses représentants. Face à ce déni, le courage de persévérer devient une obligation.

Chapitre 9

Entre déconstruction, autocritique et passivité : le courage de s'aimer.

S'il y a bien un domaine où la France est championne toutes catégories et tenante du titre depuis très longtemps des pays occidentaux, c'est dans le domaine du pessimisme et de son propre désamour. Au classement mondial du bonheur, étude officielle parrainée par l'ONU et publiée en mars 2024, notre nation se retrouvait à la vingt-septième place, loin derrière les pays nordiques et la plupart des autres nations du continent européen ainsi que l'Australie, la Nouvelle-Zélande, le Costa Rica, Israël, le Mexique, l'Uruguay, etc. À la fin de l'année 2023, une étude IPSOS illustrait cette fâcheuse tendance en révélant que 33 % des Français seulement croyaient en un rebond économique contre 50 % pour le reste du monde. Même tendance à la dépréciation du bilan de leur pays dans les deux années antérieures, alors que les taux de croissance, d'investissement (en particulier étranger) étaient supérieurs et l'inflation inférieure à ceux de l'Allemagne et du Royaume-Uni dont les habitants affichaient un optimisme respectif de 57 % pour les premiers et 64 pour les seconds.

Nous avons pris définitivement le parti de nous plaindre. Jacques Attali en témoignait en juin 2024 : « S'il est un pays qui est à la fois admiré, respecté, jalousé, envié par la plupart des habitants du monde et qui en même temps est critiqué, détesté, méprisé, mal aimé par ceux qui y vivent, c'est bien la France. » Si le dithyrambe de la première partie de cette affirmation doit se pondérer des trop nombreux tumultes, agressions et agitations de ces dernières années, qui ont contribué à flétrir à l'international notre image de marque (attentats terroristes, grèves à répétition, émeutes sous diverses formes, instabilité politique suite à la dissolution, etc.), le constat du désaveu demeure invariable. L'organisation d'une manifestation majeure comme la coupe du monde de rugby dans le courant de l'année 2023 fut de l'avis de tous considérée comme un modèle de sécurité, d'efficacité et de communion générale. Foin de cette réussite, les houspilleurs réguliers réorientèrent leurs critiques sur la préparation des Jeux olympiques et paralympiques de Paris 2024. Pour les passionnés du défaitisme, il y aura toujours des motifs à la critique du lendemain. Sur l'aspect financier d'abord, la facture de cette manifestation devrait avoisiner les dix milliards d'euros selon une estimation de la Cour des comptes (bilan consolidé à l'automne 2025), un gouffre pour certains (qui oublient les retombées directes et indirectes), tandis que d'autres préfèrent souligner le coût nettement inférieur à celle de Tokyo (douze milliards), d'Athènes (treize milliards) ou de Londres (entre douze et quinze milliards). Le volet technique et opérationnel n'y échappe pas avec l'affirmation qu'une partie des épreuves, quand ce n'était pas l'ensemble de la compétition, devaient être reportées à des jours meilleurs et qu'il était proprement suicidaire d'organiser une cérémonie d'ouverture sur la Seine car elle se traduirait forcément par un fiasco généralisé. Ces discours de flagellation m'avaient été distribués de la même manière à la veille de l'Euro de football 2016.

L'époque troublée d'attentats se prêtait aux propos alarmistes suggérant le renoncement à cette compétition ou le report vers des jours meilleurs. Au RAID, nous savions déjà qu'annuler ou reporter n'était pas digne de la France et que persévérer en dépit des menaces demeurait notre seule option. Je sais gré aux dirigeants politiques d'alors de n'avoir rien cédé, car si cela avait été le cas, nous nous serions alors perdus, nous aurions d'un coup, d'un seul, renié tous les efforts que nous avions déployé à l'Hypercasher, au Bataclan et à bien d'autres endroits pour affirmer notre foi en notre mode de vie. Le courage de ne rien céder, ce n'est pas uniquement une question d'honneur, c'est une question de survie, et même si les périls sont bien réels, ils ne doivent pas interrompre le cycle de nos existences. Les Jeux olympiques et les cérémonies associées sont l'expression de notre liberté et de l'amour que nous devons en tout temps porter à notre pays. Malgré les vents contraires, nous n'avons renoncé à rien et nous avons offert au monde entier, dans la plus belle des capitales, des cérémonies d'ouverture et de clôture des Jeux olympiques et paralympiques qu'il sera difficile d'égaler en splendeur et en faste dans les années à venir. Nos compétitions dans des sites historiques et remarquables, nos champions animés de l'esprit d'une France conquérante et le public qui les accompagna de son enthousiasme conquirent durant cette parenthèse enchantée la planète entière. Nous étions loin des récriminations incessantes et de l'esprit maussade trop souvent mis en avant.

*

En France, paradoxalement, affirmer l'amour de son pays n'est jamais chose simple. Il nous est difficile d'arborer comme dans d'autres pays notre bannière tricolore, et quand nous le faisons nous ne sommes jamais à l'abri de dégradations ou d'insultes comme ce fut le cas lors des manifestations anti-Rassemblement National entre les deux tours des législatives de juin-juillet 2024, où certains excités arrachèrent brutalement les drapeaux français ornant les fenêtres de « supporters » de l'équipe nationale de football engagée dans l'Euro-coupe. L'étendard national semble malheureusement être réservé dans l'inconscient collectif aux pavoisements des bâtiments publics ou à l'usage exclusif de quelques partis de droite ou d'extrême droite, ce que paraît d'ailleurs motiver la réaction hostile des ultras des autres bords, ceux qui sont à la gauche de la gauche. Les flics, les gendarmes, les militaires et autres servants de l'État savent ce que c'est de vibrer durant une Marseillaise. Ils ne sont pas les seuls, tant s'en faut, mais la différence avec les autres amoureux de notre pays et de ses symboles, c'est qu'ils ne sont pas forcés à la timidité et à la dissimulation, en tout cas pas quand ils sont ensemble, car à titre individuel, ils cultivent, eux et leurs familles, de plus en plus la discrétion afin de ne pas être pris pour cible. Cette communion autour de nos valeurs n'est pourtant pas enfouie bien loin. Elle réapparaît toujours à l'occasion d'événements tragiques comme ce fut le cas en janvier 2015 dans un moment de grand malheur, ou lors de manifestations plus festives autour de nos champions ou de nos équipes nationales. Voyez cette ferveur dans les stades, les salles et terrains de compétition, entendez le refrain de notre hymne repris en chœur, supportant nos médaillés olympiques, nos vainqueurs individuels et collectifs ! La France est un pays de réussite sportive. Dans de multiples catégories, masculines, féminines, moins de 20 ans, handisport, etc., nos équipes se sont hissées ces dernières années aux premières marches des podiums, en football, en rugby, en handball, en volleyball, en basketball et dans bien d'autres spécialités. Le collectif français dans ces secteurs précis ne fut jamais un vain mot, pourquoi ne serait-il pas identique dans tous les autres champs ? Est-on condamné, contrairement à nos voisins, à limiter notre esprit de compétition aux compétences sportives ?

Le courage de s'aimer, la confiance collective sont des valeurs qui s'apprivoisent à travers l'éducation et l'enseignement. Le terreau favorable de l'environnement familial est certes un atout crucial, mais le monde scolaire est sans aucun doute le creuset primordial à l'épanouissement personnel et sociétal. Car il doit d'abord favoriser l'apprentissage des savoirs fondamentaux dans l'égalité absolue entre les élèves, par-delà leurs différences propres et leur environnement social, ensuite parce qu'il est le premier lieu de confrontation avec les autres et avec les normes régissant la vie commune. En clair, la mission de l'Éducation nationale est double : instruire l'individu et lui donner les atouts de son futur épanouissement professionnel et personnel (y compris en développant son esprit critique), en même temps que former des futurs citoyens respectueux des normes communes et du vivre ensemble. C'est de ce double éclairage que surgit la lumière, « vaste réseau d'ateliers intellectuels… une liberté d'enseignement sous la surveillance d'un État laïque, purement laïque, exclusivement laïque », comme le déclamait le 15 janvier 1850 le député Victor Hugo s'opposant à la loi Falloux préconisant un ample espace à l'enseignement confessionnel. De l'aurore chaotique de la IIIe République enfantant une démocratie débarrassée de son assujettissement religieux, consacrée au début du siècle dernier par la loi de séparation des Églises et de l'État, jusqu'aux lâches assassinats de Samuel Paty et de Dominique Bénard par des fanatiques islamistes, les courageux servants de l'Éducation nationale, génération après génération, n'eurent de cesse d'imprimer les messages de nos libertés si difficilement acquises et si dures à préserver. L'école est bien le temple de notre république, et c'est exactement ce symbole de pure égalité, en particulier entre les sexes, qui est attaqué de nos jours par les prédicateurs d'un islam rigoriste s'en prenant violemment au corps enseignant. Il ne se passe pas une semaine sans une agression ou des menaces de mort à leur encontre. Les provocations des élèves sous influence, arborant des signes religieux, ne faiblissent pas selon les remontées de signalements du ministère. En juin 2023, une cheffe d'établissement d'un lycée du Val-de-Marne fut menacée de mort pour avoir exigé d'une élève, comme le prévoit la loi, qu'elle ôte son voile. Ces faits se déroulèrent quelques jours après que le proviseur de l'établissement Maurice Ravel à Paris fut contraint à quitter ses fonctions pour des raisons de sécurité malgré des poursuites judiciaires engagées par l'État contre l'élève agresseur. Les provocations se multiplient malgré les positionnements sans ambiguïté des tribunaux, y compris au plus haut niveau. La Cour européenne des droits de l'homme confirma par un jugement du 16 mai 2024 que l'interdiction du port de signes religieux n'enfreignait pas le droit des élèves concernés. Bien que saisie par des plaignants belges, la jurisprudence de cette instance s'applique en France. Mais les décisions de justice semblent avoir peu d'effet face au phénomène « d'héroïsation » des agresseurs amplifié par la résonance des réseaux sociaux : après avoir été exclue de son lycée d'Ivry-sur-Seine pour atteinte à la laïcité, une ex-élève voilée, qui s'est depuis lancée dans la vente d'abayas, a accusé sur Internet la direction d'islamophobie. La publication provoqua une vague de haine en ligne à l'égard du personnel enseignant et d'une conseillère du rectorat qui durent un temps faire l'objet de protection. Ces comportements déviants ne sont pas l'apanage de thuriféraires de radicalité religieuse, l'école est aussi la cible d'une délinquance et d'une contestation sans complexe. Entre pression des parents, culture de l'excuse et intimidations, il n'est pas aisé pour les professeurs d'imposer la rigueur nécessaire et préalable à une écoute attentive. Ils sont impressionnants les témoignages de ces difficultés et de ces peurs. Une mission de contrôle au Sénat publiée en janvier 2024 recense neuf cent menaces avec armes et pas moins de dix sept mille deux cents actes divers de violence. Face à cette situation, ils sont nombreux à avoir appelé à plus de responsabilisation des familles (on ne compte plus les faits divers impliquant des parents haineux ou des grands frères menaçants) et de l'administration. Après une étrange passivité, une longue période de « pas de vagues », le ministère de l'Éducation nationale semble désormais prendre la mesure du problème. Le ministre de l'Éducation, Gabriel Attal, interdit, dès sa prise de fonction, le port des abayas et qamis, mettant fin ainsi aux hésitations et arguties de son prédécesseur Pap Ndiaye qui ne se voyait pas « chaque matin décider du caractère religieux des vêtements des élèves ». Parallèlement, les recteurs reçurent consigne d'épauler les enseignants mis en cause et d'initier auprès des magistrats des poursuites pénales par dépôt de plainte chaque fois que nécessaire. Devenu Premier ministre, le même Gabriel Attal revendiqua un « sursaut d'autorité » face à l'addiction d'une partie de la jeunesse à une violence déchaînée, morbide et sans règles.

Mais face à l'imminence des dangers, cette lenteur à la réaction inversement proportionnelle à la souffrance des enseignants et d'une partie importante des élèves désirant s'instruire dans une ambiance apaisée nous questionne. C'est que longtemps le corps éducatif nourrit en lui son plus sévère ennemi. Contestataires au possible, ses représentations syndicales, drainant une influence profonde sur une majorité de professeurs prompts à culbuter, toujours au nom de la sauvegarde des enseignements et la préservation des élèves, toutes réformes de quelque camp qu'elles vinssent depuis mai 1968, furent les fers de lance des dénonciateurs de l'autorité sous toutes ses formes et le couffin incubateur d'un relativisme général et d'un égalitarisme forcené. Mais « le paradoxe est qu'à mesure que se repend ce relativisme, progresse en même temps l'intolérance. À mesure que croit le subjectivisme grandit le sectarisme » (*La dictature des ressentis*, Eugénie Bastié). Nous y sommes désormais et nous devons réagir avec vigueur à ces autocritiques perpétuelles de notre nation et à cette déconstruction continue de notre pays, c'est ce que réclament désormais les acteurs de première ligne de l'Éducation nationale. L'État doit se tenir à leur côté mais c'est à eux que revient aussi l'obligation de réagir, car la passivité n'est plus de mise. Comment accepter, quand on enseigne dans une classe de collège, de ranger sa bouteille d'eau à la demande d'un élève exigeant un pseudo-respect pendant la période du ramadan (faits relatés au micro d'une radio nationale par Céline Imart, députée européenne) ? Doit-on forcément s'incliner sans résister à l'injonction d'un collégien placé sous notre autorité ? Est-ce bien logique de la part de l'élue de ne relever qu'une seule responsabilité, celle de l'État ? N'est-ce pas là le fond du problème, exiger de l'État le courage que nous devrions avoir nous-mêmes ? Autre exemple de la même veine, à la fin de l'année 2023, quatre enseignants d'un collège de Seine-Saint-Denis furent la cible de menaces de mort sur un réseau social. Le personnel déposa un droit de retrait, supprimant (sans remplacement) une journée de cours pour l'immense majorité des élèves non concernés par cette agression. Même si l'émoi est compréhensible, le dépôt de plainte par les victimes et le suivi de l'affaire judiciaire par le rectorat semblaient plus en adéquation et sans doute plus efficace qu'une journée *off* profitant en premier lieu aux délinquants à l'origine de ce désordre. C'est sans doute là encore ma formation de policier qui me pousse à réagir de la sorte, mais je sais pour l'avoir expérimenté que dans des situations extrêmes, sans résistance et collaboration de nos concitoyens, les autorités publiques se trouvent souvent démunies. Je me plais à imaginer la même attitude d'arrêt de travail de la part de policiers qui ne cessent de faire l'objet de menaces. Comment protégerait-on sérieusement nos concitoyens ? (Rassurons-nous, les policiers et les gendarmes n'ont pas de droit de retrait.) Je me souviens aussi avoir commenté sur une télévision d'information en continu le refus de baptiser du nom de Samuel Paty le collège de Conflans-Sainte-Honorine où il exerçait et devant lequel il a trouvé la mort. Les débats s'orientèrent trop rapidement dans une sorte de réflexe pavlovien vers une responsabilité des services de l'État, mais à l'étude, il s'avéra que le blocage venait de quelques enseignants craintifs, de parents d'élèves frileux et d'élus locaux timorés, chacun s'étant accaparé une sorte de douleur paralysante à la crainte de représailles à cet acte « de provocation » (dirent-ils) et se complaisant dans un statut de potentielle victime, jusqu'à oublier le véritable martyr. « Tout sauf anecdotique, selon un journaliste, cette histoire raconte le peu de détermination des uns et des autres à combattre le fléau islamiste. Si changer le nom d'un collège s'avère si ardu, qu'en est-il des mesures autrement plus impopulaires qu'il faudra prendre ? » En toute honnêteté, quels risques majeurs peut-on prendre en rebaptisant un établissement du nom d'un héros national ? Cette passivité, cette peur panique est non seulement le signe d'un énorme renoncement à la dignité, mais aussi un abandon de toutes résistances et une porte ouverte aux agressions futures. Heureusement, d'autres localités ont montré l'exemple et n'ont pas hésité à baptiser des places publiques (Cannes) et des établissements du nom du professeur assassiné, dont la ville de Montévrain en Seine-et-Marne, dont je fus le député jusqu'en 2022. Par-delà la polémique, Mickaëlle Paty, reprenant le flambeau de son frère, déclarait au congrès des maires de 2023 : « Il est de notre devoir de faire preuve d'unité, de fraternité et de courage. » Parole limpide qui nous invite à la même résistance que le fit Marc Bloch en d'autres temps mais avec autant d'intensité.

Ces quelques exemples nous interrogent sur la capacité de nos écoles à former de futurs citoyens respectueux des normes. La véritable question étant de savoir si entre déconstruction de nos modèles, critiques et passivité, nous sommes encore en possibilité de transmettre des valeurs et des savoirs à un jeune public capable demain de rivaliser avec nos voisins étrangers. Dans son ouvrage *La grande garderie*, Lisa Kamen-Hirsig, enseignante franco-suisse, semble en douter : « Fonctionnariat, haine des riches, peur du risque, culte de la retraite et de l'État-providence, l'école s'ingénie à tuer l'esprit d'entreprise comme elle le fait de toutes manifestations du génie individuel. » Moins subjectif, le classement PISA (programme international pour le suivi des acquis des élèves), élaboré chaque année par l'OCDE (Organisation de coopération et de développement économiques), place la France à la vingt-troisième place. Elle se situe dans la moyenne à un niveau comparable à celui de l'Espagne, la Hongrie et la Lituanie, mais connaît une baisse qualifiée d'historique en mathématiques. Autre indicateur, selon les derniers résultats PIRLS (*progress in international reading literacy study*), une étude menée dans cinquante-sept pays, les compétences en lecture et compréhension des élèves français de CM1 se sont stabilisées en 2021, se situant au-dessus de la moyenne internationale mais en-dessous de la moyenne européenne. Quant à nos universités, qu'il est de bon ton de critiquer à toutes les occasions, le dernier classement de Shanghai 2024 leur attribue le septième rang mondial (c'est une moyenne de l'ensemble des établissements nominés), en constante remontée, avec une mention particulière à Paris-Saclay qui se hisse à la douzième place. Même si l'élève France doit persévérer, l'état des lieux est loin des bilans exécrables que l'on a coutume d'entendre habituellement. Mais nous pouvons indéniablement mieux faire, en particulier en amplifiant la baisse du nombre d'élèves dans les classes primaires, période cruciale pour l'acquisition des savoirs fondamentaux. D'autres suggestions tout aussi importantes firent l'objet récemment d'annonces, de mises en œuvre timides ou d'expérimentations : la fin des notes gonflées artificiellement au brevet des collèges, la création d'une classe « prépa lycée » pour ceux ayant échoué, le retour du redoublement si nécessaire, les groupes de niveau au collège, l'organisation de stages de rattrapage pour les élèves en difficulté lors des vacances scolaires. Sans surprise (malheureusement), un certain nombre de syndicats trop souvent porte-voix de cette autocritique généralisée appela à s'insurger contre ces mesures, à faire grève lors des épreuves du grand oral du baccalauréat 2024, et tenta (vainement) d'empêcher les étudiants de concourir. Plus grave, en septembre 2023, une partie du personnel du lycée Maurice-Utrillo à Stains, en Seine-Saint-Denis, sous prétexte de manifester contre le manque de moyens, s'opposa à l'interdiction de l'abaya, mentionnant sans ambiguïté dans leurs tracts : « Nous tenons à nous désolidariser de la politique islamophobe du gouvernement. [...] Nous n'avons pas à faire la police du vêtement. Nous refusons de stigmatiser les élèves qui portent une abaya ou un qamis. » Certains journalistes d'investigation y débusquèrent l'action de syndicalistes marqués du sceau de la gauche extrême et d'employés de la vie scolaire recrutés localement, trahissant à la fois la mission de service public laïc et le futur de leurs élèves enfermés dans un « ghetto communautaire ».

De telles dérives furent observables récemment dans le monde universitaire, jusqu'au sein du sein de l'élite des écoles supérieures françaises. À Sciences Po, un petit nombre d'étudiants gagnés par les ferveurs du « wokisme », imitant leurs homologues de l'université de Columbia d'où partit le mouvement pro-palestinien, bloquèrent l'établissement parisien, obligeant la direction à fermer plusieurs bâtiments. Entre minorité d'action et majorité sans réaction, à qui revient la responsabilité de situations chaotiques ? Début 2024, le groupe Wendel, pionnier dans le secteur du capital investissement, diversifiait son portefeuille par des prises de participation massives dans plusieurs groupes implantés à travers le monde, d'écoles privées bilingues de la maternelle au secondaire. Son président de directoire reconnaissait que « l'éducation privée représente une valeur stable dont la croissance n'est pas liée aux cycles économiques parfois troublés, il y a peu de dossiers de cette qualité qui nous intéressent beaucoup ». Tel sera l'avenir de notre dispositif éducatif si nous n'y veillons : une bulle spéculative dans un secteur réservé aux enfants des classes sociales les plus aisées, exactement l'inverse de notre idéal républicain, la déconstruction annoncée d'un enseignement identique pour tous. En courant derrière un égalitarisme béat, nous abandonnons l'égalité légitime. Gardons notre système mais redonnons-lui vigueur, n'ayons pas peur de l'adapter et de le réformer.

*

Égalitarisme, telle est l'illusion de notre société. « La tête qui dépasse appelle le marteau », se plaisaient à citer quelques dirigeants chinois du temps passé. Dans nos contrées, la manœuvre est moins brutale que dans l'Empire du milieu, les paroles moins abruptes, mais le résultat non moins perceptible. Les éternelles critiques envers notre système se rassasient paradoxalement aux banquets des aides et prébendes publiques. Ces assistances nécessaires dans certains cas et certaines époques, et qui permettent à notre pays, plus que tout autre, de contrôler le taux de pauvreté des plus nécessiteux ou de soulager les budgets les plus bas, sont devenues des droits à tirage dont l'universalité et la perpétuité ne peuvent plus jamais être remis en cause, même en période de crise budgétaire, de dette publique abyssale, même quand l'Union européenne nous montre du doigt en déclenchant à notre encontre la procédure de déficit excessif. Ce « stato-consumérisme », comme le définit Jérôme Fourquet, c'est-à-dire l'extension des aides publiques pour stimuler la consommation au détriment de la production de richesses, est non seulement destructeur économiquement, mais vicie nos mentalités et nos comportements. L'obsession égalitaire, selon Erwan Le Noan (dans son ouvrage éponyme), est à l'origine d'une bascule philosophique d'une politique de soutien aux plus défavorisés vers un mouvement d'homogénéité de l'existence des individus et de régulation de leurs attitudes. Un tel concept condamne les initiatives entrepreneuriales et participe à l'inhumation de la valeur du travail, puisque « celui qui cherche à s'enrichir est condamné moralement et sanctionné économiquement car il est supposé le faire qu'aux dépens des autres ».

Cette déconstruction et cette passivité, nourries d'égalitarisme et de désamour individuel et collectif, s'accompagnent aussi d'une propension particulière à pardonner aux plus violents au prétexte d'une victimisation face à une société perpétuellement accusée de n'en faire jamais assez pour eux. Cet argument fut déployé à chaque crise, comme une excuse absolutoire aux casses généralisées des commerces, aux pillages des bâtiments publics, aux brutalités contre les élus du peuple, aux blessures et tentatives d'immolation par le feu ou d'homicides de nos forces de l'ordre. C'est ainsi que furent excusés les gilets jaunes radicalisés souillant l'Arc de Triomphe, ravageant les boutiques des Champs-Élysées, que furent justifiés les dégâts se chiffrant en millions d'euros en marge des cortèges de protestation lors des revendications de la réforme de la SNCF, de celle des retraites et bien d'autres, que fut légitimée l'insurrection en juin 2023 de très jeunes émeutiers s'attaquant à toutes les représentations étatiques, à commencer par les lieux d'enseignements et de loisirs où ils étaient inscrits. Même à l'autre bout du monde, dans la

France du Pacifique, le reproche d'une colonisation vieille de plus de cent quatre-vingts ans, faisant fi de plusieurs référendums récents d'autodétermination se prononçant pour le maintien dans la République française, fut l'élément déclencheur d'une dévastation organisée. Pourtant, la Nouvelle-Calédonie s'affichait comme l'exemple même d'un territoire de cohabitation pacifié par deux accords-cadres, Matignon en 1988 et Nouméa dix ans plus tard, transférant pouvoirs, compétences et beaucoup d'argent des contribuables français. Trente-six ans après la fin des émeutes se soldant par quatre-vingt-dix morts de part et d'autre (et parmi les forces de l'ordre), les accords passés et la promesse d'un règlement par un recours à la voix du peuple ne résonnent désormais que comme une utopie, voire une arnaque, remise en cause par ceux qui ne veulent pas respecter le verdict des urnes. Ce territoire d'exception grand comme la moitié de la Belgique est peuplé de moins de trois cent mille habitants (pour donner un ordre de comparaison, on compte onze millions de Belges), son développement économique et sociétal est freiné par cette désertification, qui entraîne des difficultés à l'exploitation de la quatrième réserve de nickel au monde ainsi que de cuivre, de plomb, de cobalt, de fer, de manganèse ou de chrome, indispensables pour certains à la production de batteries automobiles.

Nous l'avons entendu dans la bouche de délégués syndicaux, d'hommes et de femmes politiques, de représentants de collectifs, cette valorisation de la brutalité, cet argument ultime consistant à dire que « sans violence, nous ne sommes pas écoutés » pour les plus directs, « à titre personnel je suis évidemment contre toute forme de violence, mais… » pour les plus prudents. Le « mais » si souvent utilisé, l'intolérable « mais » qui pondère d'une excuse l'inexcusable, d'une justification l'injustifiable.

Pourtant, nous n'avons pas à nous blâmer perpétuellement de ce que nous sommes et de ce que nous faisons, car il s'avère que dans bien des secteurs, et en particulier celui de la solidarité et du respect de la personne humaine, nous en faisons souvent beaucoup plus que nos voisins. Nous n'avons pas non plus à accepter la stigmatisation incessante de ceux qui ne vivent que dans la critique (des autres, pas d'eux, bien sûr). Nous devons avoir le courage de nous aimer à nouveau et de ne plus faire profil bas. Tous les sportifs et les managers vous le diront, une équipe qui gagne est une équipe qui est fière d'elle-même.

Méfions-nous aussi (nous en avons déjà parlé) des solutions d'évidence, de ceux, hommes publics ou particuliers, qui prétendent que pour régler un problème, il faut mettre des moyens supplémentaires, augmenter les budgets et recruter. Ces saillies habituelles tiennent avant tout de paresse intellectuelle, d'absence de projets de fond bien pensés, de réflexes technocratiques sans ambition, car ces mesures paramétriques ne sont efficaces que si la situation à améliorer a fait l'objet d'un bilan. Qu'est devenu l'argent investi les années précédentes ? Les effectifs déjà présents sont-ils bien utilisés ? Les moyens et les matériels déjà acquis sont-ils disponibles et efficacement orientés ?

Cette nécessaire remise en cause ne fait pas partie de la culture de nos administrations et de nos dirigeants politiques. J'en fus le témoin direct quand en 2019, pour faire face aux problèmes de l'hôpital public, nous débloquâmes à travers un « plan santé pluriannuel 2020-2022 » pas moins d'un milliard et demi d'euros. Quelques mois plus tard, nos services hospitaliers et leurs personnels débordés par la pandémie de la COVID nécessitèrent un grand « plan Ségur » estimé à dix neuf milliards d'euros supplémentaires sur cinq ans. Suivirent d'autres réajustements pour le secteur de la pédiatrie (cent cinquante millions d'euros), pour les augmentations des actes des médecins généralistes (un milliard et demi supplémentaire). Une loi de finance rectificative de la sécurité sociale fin 2023 annonça une rallonge de six cent millions d'euros, elle fit suite à une première aide de cinq cent millions décidée dix mois auparavant, destinée à régler (une fois encore) la problématique des urgences. Pour clôturer le tout, Gabriel Attal, nouvellement promu Premier ministre, s'engageait au début 2024 à résoudre la crise des hôpitaux en injectant trente-deux nouveaux milliards en cinq années. Deux questions s'imposent. D'abord, d'où vient cet argent ? Car même si les promesses prennent en compte une partie des annonces précédentes, la somme totale est proprement délirante. Ensuite, y a-t-il un organisme chargé d'évaluer les résultats pratiques de ces investissements, et de mettre en cohésion l'offre de soins sur les territoires en harmonisant médecine de ville, professionnels de santé, cliniques et hôpitaux privés, avec le secteur public ? Depuis 2010, ce rôle est dévolu aux agences régionales de santé, établissements publics administratifs. Ne dépendant pas de l'autorité préfectorale, elles jouissent d'une parfaite autonomie et d'une liberté de manœuvre totale, affichant des résultats trop disparates et souvent controversés, à tel point que leur pérennisation est remise en cause par certaines formations politiques.

Notre espérance de vie a augmenté, et c'est plutôt une bonne nouvelle, mais cette population qui s'achemine en nombre croissant vers le grand âge nécessite d'ores et déjà de nouvelles modalités de prise en charge au moment même où le temps médical des professionnels de santé ne cesse de décroître, parsemant notre territoire de vastes zones de déserts médicaux. Dans *Enquête choc – pénurie de soignants*, le Dr Murielle Mollo s'attaque au « consumérisme médical » : habitudes délétères de patients paniqués et sous dépendance pour le moindre rhume ou la plus petite fièvre, incapables de se raisonner ou de temporiser en tentant une automédication basique, saturant les agendas des praticiens par des prises de rendez-vous tous azimuts qu'ils n'honorent pas (vingt-huit millions de rendez-vous gâchés par an, soit l'équivalent de quatre mille médecins). J'ai été fier en 2018 de voter l'abrogation du *numerus clausus* pour les étudiants entrant en faculté de médecine. Ce verrou instauré en 1971 avait pour objectif de limiter le nombre de praticiens et par définition le nombre d'actes, et donc de remboursements par la sécurité sociale. Cette logique purement comptable s'appuyait, il faut le reconnaître, sur un consensus de la profession s'installant ainsi dans un marché captif et régulant sa concurrence. En 2018, huit mille médecins par an entraient dans la vie active contre cinq cents de plus quarante ans plus tôt. L'Observatoire national de la démographie des professionnels de santé (ONDPS) estime qu'avec les départs à la retraite à venir et malgré la fin de la clause de limitation, le creux démographique de ces professionnels persistera jusqu'en 2030. Ces chiffres connus de tous depuis très longtemps n'ont pas empêché des années durant, sous la droite et sous la gauche, de maintenir cette restriction aberrante empêchant les recrutements. La pandémie de la COVID apporta paradoxalement un peu de raison à cette intransigeance, des solutions logiques furent trouvées et ouvrirent la voie à plus de partage des tâches au profit unique des patients. Ces obstacles ne sont pas les seuls à freiner l'efficacité du système. Murielle Mollo dénonce aussi une gouvernance normative qui eut pour effet d'imposer au personnel soignant « des procédures multiples, des réunions, des chiffres indicateurs, des taux d'occupation des lits, des durées moyennes de séjour, des taux d'ambulatoires, des index de performance », ainsi qu'une augmentation du personnel administratif estimé à un tiers des effectifs totaux, contre un quart en Allemagne et dans d'autres pays européens. Le Dr Mollo, à travers quelques pistes pragmatiques, démontre que des évolutions rapides sont possibles à condition d'analyser préalablement les problématiques qui sont diverses en fonction des secteurs territoriaux et des spécialités professionnelles, tout en favorisant une meilleure prise en charge des malades. C'est bien cette nouvelle approche que pratique le Dr Alain Toledano, cancérologue-radiothérapeute, fondateur de l'institut Rafaël. La vocation de ce centre de médecine intégrative est d'offrir aux patients et à leurs aidants, en complément des protocoles traditionnels et des soins médicaux, la possibilité de coconstruire leur parcours à travers une quarantaine de disciplines et avec une centaine de soignants médicaux et paramédicaux. L'objectif est de passer d'une médecine orientée sur la maladie à une médecine centrée sur l'individu et son projet de vie. La nutrition, les émotions, l'activité physique, le bien-être sont des composantes de cette médecine intégrative dont les vingt-quatre millions de Français atteints d'une maladie chronique pourraient bénéficier. La santé n'étant pas que l'absence de maladie, mais devant considérer l'aspect mental, social, émotionnel, sexuel… L'institut Rafaël s'est ouvert à des soins non médicamenteux moins classiques et par conséquent plus contestés, naturopathie, atelier d'« immersion sensorielle » avec méditation et aromathérapie, « thérapie émotionnelle » avec notamment de l'EFT (*emotional freedom technique*, une pratique de libération des émotions), homéopathie et Reiki (pratique japonaise d'imposition des mains). Le cadre thérapeutique du travailler ensemble, et l'évaluation de la totalité des soins et des pratiques thérapeutiques, fait la force de cet institut qui bouleverse la prise en charge traditionnelle des patients. Cet établissement spécialisé est porté par une association à but non lucratif qui fait appel à la solidarité. Ce système permet la gratuité des soins, leur accessibilité à tous, ainsi qu'une évaluation de leurs bénéfices non biaisée par des contingences autres que thérapeutiques.

*

La machine administrative s'appuyant sur la toute-puissance de la norme étend son ombre incapacitante dans bien d'autres domaines que celui de la santé. Ce fut à l'approche des élections au Parlement européen de 2024 un des principaux motifs de colère des agriculteurs de l'Union européenne. Ces régulations par définition à sens unique, certes exigées pour le plus grand bien du consommateur et de la planète, s'avéraient cependant contreproductives en introduisant un élément de désavantage concurrentiel pour nos propres producteurs. La technocratie administrative de l'Union européenne ajoutée à celle des États membres étaient parvenues à déconstruire un système agricole jadis productif et affaiblissaient durablement notre souveraineté alimentaire.

Pourtant, notre responsabilité à défendre notre planète, sa biodiversité et son climat, est globalement partagée par tous, et les premiers à y déployer une attention soutenue sont bien ceux qui en vivent localement. Depuis quelque temps déjà, chaque exploitant est conscient de la nécessité du respect de son entourage, nécessitant des réflexes comportementaux nouveaux, tels la baisse de l'utilisation (quand l'abandon n'est pas possible dans l'immédiat) des produits chimiques, les modèles rénovés d'exploitation des terres, la mise en place d'une agriculture raisonnée. C'est sur ce ressort que se déclenchèrent les protestations à Sainte-Soline en mars 2023 contre les réserves d'eau géantes (méga-bassines) destinées à réguler des stocks réutilisables en période de sécheresse. Les arguments techniques des partisans et des opposants s'entendent de la même manière, chacun défendant un avis orienté, mais l'usage de la violence de la part d'éléments radicalisés excusés par le reste de la foule, la casse de matériel onéreux, l'agression de gendarmes occasionnant des blessures très graves pour certains d'entre eux ne sont ni autorisées par la loi ni acceptables dans le débat public.

En décembre 2020, je votais avec la majorité des députés la loi relative aux conditions de remise sur le marché de certains produits phytopharmaceutiques. Nous ne pouvions faire autrement, l'ensemble des récoltes de nos betteraviers était menacée par des pucerons et autres insectes dont la puissance de l'infestation ne pouvait être combattue que par l'utilisation de produits chimiques interdit depuis 2016. Nous avions le choix entre la réintroduction partielle et raisonnée d'insecticides pour sauver ainsi nos cultures, ou l'importation massive de sucre de betterave en provenance de pays non soumis aux mêmes contraintes et dont le degré de pesticides demeurait incontrôlé. Le hasard de cette crise voulut que la ministre de la Transition écologique, Barbara Pompili, nommée par Emmanuel Macron, défende le texte de loi sur cette réintroduction exceptionnelle sur le marché de ces néonicotinoïdes alors que, secrétaire d'État à la biodiversité de François Hollande quelques années auparavant, elle avait interdit leur usage, refusant obstinément toute clause dérogatoire. Les députés de droite les plus anciens ne se privèrent point de relever publiquement les circonvolutions de la ministre, ses allers-retours entre intolérance et manque de constance et son appréciation à géométrie variable de la défense des grandes causes écologistes.

Mais à sa décharge, ces positionnements rigides et sans concession ne sont pas l'apanage des seuls hommes ou femmes politiques. L'exaspération rimant souvent avec exagération contribue à alimenter les contradictions des combats les plus légitimes. Ainsi, début 2024, une partie de nos agriculteurs, emmenés par quelques leaders syndicaux politiquement orientés, rejetèrent toute forme de règles, y compris, paradoxalement, les plus protectrices, pour peu qu'elles vinssent de l'UE qu'il était de bon ton, en pleine période d'élections au Parlement européen, de vouer aux gémonies. Prétendant que le salut définitif ne pourrait venir que d'une nouvelle forme d'autarcie et repli sur soi-même, ils balayèrent dans ce moment de griserie la nécessité de commercer avec d'autres, n'acceptant plus aucun traité international de libre-échange, pas même le plus avantageux. C'est ainsi que s'appuyant sur un accord Mercosur (libre-échange entre États d'Amérique du Sud) assez mal ficelé (rejeté par le gouvernement lui-même), une partie de syndicats agricoles et de la classe politique d'opposition, sans analyse préalable, élargirent la critique en direction d'autres arrangements antérieurs. Le CETA (accord économique et commercial avec le Canada), adopté en 2017 et mis en œuvre de façon transitoire, fut contesté bien qu'il ait permis une augmentation de nos exportations d'un tiers en cinq ans et de soixante-douze pour-cent de nos produits laitiers grâce en particulier à la mise en place de mesures miroirs qui permettaient à nos entreprises et nos agriculteurs de lutter à armes égales avec les producteurs canadiens. Certaines situations tendues ou périodes confuses sont propices à un emballement des contestations au détriment de la réflexion et de l'analyse.

Ce fut le cas lors du drame de Fukushima au Japon qui, en mars 2011, transforma un séisme en catastrophe nucléaire majeure, et impacta l'opinion publique de tous les pays producteurs d'électricité à base d'atomes. La France ne fut pas épargnée par ce ressac et notre population devint hostile vis-à-vis de cette source de production d'énergie jugée dangereuse. Beaucoup d'hommes et femmes politiques aux affaires ou dans l'opposition se firent l'écho de cette défiance et réclamèrent un moratoire, voire la fin du nucléaire. Cet attelage solidaire, réunissant peuple et politiciens, fut le même au plus fort de la crise énergétique et de l'explosion des prix de l'électricité à accuser le gouvernement du moment d'avoir démantelé la politique nucléaire de notre pays. Auto-critiques dans l'instant présent, oublieux de nos exigences passées, nous sommes prompts à nous dédouaner de nos torts en chargeant l'État. Et même quand les nouvelles sont bonnes, nous sommes peu enclins à nous féliciter. Dans son rapport annuel 2024, le Haut conseil pour le climat, instance d'observation indépendante, estimait que le rythme de décarbonation de la France était compatible avec ses objectifs climatiques à l'horizon 2030, émettant toutefois quelques réserves sur des retards législatifs. Cette dernière information fut extraite de son contexte et reprise en boucle, dénaturant ainsi la réalité des évolutions encourageantes. Ce fut dommage et particulièrement injuste, car dans le domaine de la préservation de notre environnement et de la protection de la nature, la France se classe parmi les premiers des pays développés à imprimer une trajectoire volontariste et constante depuis plus d'une décennie. Mais notre propre stigmatisation est telle que nous perdons tout sens des réalités, nous ne savons plus nous féliciter de nos succès, il est grand temps de retrouver le courage de s'aimer… vite !

Chapitre 10

Cœurs battants, cœurs saignants : le courage de faire nation.

Rien de mieux que l'émotion intense, issue d'une peur profonde ou d'une incommensurable fierté, pour rassembler dans un même élan les « cœurs battants » et les « cœurs saignants » de notre société d'habitude si éloignés. Ce fut le cas lors des Jeux olympiques de Paris et de leur incroyable cérémonie d'ouverture.

Le geste symbolique de l'embrasement de la vasque olympique par deux « cœurs battants » de notre nation, deux de nos plus grands sportifs ultramarins a représenté une parité parfaite : une femme, Marie-José Pérec, un homme, Teddy Riner, deux triples médaillés d'or, une ancienne championne d'exception et un compétiteur d'ambition se tenant la main en suivant des yeux cette flamme de fraternité s'élevant dans les cieux. Par-delà l'allégorie, il s'agissait avant tout, dans la vie de tous les jours, de signifier l'égalité réelle de nos territoires du bout du monde et de ses habitants.

Les « cœurs saignants » de nos Outre-mer, à qui nous devons la place de premier territoire maritime du monde, ne peuvent se contenter de développement à la marge, d'économies aidées, de productions subventionnées.

Leurs populations ne doivent plus souffrir d'immigration débridée comme c'est le cas à Mayotte ou en Guyane, de saccages répétés comme en Nouvelle-Calédonie, de délinquance hors de proportion comme aux Antilles, de sous-développement des équipements de santé, de ruptures trop fréquentes de distribution d'énergie ou d'eau, ou de discontinuité territoriale avec la métropole pour cause de prix inaccessibles des billets d'avion, de sous-emploi ou d'un trop fort taux de chômage. J'ai eu le privilège d'être directeur départemental de la police en Guyane à la fin des années 1990, et j'ai apprécié pendant mes quatre années passées sur ce territoire plus grand que l'Irlande l'ardeur au travail et la bonne humeur des policiers locaux. Ils développaient un sens du service public probablement renforcé par ce sentiment confus qu'appliquer la loi républicaine était sans doute le meilleur moyen de défendre leur sol natal, leur espace et leur mode de vie traditionnel. Dans un village mondial aux frontières poreuses, chaque parcelle de notre territoire national, de Bordeaux à Saint-Pierre (et Miquelon), de Perpignan à Saint-Denis (de La Réunion), a un rôle à jouer. Sentinelles avancées, les îles, atolls, départements et territoires offrent leur positionnement stratégique sur l'ensemble des continents où les bases militaires assurent une présence française dans toutes les mers du monde. Ce rayonnement n'est pas une simple déclinaison d'une hubris démesurée nostalgique de notre passé conquérant. Dans la compétition géo-économique que mènent les grandes puissances, il est tout simplement indispensable à notre survie et à celle du bloc européen. C'est en effet du Centre spatial guyanais (CSG) de Kourou que l'Agence spatiale européenne (ASE) a retrouvé son autonomie d'accès à l'espace en procédant début juillet 2024 au lancement d'Ariane 6, nouveau gros-porteur, faisant entrer le transport spatial de notre vieux continent dans la dynamique d'une nouvelle ère. Nul doute que la présence française dans l'Indo-pacifique (Nouvelle-Calédonie, Polynésie française, Wallis-et-Futuna, La Réunion et Mayotte), nouvelle zone d'influences où les États-Unis et la Chine, s'appuyant sur quelques autres puissances régionales, désireraient régner sans partage, pourra à son tour servir les desseins de notre nation en même temps que ceux d'une Union européenne désireuse de se maintenir dans le concert mondial. Avec une immense zone économique de plus de onze millions de kilomètres carrés, la France regorge de ressources d'avenir. Les fonds des océans sont d'ores et déjà un fabuleux champ en matière de recherche, ils recèlent des minerais rares et des nodules polymétalliques riches en métaux divers (manganèse, fer, cobalt, zinc, nickel) très utilisés dans les industries de demain et exploitables sans détérioration des fonds sous-marins puisqu'ils sont localisés à la surface des sols abyssaux. Le développement des fermes aquacoles combiné avec l'exploitation équilibrée des ressources halieutiques pourrait constituer un des atouts les plus précieux de nos territoires au moment où certaines espèces marines tendent à disparaître dans de nombreuses zones du monde sous les coups de boutoir des pêches industrielles. Ce respect de l'exploitation raisonnée de nos ressources naturelles est d'ailleurs une ligne de conduite qui s'impose de la même manière sur toute l'étendue de notre géographie nationale. C'est dans nos Outre-mer que se situent un quart de nos parcs nationaux, offrant à la France 80 % de sa biodiversité (près de 3 500 plantes et 400 vertébrés y sont endémiques, soit plus que dans toute l'Europe continentale) et lui assurant une place respectée en matière de protection environnementale. Bel exemple de ces ressources géo-écologiques, le parc naturel régional amazonien de Guyane s'étend sur trente-quatre mille kilomètres carrés, c'est le plus vaste espace naturel protégé de l'Union européenne. Ces chances et ces richesses sont aussi celles de nos « cœurs battants », des femmes et des hommes qui habitent nos contrées lointaines ou en sont originaires. Sportifs, entrepreneurs, intellectuels, journalistes, universitaires et autres, ils incarnent au quotidien cet universalisme auquel notre nation est tant attachée.

*

Cette évolution favorable à la participation active de nos territoires à l'essor national modifie la donne. Elle affiche un changement de mentalité des uns et des autres et le nécessaire abandon d'un paternalisme traditionnel, forcément vexant, tendant à subventionner massivement tout effort local et à redistribuer les richesses produites par la métropole. Cette tendance nouvelle, désormais effective au-delà des océans (qui doit être impérativement poursuivie et accélérée), s'observe depuis plus longtemps dans l'hexagone. Pays fortement centralisé, par tradition et par histoire, construit autour d'un État fort, la France dut transformer son système administratif pour coller au plus près des évolutions des problématiques territoriales. Les administrations centrales concédèrent bon gré mal gré le partage de leur pouvoir de décision avec leurs représentants locaux, chefs de service régionaux et départementaux, préfets et sous-préfets. Au-delà de cette déconcentration plus technique que politique, le pouvoir central consentit, par plusieurs lois de décentralisation, à transférer un nombre important de ses attributs d'autorité à des représentations communales, départementales et régionales. C'est ainsi qu'au fil de ces transformations de fond, les responsables locaux devinrent les premiers arbitres et acteurs de la vie de leurs concitoyens. Ils en conçurent un esprit nouveau de responsabilité, supportèrent une charge de travail augmentée et jouirent d'un niveau de décision au plus près de leurs concitoyens, « à portée d'engueulade ». « Cœurs battants » de notre république déclinée au plus près, les maires et les élus de terrain se sont retrouvés embarqués dans la contestation constante à toute forme d'autorité, doublée d'une détestation générale à l'endroit du personnel politique, deux signes de « ce très perceptible essoufflement de la démocratie… étrange et inédit endormissement… une démocratie française frappée d'indifférence », selon Alain Duhamel (*Le prince balafré*, 2023).

Exemple de ces nouvelles contestations violentes : dans la nuit du samedi 1er au dimanche 2 juillet 2023, le domicile du maire de L'Haÿ-les-Roses fit l'objet d'une tentative d'effraction par une voiture-bélier en feu, son épouse présente sur les lieux avec ses enfants fut sérieusement blessée.

Ces attaques permanentes contre les individus, ce défi incessant envers nos symboles d'autorité doivent être combattus. Nous le fîmes à l'Assemblée nationale en 2021 lors du vote de la loi sur la « sécurité globale », quand nous supprimâmes les remises de peine automatiques à tous délinquants s'attaquant aux forces de l'ordre et aux élus. Depuis, d'autres propositions parlementaires à l'image de celles contenues dans le rapport Spillebout-Jumel, proposant en janvier 2024 un véritable bouclier de protection de l'élu local et d'autres textes, sont venues renforcer les pénalités à l'encontre des agresseurs, mais faute d'application rapide et sévère par la justice, ces mesures demeurent vaines et les violences perdurent, nous interrogeant sur notre faculté à nous mouvoir dans un monde plus agressif et moins résistant à la frustration.

L'investissement personnel, le sacerdoce de nos responsables locaux ne sont plus suffisants à la cause. Ils doivent désormais désamorcer les conflits incessants en déployant des trésors de diplomatie, usant de techniques de négociation dignes des unités d'intervention les plus renommées (RAID et GIGN apportent d'ailleurs leur concours en ce domaine). Ils déploient sur ces thèmes une volonté nouvelle dont les aboutissements pourraient sans doute être plus massifs et rapides si les comportements de nos élites prêtaient moins à des polémiques incessantes, nourrissant les contestations et les violences qu'ils tentent d'enrayer. Chaque condamnation, chaque attitude inadmissible du personnel politique est prétexte à la mise en accusation globale du système. La révélation de blanchiment d'argent avec des comptes à l'étranger et de fraude fiscale d'un ministre du Budget français en exercice, l'aménagement de sa peine de prison par port d'un bracelet électronique et assignation à résidence… en Corse, sa tentative de retour en politique lors des élections législatives de juin 2024 à l'issue de la fin de sa période d'inéligibilité, furent non seulement préjudiciables à l'image des responsables élus, mais favorisèrent pour le grand public cette impression diffuse d'une bienveillance particulière par rapport au commun des mortels. Les mauvaises habitudes des élus de terrain de rejeter perpétuellement la responsabilité des inactions sur d'autres partenaires, en général le gouvernement et sa majorité du moment, participent aussi de cette désaffection de l'opinion publique pour des politiciens qui ne cessent de se déchirer entre eux. Même les acteurs les plus pertinents et les plus actifs s'abandonnent à cette facilité qui ne contribue au final qu'à opposer les artisans d'un même combat, celui des valeurs et de la démocratie, ce mouvement se déroulant devant le regard critique des Français qui « ont l'impression, selon l'historien Arnaud Teyssier, que l'État se retire [des territoires] et que les collectivités à qui on veut donner toujours davantage de pouvoirs, ne sont pas à même de le remplacer ».

Lors de mes périodes de villégiature dans la belle région du Conflent dans les Pyrénées-Orientales, j'emprunte régulièrement les départementales 14 et 619. Ces petites routes montagneuses déroulant leurs lacets entre Prades et Mosset, en passant devant les magnifiques thermes de Molitg-les-Bains, supportent un trafic moyen journalier minime ne nécessitant pas une régulation draconienne du trafic. Pourtant, chaque utilisateur a pu constater à la hauteur du village de Catllar, dont la traversée est soumise à une limitation de vitesse de trente kilomètres par heure, des aménagements successifs qui ont conduit à un premier resserrement de voie matérialisé par des plots flexibles n'autorisant plus que le passage alterné avec priorité aux véhicules descendants, suivi quelque temps après d'un aménagement de croisement par implantation de panneaux de stop sur la voie prioritaire, renforcés un peu plus tard par un mini rond-point central empiétant dangereusement sur une bonne partie de la chaussée compte tenu du manque de place. Le dispositif fut complété enfin d'un ralentisseur type dos d'âne traumatisant pour les cervicales et les amortisseurs et pour bien insister, d'un nouveau resserrement de voie avec bien évidemment une priorité inverse au premier, ce qui a le mérite de créer des embouteillages dès le passage de trois voitures.

Les riverains, qui ne désespéraient pas de voir apparaître quelques feux tricolores, eurent la surprise il y a peu de constater la disparition du rond-point et son remplacement par un nouveau majestueux dos-d'âne, car il ne semblait sans doute pas raisonnable pour les penseurs du trafic routier de faire disparaître une contrainte sans la remplacer immédiatement par une autre. Ainsi, les tutelles normatives additionnent leurs (in)compétences (l'entretien d'une route départementale incombe au département, mais c'est le maire qui assure la police de la circulation et qui est chargé de la sûreté et de la commodité du passage sur ces voies dans la traversée de sa commune) pour ériger, y compris dans les endroits et les secteurs les plus désertiques, des règles et dresser des obstacles matériels. La norme n'est pas inutile, elle est même indispensable à la gestion de notre quotidien, mais les contreparties évidentes à ces concessions sur nos libertés doivent être la modération pour l'autorité régulant. Un des principes majeurs de management moderne est qu'il n'y a pas d'acceptation à une contrainte sans compréhension globale, et pas de compréhension sans explication, sans cohérence et sans visibilité. La revendication principale de l'administré réside désormais dans la réponse à ces questions simples : à quoi cela sert-il ? est-ce bien nécessaire ? est-il vraiment indispensable d'installer cinq dispositifs de ralentissement de circulation sur une route de montagne sans passage ? Il est cependant à craindre que les réponses à ces questions ne puissent intervenir sans une remise en question en profondeur de systèmes décisionnels multiples se superposant sans pour autant se coordonner. Plusieurs lois de décentralisation, celle portant sur la nouvelle organisation territoriale de la république, dite loi NOTRe en août 2015 et quelques autres textes, ont cimenté une structuration décisionnelle dont, selon Arnaud Teyssier, « la logique donne toujours plus d'attributions aux pouvoirs locaux mais où il n'y a pas de pensée globale ». Au niveau européen et étatique s'ajoute un mille-feuille de structures locales : les régions, les départements et les municipalités. Avec près de trente-cinq mille communes, et par évidence autant de centres décisionnels, la France recense 40 % de ce type de collectivités locales en Union européenne. Compte tenu de la taille de certaines, des regroupements ont été envisagés, mais peu de résultats furent obtenus. L'absence de viabilité économique et décisionnelle de ces petites entités a conduit à la création d'organismes nouveaux. Les communautés d'agglomération, les communautés de communes, les métropoles urbaines, autant d'établissements publics de coopération intercommunale (EPCI) permettent d'exercer certaines compétences en commun, et c'est ainsi que se superposa un niveau supplémentaire décisionnel, ajoutant à la confusion et consacrant la France comme le pays le plus suradministré du continent. L'adjonction d'un étage supplémentaire à l'édifice ne favorisa pas pour autant les fusions et les regroupements de la strate inférieure. Et pour cause : difficilement acceptée au niveau national, la règle prévue par la loi organique de février 2014 de non-cumul entre les fonctions exécutives locales et les mandats de député ou de sénateur n'a jamais eu d'équivalence au niveau local. Les maires ou adjoints peuvent, et c'est souvent le cas, cumuler leurs fonctions avec la présidence ou vice-présidence d'un EPCI, avec le poste de conseiller général, celui de conseiller régional, celui de responsable élu d'un syndicat ou d'un établissement public de coopération intercommunale en charge de la gestion de l'eau, des ordures ménagères ou autre... Il est donc peu probable, compte tenu de l'appétence à l'exercice de multiples pouvoirs, des titres honorifiques, des avantages matériels et des compensations financières attachées (même si une limite maximale a été définie), que les réformes pourtant nécessaires de simplification de notre monstre administratif soient initiées et imposées autrement que par l'échelon central, au final seul responsable de la bonne utilisation de l'argent du contribuable. Ce fut le cas en janvier 2015 par la loi tant décriée sur la délimitation des nouvelles régions, regroupant les vingt-deux collectivités régionales en treize nouvelles entités. Même si cette réforme est loin d'être parfaite et achevée, elle imprime un cap de simplification qu'il faudra sans doute avoir le courage d'étendre aux autres échelons afin de mieux rationaliser un modèle administratif dépensier, producteur d'incohérences décisionnelles. Le courage de faire nation dans ce domaine en particulier est un vrai défi d'avenir.

*

Faire nation, c'est aussi inclure les plus fragiles dans notre tissu social, pas seulement lors d'une magnifique cérémonie des Jeux olympiques où ils eurent toute leur place.

Beaucoup de choses ont été faites sur le chemin de l'inclusion ; les entreprises, les associations, les administrations prennent leur part dans cette lutte qui, au-delà de la reconnaissance, vise à la considération. De nombreuses lois ont fixé des obligations et des proportions d'emploi pour les travailleurs souffrant d'un handicap, les mutilés de guerre ou assimilés, et souvent ces impératifs furent à l'origine d'une dynamique d'acceptation et de banalisation de la différence. Le taux de chômage des personnes reconnues handicapées recula nettement ces sept dernières années pour se fixer à 38 % d'employabilité, loin cependant de la moyenne européenne (51 %) et de quelques pays champions en ce domaine (63 % en Suède et 70 % en Allemagne). L'obligation d'emploi des travailleurs handicapés (OETH) prévoit que tout entreprise de vingt salariés ou plus doit compter au moins 6 % de ses effectifs ayant une reconnaissance de handicap, le non-respect de cette obligation entraînant une contribution compensatoire annuelle. Encore un gros effort à faire, car en 2022 ce chiffre s'élevait à 3,5 % pour les entreprises et 5 % pour les administrations. Les évolutions matérielles pour faciliter la vie au quotidien, ou légales pour ajuster les droits aux transformations de nos sociétés se heurtent souvent à des contingences budgétaires qui peuvent, sur le moment, s'avérer un frein dans cette trajectoire de progrès largement engagée. Je vécus un de ces moments pathétiques quand la logique de l'humain céda le pas aux raisonnements comptables. En juin 2021, notre majorité rejeta une demande de tous les autres groupes politiques proposant l'abrogation de la « conjugalisation » de l'allocation aux adultes handicapés (AAH). Ce barbarisme (à la limite du borborygme) signifie tout simplement qu'un handicapé vivant en couple reconnu ne touchera sa pension spécifique (AAH) que si l'ensemble des revenus du couple ne dépasse pas un certain niveau. Pour être honnête, une bonne partie de mes camarades et moi-même aurions voté cette proposition, si on ne nous avait opposée qu'elle grevait dangereusement les finances publiques en créant un précédent dans lequel d'autres allocataires d'aides diverses (les bénéficiaires du RSA en particulier) pourraient s'engouffrer. Nous nous abstînmes de mettre en péril les équilibres budgétaires de notre pays et d'instaurer par la loi cette « déconjugalisation » réclamée pourtant depuis longtemps par les associations, tombant ainsi dans le piège politique des membres de l'opposition qui nous accusèrent « d'avoir un portefeuille à la place du cœur » (bien que, dans le même texte, nous augmentâmes sensiblement le niveau de cette allocation). Cette position de principe était intenable et allait à l'encontre de nos désirs de favoriser une autonomie financière à un porteur de handicap, quelle que soit la situation familiale susceptible d'évoluer dans le temps. La réforme fut finalement adopté par la loi d'août 2023 : désormais, pour près de cent vingt mille personnes en situation de handicap vivant en couple, la déconjugalisation de l'AAH se traduit par une hausse de leur prestation sans dépendre du conjoint et de ses ressources. J'applaudis ce résultat dont je reconnais volontiers qu'il n'est pas dû, loin s'en faut, à notre vision du moment.

La dégradation des corps et des esprits ne concerne pas uniquement les porteurs de handicap. Dans une société où la moyenne d'âge ne cesse d'augmenter, un nombre croissant de nos concitoyens devra composer avec le hasard d'un long cheminement de vie de moins en moins maîtrisé. Aujourd'hui, la France compte près de deux millions et demi de personnes de 85 ans et plus, les projections prévoient à l'horizon 2050 plus de quatre millions huit cent mille personnes. S'il faut se féliciter des progrès de la science et des hygiènes de vie favorables à ces parcours plus longs, restons conscients que le grand âge se conjuguera avec une altération de la santé physique et mentale nécessitant des adaptations de nos prises en charge à tous les niveaux afin de répondre aux difficultés et à la détresse non seulement de nos aïeux, mais aussi de tous leurs aidants, qui souffrent à l'unisson. Faire nation avec nos anciens n'est pas un vain précepte. Nous devons à nos aînés le respect de ce que nous fûmes et la reconnaissance de ce que nous sommes devenus. Nous devons avoir le courage de nous assurer collectivement, si nous ne pouvons le faire individuellement compte tenu des contraintes financières, psychologiques, médicales et autres, qu'un parcours honorable et harmonieux leur soit offert au crépuscule de leur vie soit en un maintien aidé à domicile, soit en intégrant un établissement spécialisé. C'est bien de cela qu'il s'est agi lors du vote de la loi du 7 août 2020 ajoutant aux risques déjà couverts par la sécurité sociale et la retraite, une cinquième branche incluant le grand âge et couvrant la perte d'autonomie. La volonté politique est indéniable, il suffit désormais d'évaluer les besoins financiers encore déficients et de pérenniser les budgets aux niveaux nécessaires. Cette étape ultime de la solidarité ne peut se compléter au périgée des parcours de nos « vieux » sans un questionnement sur les utilités de poursuivre vaille que vaille les aventures, malgré les douleurs psychiques, malgré les souffrances des maladies fatalement évolutives, malgré la disparition définitive mais forcément prématurée des êtres chers, malgré le sentiment de vide et l'inanité d'une existence sans horizons lointains et dont les meilleurs pages de vie se confondent et se brouillent comme les feuillets d'un vieux grimoire dont les écritures se superposent et s'estompent, n'offrant plus que l'humble plaisir de caresser le cuir tanné des reliures déjà attaqué par la décomposition.

Les « cœurs saignants » hors d'usage, ceux moins esquintés de leurs familles aimantes méritent que les hommes de loi se penchent avec humilité et commisération sur un dispositif de fin de vie qui leur donnera le pouvoir de reprendre en main leur destin. Il se met en place progressivement dans les textes et dans les esprits, au milieu des douleurs et des questionnements.

*

La belle cérémonie d'ouverture des Jeux olympiques honora à travers les âges les porteuses de drapeau de la lutte de l'égalité des hommes et des femmes. Combattantes de toutes les époques, d'Olympe de Gouges à Simone Veil, de Christine de Pizan à Simone de Beauvoir, ces « cœurs battants » du féminisme décliné sous toutes ses gammes au fil du temps n'eurent de cesse d'exiger avec ferveur et efficacité un traitement identique dans la jouissance de droits politiques, économiques et sociaux, doublé d'une exigence sans concession de disposer librement de leurs corps. Dans ces deux domaines, les progrès accomplis ne sont que des étapes vers d'autres évolutions : plus généralisées aux frontières du monde quand on constate le sort réservé aux femmes afghanes, iraniennes et dans bien d'autres zones géographiques ; plus vigilantes sur les tentations à revenir dans des pays libéraux et démocratiques, les États-Unis par exemple, à des conservatismes d'un temps ancien sapant brutalement le droit à l'avortement ; plus universalistes à l'intérieur même de notre pays quand il s'agit d'imposer les mêmes avantages (salariaux en particulier) pour le même travail (en 2022, le revenu salarial moyen des femmes était inférieur de 23 % à celui des hommes dans le secteur privé), les mêmes responsabilités au sommet des entreprises et des administrations, la même harmonie des tâches ménagères et de la prise en compte de l'éducation et de la responsabilité des enfants dans les milieux familiaux comme professionnels (en reconnaissant une grossesse et une maternité comme une chance pour le collectif et non comme un temps d'absence handicapant pour le déroulement d'une carrière dans l'organisme employeur).

On le voit, le combat perdure. Les revendications d'hier s'imposaient comme des évidences et la lutte, pour acharnée qu'elle fut face aux résistances d'une société patriarcale, n'en était pas moins incontestable tant l'inégalité semblait flagrante et nécessaire au maintien d'une domination mâle sans partage. Depuis la fin de la Seconde Guerre mondiale, les avancées successives d'acquisition de droits doublées d'une autonomie financière et sociale ont cimenté des désirs d'émancipation conduisant jusqu'à des exigences de considération. Désormais, ce n'est plus d'égalité dont il s'agit seulement, non plus uniquement que du droit à décider seul de sa propre personne, ces deux avancées majeures sont définitivement validées et ne nécessitent plus qu'une vigilance régulière afin d'éviter tout retour en arrière. Aujourd'hui, ce qui est engagé par les militantes d'un féminisme moderne, c'est la guerre pour le respect, partout, tout le temps, dans toutes les strates de nos organisations administratives, sportives, entrepreneuriales, politiques, médiatiques. Ces « cœurs battants » de la cause sont en fait autant de « cœurs saignants », les porteuses de fer et de feu se sentent autant victimes que lanceuses d'alerte, le combat est total, s'appuyant sur la puissance de divulgation des réseaux sociaux combinée à des démarches judiciaires. Les cibles sont multiples, les grands noms de présentateurs du JT du 20 heures ou d'animateurs radio côtoient les hommes politiques, le monde du cinéma et celui de la culture sombrent pareillement, les fédérations sportives comme les clubs attirent comme jamais les projecteurs, les vedettes tremblent devant cette vague destructrice qui fouaille les entrailles du temps à la recherche de comportements malsains oubliés. Nos certitudes les plus établies et nos admirations les plus flamboyantes se dérobent face aux accusations d'hommes de bien œuvrant dans des services hospitaliers d'urgence, ou d'un saint abbé ayant consacré sa vie aux plus pauvres et à nombre de turpitudes méconnues dont la liste ne cesse de croître.

Malgré ces actualités, il est difficile de ne pas avoir un avis partagé sur ces grands mouvements (#MeToo, BalanceTonPorc, NousToutes et autres...) et la manière de rendre public sans aucune précaution les noms des mis en cause qui se seraient livrés (ou non) à des actes sexistes ou des délits sexuels. En ce qui me concerne, cette prudence ne tient pas au fait que je sois un homme, encore que cela peut jouer inconsciemment (je veux bien l'admettre). En réalité, ce qui ne me convient pas, ayant eu dans ma vie professionnelle l'expérience des enquêtes judiciaires, c'est la mise à l'index immédiate et la condamnation médiatique sans respect de la présomption d'innocence qui est pourtant un des fondements d'une justice sereine et équilibrée. Ma mémoire politique se souvient encore de ces manifestations et demandes de démission par quelques-uns de ces comités à chaque déplacement de Gérald Darmanin, fraîchement nommé ministre de l'Intérieur, accusé de délit sexuel et qui a finalement été blanchi après enquête. Ces attitudes déjà graves dans le cadre de la vie politique deviennent problématiques quand il s'agit d'empêcher un artiste-humoriste (j'ai en tête le nom d'Ary Abittan, mais il y en eut d'autres) de faire son métier en lui interdisant l'accès à une salle de spectacle. Cette condamnation définitive au chômage avant même toute justification de sa part ne me semble pas proportionnée et en tout cas pas en adéquation avec la décision de non-lieu prononcée en première instance (un appel est en cours d'examen) par la cour de justice compétente. Grande militante féministe, l'essayiste Caroline Fourest ne dit rien de moins quand elle déclare sur une radio nationale qu'elle voit en MeToo « un changement de monde extrêmement enthousiasmant », qu'elle veut « protéger », mais qu'elle estime qu'il souffre du fait « que l'on a de plus en plus d'affaires de gens qui ont été effacés et mis à mort socialement pour des affaires de plus en plus légères et de moins en moins établies ».

Eugénie Bastié, quant à elle (*La dictature des ressentis*), plus qu'un excès, vise un dévoiement du féminisme : « Les néo-féministes [branche radicalisée du mouvement de défense des femmes] ont la parade pour disqualifier leurs adversaires : vous nous résistez aujourd'hui comme vous résistiez hier à nos mères et nos grands-mères ; la révolution féministe a toujours suscité une opposition du patriarcat, et l'histoire a prouvé que la radicalité est nécessaire pour faire bouger les choses. »

Parallèlement, je reconnais bien volontiers, et c'est toute la difficulté, que les propos des victimes agressées sexuellement sont difficiles à recueillir, d'abord parce que les locaux de la police ou de la gendarmerie ne sont pas adaptés au calme et à l'anonymat que requiert ce type spécifique d'enquête, ensuite parce que l'esprit même d'un enquêteur est orienté vers la suspicion. Se devant d'investiguer à charge et à décharge, il a besoin assez rapidement (peut-être trop rapidement) de s'appuyer sur des éléments matériels de preuve quelquefois indisponibles dans l'immédiateté. Ce hiatus est à l'origine d'attitudes de méfiance réciproque voire d'indignation qui ont conduit à plusieurs campagnes de soutien sur le thème « on vous croit ». Bien évidemment que toutes plaignantes ou plaignants qui poussent la porte d'un commissariat doivent être immédiatement pris en compte et doivent faire l'objet de la considération due aux victimes ! Reconnaissons que concernant les abus sexistes et sexuels, la position des investigateurs et des magistrats a largement évolué ces dernières années, même s'il reste encore du chemin à parcourir ; les hommes de loi ont troqué leurs a priori suspicieux par des attitudes plus à l'écoute d'interlocuteurs en souffrance, ce qui a permis d'approfondir les dossiers et de déboucher sur des condamnations légitimes. Mais... pas dans tous les cas ! Ayons aussi le courage d'admettre, à contre-courant d'une pensée hégémonique, que certaines pseudo-victimes peuvent mentir ou affabuler et porter volontairement ou non un préjudice incommensurable à ceux qui, accusés à tort, n'ont toujours pas enregistré, à hauteur des douleurs subies, les excuses ou les repentirs de la part de leurs accusatrices, des associations et encore moins des journalistes colporteurs de disgrâces imméritées.

Mais malgré tout, l'action offensive des associations permit de libérer les paroles et favorisa une meilleure prise en compte par tous les acteurs judiciaires, enquêteurs comme magistrats. Soyons honnêtes, ces avancées n'auraient pu intervenir sans ces attitudes combatives, qui agirent comme autant de détonateurs, mais gardons aussi en mémoire que les condamnations qui ponctuèrent un grand nombre de plaintes furent le résultat du travail acharné de la police et de la justice qui instruisirent les dossiers et recueillirent les preuves nécessaires aux jugements. Saluons donc une démarche coordonnée portant de plus en plus ses fruits, une harmonieuse collaboration des porteurs de voix dénonçant les agressions intolérables contre ces victimes aux « cœurs saignants » et des acteurs judiciaires « cœurs battants » d'une réponse pénale sans exclusive.

Si le sort des femmes agressées semble bon an mal an être devenu une préoccupation majeure de notre société, enregistrant une meilleure prise en compte en termes de répression, de prévention et d'éducation dès le plus jeune âge, le combat de la reconnaissance est parallèlement convoqué sur d'autres sphères. La lutte ne s'engage plus seulement dans le cadre d'une revendication à l'égalité de sexe, mais dans le respect de la diversité de genre et des orientations les plus intimes. Les choses vont vite et troublent les perspectives. Il y a peu, les communautés homosexuelles brimées par des siècles de déni et de répression affirmaient un droit à une inclinaison sexuelle sans tabou et sans entrave. Adoptée par l'Assemblée nationale en juillet 1982, la loi Forni, du nom du député porteur du texte, abrogeait le délit d'homosexualité datant d'une disposition du Code pénal née sous le régime de Vichy. Il pénalisait les relations entre hommes de moins de 21 ans et condamnait « les actes contre-nature », il aggravait les peines en cas d'attentat aux mœurs sur mineur lorsqu'il était commis par une personne de même sexe. Ainsi, il fallut attendre la dernière partie du XXe siècle pour supprimer officiellement ce dispositif juridique d'un autre âge et patienter beaucoup plus pour que, dans des textes adoptés au fil du temps et au gré de faits divers défrayant la chronique, le législateur punisse de manière particulière les injures, la diffamation, la violence et les discriminations basées sur l'orientation sexuelle réelle ou supposée de la victime. Le chemin fut long pour ces hommes et ces femmes amoureux des courbes et des élégances, des sensibilités et des intelligences de leurs alter ego. Il n'a point suffi que la République reconnaisse la diversité du choix de vie et de sexualité, il fut nécessaire, aussi, que la raillerie, les attitudes et les gestes discriminants fussent punis avec la même intensité dans un univers de réseaux sociaux où l'anonymat, la rapidité de diffusion et la réitération du message facilitent la multiplication des attaques de toute nature. Dans ce combat inachevé car infini, toutes les paroles comptent, certaines portant plus que d'autres. Les mots courageux de Gabriel Attal, concluant devant l'Assemblée nationale son discours de politique générale en janvier 2024 sur la reconnaissance de son homosexualité, retentirent dans la solennité du moment ni plus ni moins que comme des évidences à admettre : celle que rien n'était impossible à qui que ce soit quel que fut ses orientations les plus intimes, celle que le respect devait désormais s'imposer à tous et par tous. Cette déclaration officielle, par la puissance du message prononcée dans un temps fort, éclipsa d'un coup d'un seul les dizaines de « coming out » précédants de ministres, parlementaires prononcés en ordre dispersé lors d'occasions diverses, dont il fut difficile à la lecture des commentaires plus ou moins avisés de sélectionner la part de l'effet de mode, celle du jeu politique personnel destiné à un public concerné et celle d'une défense objective de la cause.

Cette préservation des choix et des inclinations se porta en parallèle sur la problématique du « genre », terme mis en lumière dans les années 1970 par le pédopsychiatre américain John Money, qu'il différencie de la dénomination traditionnelle de « sexe » pour désigner l'appartenance de l'individu à un groupe culturellement reconnu comme « masculin » ou « féminin ». Les méandres d'une génétique indocile et/ou d'une psyché en tourment (en 1983, le transsexualisme est inclus en tant que trouble mental, dans le *Diagnostic and statistical manual of mental disorders* – DSM – ouvrage de référence publié par l'association américaine de psychiatrie) sont à l'origine de bien des souffrances pour une partie de nos semblables développant le sentiment de ne pas être en accord avec leur carapace et leur sexe biologique.

Un nouveau vocabulaire orienté n'est pas avare de qualificatifs pour définir ce mal-être ou cet état de fait : transgenrisme ou dysphorie de genre sont les deux mots (les deux maux) les plus explicatifs dans un glossaire de charabia incompréhensible où chacun rajoute jour après jour une définition ou une catégorisation dans un espoir de reconnaissance spécifique porteuse de droits nouveaux. Car la protection des transgenres (ceux qui ne se reconnaissent pas dans leur sexe) et des intersexués (ceux dont les caractéristiques sexuelles – chromosomes-hormones-anatomie – ne correspondent pas strictement à celles d'un homme ou d'une femme) offerte par la loi sur la base de la non-discrimination, doublée de la prise en compte psychologique, médicamenteuse et chirurgicale à la charge en grande partie par l'État, a initié des cheminements tortueux dont certains comptent profiter bien au-delà de la bienveillance due à ceux qui souffrent.

Les personnes transidentifiées pâtissent de véritables mises à l'index, le combat pour leur protection doit se poursuivre car les mentalités ne sont pas au diapason de la souffrance endurée. Cette évidence ne fait plus débat. Ce qui pose problème, comme le souligne la philosophe féministe Jane Clare Jones, ce sont les croyances métaphysiques qui se sont greffées à l'identité de genre et tentent de s'imposer comme la base de la loi et des politiques publiques, effaçant l'affirmation biologique déterminant les différences entre hommes et femmes et par là même, la reconnaissance politique du sexe. C'est ce que semble confirmer le philosophe, écrivain transgenre Paul B. Preciado dans son livre *Testo Junkie – sexe drogue et biopolitique*, quand il « nous incite à examiner que ce que nous prenons pour des fondements stables de notre identité, le sexe, le genre, la sexualité », ne seraient que de « simples constructions culturelles et politiques et par conséquent objet possible de reconstruction intentionnelle, critique et insoumise ». Cette tentative de déconstruction se retrouve, selon Dora Moutot et Marguerite Stern (*Transhumania*), tout entière dans la *Queer Théory* (le Q de LGBTQIA+) : être queer est avant tout une identité politique, un positionnement au-delà de la binarité homme-femme, une contestation de « l'hétéronormativité », c'est être en opposition avec le légitime et le dominant. Pour les représentants de cette tendance, l'hétérosexualité et la binarité de genre (l'homosexualité en tant qu'orientation sexuelle fait partie de cette catégorie) se présentent à tort comme naturelles alors qu'elles ne sont que des rapports de pouvoir et de construction sociale. Les lesbiennes et les gays apprécieront sans doute à sa juste valeur cette mise en accusation issue d'une doxa enfumante et enfumée qui ne fait que récupérer la transidentité comme véhicule de l'idéologie woke. Rappelons que pour les tenants de ce courant minoritaire, le monde se divise entre les privilégiés et les oppressés, et bien évidemment, seule la parole des oppressés compte. Selon eux, les transgenres sont de ceux-ci, mais ne représentent qu'un des contingents qui s'additionne dans une « intersectionnalité » affirmée à d'autres catégories (les racisés – c'est-à-dire tous ceux qui ne sont pas blancs –, les indigénistes, les pratiquants d'un islam extrême, les écologistes radicaux, les féministes, les végans, etc.). Ni véritablement « cœurs saignants » car nichant dans le malheur des autres, ni « cœurs battants » refusant de participer à la construction d'une société qu'ils exècrent, ces brailleurs patentés n'ont comme véritable ambition que de déconstruire notre nation en s'attaquant non seulement à ses fondements, à ses valeurs, mais aussi à sa jeunesse.

En mars 2024, un certain nombre de sénateurs signaient un rapport inquiétant sur le problème de la transidentité des mineurs. Ils estimaient, en se fondant, faute de statistiques officielles, sur des chiffres rapportés par des hôpitaux spécialisés dans des consultations psychologiques et des actes médicaux de transition, que le nombre d'enfants identifiés dans les dix dernières années comme trans ou déclarant souffrir d'une dysphorie de genre avait explosé. Cette tendance ne faisait que suivre une évolution inquiétante constatée lors d'études suédoises, britanniques ou américaines, pays très en pointe en ce domaine, qui en étaient venues à se demander si la transidentité fortement mise en avant jusqu'alors par leurs politiques publiques de santé était devenue une solution au malaise existentiel d'une partie de la jeunesse. Il ressortait que les troubles psychologiques des plus jeunes étaient trop souvent analysés sous le prisme d'un mal-être dû à l'enfermement dans un corps et un sexe non désiré plutôt qu'à l'étude d'autres facteurs plus traditionnels : violences familiales, harcèlement scolaire ou numérique, décrochage scolaire, dépression, difficulté à exprimer ou accepter son homosexualité. Les actes médicaux (non réversibles) engagés à l'occasion, que ce soit les médicaments bloqueurs de puberté ou les opérations chirurgicales de plastie ou de transformation d'organes génitaux, ne pouvaient s'entendre, selon les élus, que de manière exceptionnelle après des examens pédopsychiatriques approfondis. C'est sur cette base qu'ils déposaient une proposition de loi, non aboutie à ce jour, interdisant les traitements et changements de sexe pour les mineurs. Ce faisant, ils rejoignaient les conclusions déposées au Royaume-Uni quelques mois auparavant par le National Health Service (NHS, ministère de la Santé britannique) : « La transition de genre est une forme d'intervention psychosociale et non pas un acte neutre, elle est déconseillée aux enfants prépubères et la prudence doit être recommandée pour les adolescents. » Le coup de frein à la dynamique transgenre, ainsi que les souhaits de détransition (retour en arrière, considéré comme un péché mortel d'apostat par les transradicalistes) d'un nombre conséquent de candidats au changement de genre/sexe regrettant leur choix se heurtaient immédiatement à une levée de boucliers des groupes et associations d'influence. « On a peine à imaginer, écrivaient Caroline Eliacheff et Céline Masson dans *La fabrique de l'enfant-transgenre*, que les enfants puissent devenir les étendards brandis par les adultes pour faire valoir leurs combats. C'est pourtant ce à quoi nous assistons au nom d'un politiquement correct anti-discriminatoire et égalitariste. » L'antidiscrimination hissée comme leitmotiv par quantité de dirigeants actuels est devenue un but en soi et non plus ce qu'elle devrait être : un moyen d'assurer l'égalité entre tous. Cette peur panique de paraître discriminant, de se voir affublé du qualitatif de « transphobe », moyen d'excommunication sociale déjà usité à outrance en d'autres domaines, a infiltré nos volontés et celles de nos pouvoirs publics. Elle a contribué aussi, sur la quasi-totalité des réseaux sociaux, à façonner les manières à penser des adultes les plus retors et les comportements du public le plus tendre. L'angoisse de ne point paraître à la pointe d'un combat, cette absence de courage à résister se sont répandues sans véritable contradiction raisonnable au sein même de l'administration chargée de forger les esprits. C'est dans la maison sacrée de l'Éducation nationale qu'en toute surprise, a été reconnu en septembre 2021, par la circulaire dite Blanquer (du nom de l'ancien ministre), le droit que l'élève puisse changer de genre et de prénom à l'école sans que cela soit conditionné à une démarche scientifique. Cette ostentation s'est imposée tel un couperet à tous les enseignants pourtant aux premières loges de la compréhension, de l'explication, de la nuance avec le jeune public. La crainte de cet ostracisme supposé a ôté tout bon sens en considérant qu'aucun obstacle philosophique, éducatif, religieux, moral, légal ne devait s'opposer à la transition d'un mineur en souffrance, pas même les questionnements sur les délais nécessaires à la confirmation du trouble ressenti et à ses causes psychologiques profondes. Pour ne point paraître discriminant, et en fonction du sacro-saint principe de l'autodétermination appliqué à l'âge prépubère non seulement des corps mais aussi des cerveaux et des volontés, le système a acquiescé aux souffrances médicamenteuses et chirurgicales les plus terribles des plus jeunes. Au nom de tout cela, il s'est abstenu de son obligation d'aide et d'accompagnement des mineurs et a mit bas la plupart des parapets protecteurs. Dans ce domaine très précis, le devoir constitutionnel de précaution (décrié plus haut, pour d'autres raisons) eut été le bienvenu, mais c'était sans compter sur la vigilance des mouvements protransgenres pour lesquels tout retour en arrière est accusé de transphobie.

Tout cela fut rendu possible car nous sommes arrivés à ce haut degré de civilisation où les combats, autrefois marginaux, sont devenus des marqueurs essentiels de notre tolérance, mais gardons-nous d'un progrès (car c'en est un) sans maîtrise, où les intérêts des minorités, poussés à leur degré le plus exagéré, entreraient en conflit avec l'architecture universaliste et égalitaire de notre société, nous entraînant vers des déséquilibres propices à une dynamique de retour en arrière douloureux, une « décivilisation », selon les propos d'Emmanuel Macron, employés dans un autre contexte.

Nous avons trop souvent oublié ces dernières années que si les démocraties sont à travers le monde les systèmes les plus protecteurs des minorités (en particulier en France), elles sont aussi des régimes reposant sur l'expression populaire majoritaire. Nos équilibres ne peuvent être préservés que dans ce respect de l'écoute du plus grand nombre, c'est une évidence à marteler. Il faut avoir le courage de revenir aux fondements de notre démocratie, le courage de faire nation en réconciliant nos « cœurs saignants » et nos « cœurs battants ».

*

Évidence encore ou simple bon sens à réaffirmer qu'un pays ne peut se contenter des seules abondances et diversité de ses populations et de ses territoires. La production de richesses économiques et commerciales est incontournable à la prospérité d'une nation, au financement des progrès, et plus prosaïquement à la pérennisation de son mode de vie.

Durant près de quarante années de ma vie, je fus fonctionnaire et, en tant que tel, salarié de l'État. Comme l'ensemble de mes collègues, je participais à la production d'un service nécessaire aux conditions de vie en commun de l'ensemble de la population. La sécurité était mon domaine, pendant que d'autres se consacraient à l'éducation, à la santé, aux secours, à la défense du pays, à l'administration de ses territoires, etc. Ces vocations, pour n'en être pas moins indispensables à notre cohésion nationale et sociale, n'apportent, il faut bien le reconnaître, aucune richesse matérielle identique à celles que nous fournissent nos entreprises, nos entrepreneurs et leurs salariés, à celles qui offrent par retour fiscal les moyens d'investir dans nos infrastructures, dans le financement de nos solidarités, dans le support de nos administrations publiques, et bien d'autres avantages dont la liste serait difficile à boucler.

Même si, comme mes camarades des fonctions publiques d'État, territoriales et hospitalières, j'ai déployé une énergie constante dans le cadre de mes missions, je n'ai rien produit qui puisse ramener directement d'argent au système. Au contraire, j'ai coûté au contribuable et ne fus pas le seul. En avril 2024, l'INSEE comptabilisait cinq millions et demi d'agents publics, contrats aidés inclus ; deux millions et demi étaient employés dans la fonction publique de l'État, un peu moins de deux millions dans la fonction publique territoriale et un million deux cent mille dans la fonction publique hospitalière. Dans notre pays, 22 % des travailleurs sont fonctionnaires, largement en dessous des chiffres des pays scandinaves, mais au-delà la moyenne des membres de l'OCDE qui n'est que de 18 %.

Fin 2018, en tant que rapporteur à l'Assemblée nationale du projet de loi de finances des forces de sécurité pour l'année suivante, je rendis compte aux députés que sur un budget prévisionnel de près de onze milliards d'euros (en autorisation d'engagement, c'est-à-dire en sommes maximales à dépenser) consacré à la police, plus de neuf milliards et demi devaient être versés en salaires et en rémunérations diverses des personnels (on parle de crédits de titre deux – T2) soit 87 %. Sur neuf milliards et demi consacrés à la gendarmerie nationale, la part du T2 plafonnait à un peu moins de sept milliards et demi soit environ 80 % (rapport pour avis de la commission des lois 2018).

Mon salaire brut moyen avant impôt, primes comprises, au plus haut de ma carrière, culminait aux environs de huit mille euros. Je commandais alors une structure composée de cinq cents policiers du RAID et leurs collègues administratifs, sans lesquels rien n'était possible, au niveau financier, ressources humaines, relations internationales, recherche et développement, formation, recrutement, etc. Ma mission consistait, dans la période fortement troublée des années 2013 à 2017, à me rendre avec mes effectifs sur des zones où plus personne d'autre ne pouvait aller, compte tenu de la dangerosité de la situation. Bien évidemment, les stratégies d'intervention n'étaient pas improvisées sur place au dernier moment. Elles faisaient l'objet en amont d'une analyse de l'évolution de la menace, en particulier celle des terroristes djihadistes, et de la mise en place de plans et d'entraînements spécifiques. Ces tâches faisaient partie intégrante de mon rôle de chef, tout autant que la supervision des recrutements, ainsi que les négociations budgétaires si importantes à l'achat de matériels spécifiques, offensifs et défensifs, tellement onéreux, sans omettre les discussions avec les syndicats au moment des avancements ou des mutations (avec une moyenne de 75 % d'adhérents, la police est une des corps les plus syndiqués de la fonction publique, et le RAID ne fait pas exception). Ainsi le « patron » du RAID par temps calme (ce qui ne fut pas souvent le cas) apparaît comme un véritable chef d'entreprise : il doit se montrer stratège, développer un management humain, veiller à souder ses équipes tout en négociant ses financements au niveau le plus haut, ce qui ne l'empêche pas, lors de tempêtes, de prendre la barre directement pour choisir sur le terrain, les meilleures options opérationnelles, tout en informant et quelquefois en rassurant, les représentants du pouvoir politique, administratif et judiciaire. C'est une véritable spécificité que de diriger une unité d'intervention nationale reconnue mondialement pour son savoir-faire, c'en est aussi une que de diriger à longueur de journée des opérateurs dont le haut degré de spécialisation, de professionnalisme et d'abnégation au service de notre nation n'a d'égal que des caractères attachants mais flamboyants dont le taux de testostérone les incline peu à la souplesse et au compromis pourtant nécessaires aux exigences de situations fortement dégradées.

Ces capacités particulières à la gestion des crises expliquent pourquoi autant d'anciens membres d'unités ou de forces spéciales de police, de gendarmerie ou de l'armée sont appréciés et embauchés par un certain nombre d'organismes privés. La volonté de transmettre un savoir développé en milieu hostile est aussi une des motivations à ces reconversions. Pour ma part, j'aime à partager, désormais, mes expériences avec les décideurs et dirigeants d'entreprises dans le cadre de conférences spécifiques. À cette occasion, la question du salaire du chef du RAID et des avantages fut quelquefois abordée et peu de mes interlocuteurs s'offusquèrent du montant des rémunérations ci-dessus mentionnées, ce fut souvent même un positionnement inverse qui prévalut. La vérité est que le salaire n'est qu'un des aspects des motivations des effectifs des forces de l'ordre nationaux ou municipaux, ainsi que d'autres administrations dont les membres développent de véritables vocations pour le bien de tous. Les enseignants, pompiers, personnels soignants, militaires et d'autres enrichissent notre système de leurs compétences à destination du plus grand nombre, c'est leur principale raison d'être (ce qui n'est pas incompatible avec des augmentations de revenus).

En juin 2017, j'étais élu député. Mes émoluments s'élevaient alors à quatre mille cinq cents euros mensuels, impôts déduits, auquel s'ajoutaient cinq mille trois cents euros d'AFM (avance de frais de mandat) pour faire face à toutes les dépenses que nécessite la fonction (location d'une permanence, hébergement lors de déplacements, frais de représentation, etc.). Cette dernière somme devait être justifiée sur factures et le reliquat non employé restitué en fin de mandat. La gratuité du transport en train, six allers-retours annuels en avion (sur le territoire national métropolitain), la prise en compte des factures téléphoniques et des salaires des collaborateurs à hauteur de dix mille cinq cents euros mensuels s'ajoutaient en tant qu'avantages en nature. Il est de bon ton, dans notre pays, de s'offusquer sur le rôle et le coût de nos élus. J'ai tenté dans les quelques pages précédentes de faire la part des choses en dénonçant des situations qui me semblaient surprenantes ou exagérées (concernant des cumuls de fonctions ou de rémunérations, par exemple), mais j'ai aussi insisté sur l'esprit d'abnégation et de dévouement de la majorité de nos représentants.

Je pense très sincèrement que dans un pays où le salaire mensuel du président de la République s'établit à seize mille euros, soit 30 % moins important que le plus haut fonctionnaire de l'UE, les économies à faire sur le fonctionnement de notre système représentatif ne peuvent se résumer à des révisions de rémunération, mais plutôt à des baisses drastiques du nombre de représentants et de strates administratives et politiques.

Concernant les élus des représentations nationales, ce qui désoriente nos concitoyens et les incite à critiquer le système, c'est cette vue marquante d'hémicycles quasi-vides tendant à confirmer l'idée que les députés ou les sénateurs, une fois élus, désertent leurs fonctions. La réalité est qu'ils sont occupés sur nombre de missions annexes, participant à des commissions, des audits, des études, des enquêtes, des consultations, qui les éloignent très largement des trente-cinq heures hebdomadaires légales et les rendent corvéables à merci sept jours sur sept, nuits et week-ends compris. Malgré ces emplois du temps chargés, eux aussi sont improductifs dans le sens économique du terme et demeurent à la charge du budget de l'État et des contribuables. Ils représentent donc une dépense, mais une dépense nécessaire.

La plus-value économique n'est apportée que par ceux qui se consacrent à produire des richesses, en cultivant les sols ou élevant du bétail, par l'exploitation raisonnée des produits et ressources de la nature, par la production de biens agroalimentaires et de produits manufacturés ou de consommation courante, par celle d'énergies de plus en plus décarbonatées, par le négoce et le commerce, par l'offre de services, en particulier dans le secteur digital et numérique, etc. Ma fonction de député m'a permis de faire connaissance et de fréquenter partout en France ces hommes et ces femmes dont l'esprit créatif ne peut se décliner sans une prise de risque maximum, car c'est bien ce qui caractérise ceux qui entreprennent par rapport au registre d'emplois de la fonction publique : construire malgré les aléas et les incertitudes. Désormais à la tête d'une société (modeste) spécialisée dans le conseil en sécurité et le management, je sais pour le vivre tous les jours combien cette énergie nouvelle et cet investissement de chaque instant diffèrent de mes précédentes vies professionnelles. Le courage de ces bâtisseurs ne consiste pas seulement en un travail productif et normé assuré avec le plus de professionnalisme possible, il revêt un aspect de construction constante, de lendemains hasardeux dans des milieux forcément volatiles, cernés de concurrences agressives, une redéfinition des stratégies correspondant à l'évolution de marchés, une adaptation de chaque instant à la recherche de financements, de main-d'œuvre ou de matières premières devenus subitement rares.

Les entrepreneurs jouent dans la société un rôle qu'il convient de saluer ! Pour ce faire, ils prennent des risques, ils distinguent des opportunités que les autres ne voient pas, c'est là que se nichent tout entier leur talent. Cette prise de risque nécessite cependant des fondements stables que certains économistes ont baptisé « acquis invisibles » ou « capital invisible » : un État de droit durablement implanté, des droits de propriété clairs, la liberté d'association, d'échange, des règles fiscales peu mouvantes et la possibilité de régler des litiges devant des tribunaux impartiaux. S'ajoutent à ces exigences la nécessité d'infrastructures viables dans le domaine des transports, des communications, des échanges numériques, et pour les employés et leurs familles la garantie de sécurité, de soins, de libre accès à l'enseignement, de libre circulation.

Ce partenariat entre un État garantissant de toute la force de sa puissance publique, un certain nombre d'avantages propices aux affaires, et des entrepreneurs volontaires et innovants finançant le système n'est pas une création nouvelle. Tous les pôles de prospérité de notre histoire, grands ou petits, des empires puissants aux comptoirs de commerce les mieux placés, se sont bâtis sur cette équation, et ce sont les économies et la production des richesses qui rendirent à l'Europe sa prospérité une fois l'ordre rétabli par la force des États après les deux geurres mondiales du siècle dernier. Toute la difficulté de l'exercice réside cependant en un savant équilibre de taxation de ceux qui produisent. Michel Hau et Felix Torres, spécialistes d'histoire économique et sociale, le décrivent justement dans leur livre *Le Virage manqué* : « À partir de 1983 le recul de la croissance française se transforme en un véritable décrochage par rapport aux autres économies occidentales… Cette défaite économique provient non pas d'un manque de ressources humaines et de potentiel économique, mais d'une faillite intellectuelle du pays et de ses élites, comme l'écrivait Marc Bloch dans *L'étrange défaite* en 1940. » J'apprécie la référence. Les deux savants constatent dans notre pays un mouvement perpétuel d'imposition des entreprises de toutes tailles s'accélérant en 1974, à la fin des Trente Glorieuses, rendant notre outil économique largement moins productif et compétitif que celui de nos voisins. Les causes de cet état d'esprit remontent à la Libération, où un compromis quasiment unique dans le monde occidental avait été noué entre un parti communiste puissant, ennemi traditionnel du patronat « forcément exploiteur » et les autres forces de Résistance, le général de Gaulle en tête, estimant que ce même patronat n'était pas exempt de tout reproche dans la défaite et la collaboration. Il y eut donc dès cette époque l'explosion d'un sentiment anticapitaliste doublé d'une mise en place d'avantages sociaux, au premier rang desquels la sécurité sociale dont les contraintes financières reposèrent essentiellement sur des « cotisations patronales », au contraire d'autres pays européens équilibrant les recettes en s'appuyant sur l'impôt sur le revenu. À ce moment précis s'incrémentait dans les esprits la notion d'État providence, favorisée par une croissance d'une trentaine d'années. Ce même État-guichet à bout de souffle dénoncé concomitamment par Jérôme Fourquet (*Le Figaro,* mai 2024) et Bruno Le Maire, ministre de l'Économie déclarant, dans un article du *Journal du Dimanche*, vouloir mettre fin à « la gratuité de tout, pour tous », semble visiblement en fin de trajectoire.

Sans doute qu'une révision complète des politiques tous azimuts d'aides et de subventions s'avérera indispensable, mais cette remise en ordre ne pourra être qu'un préalable à des réformes plus ambitieuses des systèmes de financement de notre mode de vie, maintes fois repoussées compte tenu des effets douloureux sur le court terme. La compétitivité de nos entreprises et par voie de conséquence celle de notre économie nationale ainsi que la restauration de nos équilibres (baisse de la dette, rééquilibrage de la balance commerciale) ne peuvent se concevoir sans un affaiblissement de la fiscalité et des cotisations sociales. Cela devient urgent, car la perte de concurrence s'accélère ces dernières années. Selon une étude publiée en 2014 par la Banque mondiale (Paying taxes), sur un panel composé de cent quatre-vingt-neuf pays, la France arrive en tête des impositions et cotisations diverses des petites et moyennes entreprises, avec un taux global de près de 65 %. À l'échelle européenne, où le taux moyen s'élève à 41 %, la France est le second pays le plus cher derrière l'Italie (66 %). Les mouvements de baisse du taux d'impôt sur les sociétés (IS) et de réduction des taxes de production (cotisation sur la valeur ajoutée, entre autres) constatés depuis 2019 vont dans le bon sens, mais ces évolutions doivent faire consensus et s'imposer aux gouvernements à venir, ce qui est loin d'être évident compte tenu de l'instabilité politique issue de la dissolution de juin 2024, même si des travaux de recherche au sein de l'OCDE montrent que les baisses d'IS au cours des cinquante dernières années ont dopé soit l'innovation, soit l'emploi, avec bien souvent un effet prononcé sur la croissance économique, sans réduire la part de rémunération du travail. S'il est clair que notre pays doit envisager un transfert des prélèvements sur le travail vers d'autres sources financières, impôts sur le revenu (bien que le taux de prélèvement obligatoire soit déjà haut), taxes sur la consommation (TVA en particulier), combinées avec une mise à plat des systèmes d'aide et de fonctionnement de l'État et des collectivités territoriales, ainsi qu'une simplification drastique des normes dans tous les domaines avec de réelles économies associées, c'est aussi à la promotion du travail qu'il doit se consacrer urgemment.

Édouard Philippe, ancien Premier ministre déclarait en décembre 2023 : « Notre principal défi, c'est la question du travail. Je constate un recul de la productivité dans notre pays. Un pays dont la productivité n'augmente pas est toujours un pays qui s'appauvrit. On sait qu'il faut que notre pays travaille davantage… » De fait, quasiment tous les temps d'activité sont plus courts en France que dans la plupart des autres pays de l'OCDE. Sur l'ensemble d'une vie tout d'abord, l'âge légal de départ à la retraite fixé dernièrement à 64 ans est un des plus bas au niveau européen.

Sur une année, si on rapporte le nombre total d'heures travaillées en 2023 à l'ensemble de la population, la France reste en queue des grandes nations développées, selon les statistiques de l'OCDE, avec 664 heures travaillées par habitant, contre une moyenne européenne de 770 heures, soit un écart de 16 %. La durée légale hebdomadaire de travail de trente-cinq heures est inférieure de 13 % à la moyenne européenne de travail des hommes et de 8 % de celle des femmes. Le taux d'emploi (part des actifs ayant un emploi dans une population en âge de travailler) de l'hexagone de 68 %, bien que culminant à son plus haut niveau depuis 1975, était inférieur de près de dix points à celui de l'Allemagne en 2022 ; s'il avait été égal, notre PIB national aurait été cette année-là supérieur de trois cent milliards d'euros, preuve s'il en est de l'impact du volume du travail sur la richesse nationale.

C'est à la puissance publique de redresser le cap et de donner, en agissant sur tous les leviers décrits ci-dessus, les moyens aux entrepreneurs, « cœurs battants » de la société, de rendre notre ensemble national plus efficace, plus prospère mais aussi plus serein et solidaire, car l'entreprise, lieu du travail rémunéré, est d'abord une communauté humaine. Cette faculté d'être ensemble est une chance et un atout majeur.

Cette force de construire se retrouve dans des parcours de vie atypiques s'imprimant souvent dès le début de l'âge adulte, et quelquefois dès la préadolescence comme ce fut le cas pour mon ami Frédéric Liwer, archétype de l'entrepreneur insatiable. Vendeur de fripes au marché aux puces de la porte de Clignancourt à l'âge de 13 ans, il connaît une ascension fulgurante dans ce monde interlope où les affaires se font à la force du bagout. Le marchandage est son domaine, il appuyait ses négociations sur un principe simple tenant tout entier dans sa phrase fétiche : « Le non on l'a, le oui on va le chercher. » Cette volonté s'affirme quelques années après quand sur un coup de bluff il force la porte du numéro un mondial des photocopieurs et s'intègre aux équipes malgré l'absence de diplôme exigé. Point n'est besoin de deux ans d'études après le baccalauréat pour devenir très rapidement premier vendeur de France sur des zones populaires de la région parisienne délaissées par les intellectuels de la boîte. Cette performance et les avantages financiers qui en découlent lui permettent d'investir dans un avenir encore plus risqué. Il monte sa propre franchise et se retrouve à la tête d'un groupe leader dans le marché des équipements numériques. Les positions établies siéent peu à ces types d'entrepreneurs et souvent la réussite et les situations établies les ennuient. La soif du risque réapparaît aussitôt, les rendant vivants et intrépides. Il est pour certains une autre source de vitalité qui les motive, celle de transmettre. Au sommet de son ascension, notre homme solda ses richesses pour se mettre à disposition des sportifs de haut niveau en fin de carrière et favoriser leur réinsertion dans le monde économique. L'aventure fut belle de rencontres, l'une d'entre-elles scella une amitié à la vie à la mort en même temps qu'un partenariat d'affaires au sein d'une nouvelle société de conseil et de formation. L'international de rugby Pascal Papé, puisque c'est de lui qu'il s'agit, outre sa carcasse tutoyant les deux mètres et les cent trente kilogrammes, apporta sa connaissance du monde de la compétition et une humanité que seuls les êtres broyés dès le plus jeune âge peuvent afficher aux moments les plus opportuns. Il ne fut pas seulement ce leader courageux face aux All Blacks en finale de la Coupe du monde de rugby en 2011, ou ce vainqueur de deux grands chelems, pas uniquement non plus ce champion de France 2015 avec le Stade français, ce fut aussi un enfant brisé supportant dans les replis de son âme les lourds secrets d'une jeunesse tailladée. « On ne naît pas forcément sous une bonne étoile, mais on peut quand même essayer de la faire briller » ; cette phrase extraite de son livre *Double jeu* résonne comme une sentence, ou plutôt une condamnation, celle de ne pas subir, celle d'oser encore et toujours le courage comme seule solution. C'est ce que firent les deux compères dans leurs nouvelles aventures humaines et économiques. Et je me souviens avoir apprécié le caractère de l'un comme de l'autre ce jour de 2017 où ils se présentèrent à mon bureau du RAID. Le rugbyman menait alors une fronde contre le rachat programmé du Stade français par le président du Racing 92. Une telle opération signifiait la disparition à court terme de l'équipe de Paris, avalée toute crue par sa rivale des Hauts-de-Seine. Les joueurs ne l'entendaient pas ainsi et, fait incroyable dans le monde rugbystique, s'étaient mis en grève. Par rétorsion, la direction leur avait interdit l'accès aux structures d'entraînement et Pascal, leader du mouvement contestataire, sollicitait mon aide pour pouvoir s'entraîner sans publicité sur notre terrain de sport à Bièvres, dans l'Essonne, siège de notre unité d'intervention. J'avais beaucoup aimé cet esprit de révolte doublé, malgré tout, d'un sens des responsabilités qui poussait ces compétiteurs, en dépit de la tourmente, à ne pas se résigner et à continuer à préparer leurs matchs à venir. Je sus plus tard que Pascal Papé, bien qu'il fût dans sa dernière saison professionnelle, loin d'abandonner le combat et de laisser choir son club et ses camarades, avait lui-même trouvé un repreneur, un richissime homme d'affaires allemand.

Souvent, sportifs et entrepreneurs sont de la même glaise, vibrant pour les mêmes défis ; les valeurs chevillées au corps, ils passent leurs vies à oser le courage. Ils sont un exemple pour notre jeunesse et un des ciments de notre nation.

Conclusion

Le cheminement de ce récit tourmenté en forme de témoignage n'avait comme seule ambition que le réveil de nos torpeurs. Nous seuls sommes en capacité de reprendre la main, mais pour ce faire, nous devons ajouter au courage de l'analyse, celui de l'action.

L'observation du professionnel de la sécurité, engagé aux moments les plus sombres de notre pays contre un terrorisme islamiste assassin, les leçons retenues lors de mon aventure au sein des réseaux du pouvoir s'additionnent désormais d'une parole libre de citoyen, éclairé par un parcours atypique et riche d'enseignements. Cet étrange parcours, pas toujours balisé, m'a permis d'observer et de lister dans le fonctionnement de notre société nombre de basculements dont les conséquences inversent les logiques vertueuses et fêlent le moule de notre République et de ses valeurs, nous conduisant à une forme d'affrontement fratricide et de chaos aussi sûrement que les incohérences et les lâchetés consignées par Marc Bloch amenèrent la défaite de 1940 et la collaboration honteuse qui s'ensuivit.

Je vous ai partagé ma lecture sur certaines évolutions car elles m'ont semblées surprenantes, mais à la réflexion, rien n'est le fruit du hasard. Notre démocratie tant vitupérée est un joyau. Notre communauté nationale qu'il est bon ton de moquer, addition d'intégration et de destins mêlés sachant se rassembler aux moments les plus tristes comme ce fut le cas après le drame du Bataclan, ou les plus féeriques durant les Jeux olympiques et paralympiques de Paris 2024, est un trésor. L'une et l'autre jalousées par des forces de rupture internes comme externes, dont nous avons listé quelques-unes, nécessitent de notre part une défense active. Nous nous devons d'aller chercher au fond de nous-même cette résistance à ces agressions perpétuelles. Ces courages ne sont jamais évidents, ils sont enfouis dans nos tréfonds, mais les circonstances se chargent de les exhumer cruellement en toute époque. « Les Français n'étaient pas préparés, pas disposés à tuer. Leur tempérament, leur climat, leur pays, l'état de civilisation où ils étaient arrivés, les éloignaient du sang… Il est bien question maintenant de ces répugnances ! L'homme primitif est reparu chez le Français. Il tue pour défendre son foyer, son pain, ses amours, son honneur… Il tue chaque jour. Je ne dirai pas que le peuple français s'est durci. Il s'est aiguisé. » (Joseph Kessel, *L'armée des ombres*)

Nous ne sommes pas en guerre, notre pays n'est pas occupé et il n'est pas question de tuer qui que ce soit, mais il est question de faire preuve de la même force de caractère que nos résistants d'antan. Ces forces d'âme, je vous l'assure, nous aussi nous les avons ressenties, elles nous ont poussées, mes camarades et moi-même, aux moments des grandes incertitudes quand il s'est agi de prendre tous les risques pour sauver les otages de l'Hypercasher ou de piétiner le sang des martyrs du théâtre parisien pour faire cesser la folie meurtrière de fous de Dieu trimbalant des bardas d'explosifs. Ces jours-là, la France nous poussait. Ces ferveurs sont bien présentes aujourd'hui encore, elles sont juste endormies, comme anesthésiées par les facilités et le confort de nos vies modernes.

Constatons à l'unisson de Marc Bloch et de Joseph Kessel qu'en abandonnant nos instincts grégaires et notre rusticité, nous nous sommes cloîtrés dans une société policée et nous nous appliquons au quotidien de règles, fruits d'années de civilités et de respect, qui ne sont plus du tout respectées par ceux qui se jouent des contraintes, par les initiateurs d'une conflictualisation permanente, par les défenseurs de la « pensée absolue ». Nous nous soumettons trop vite à ce nouveau despotisme consistant à nier les évidences, à retourner les logiques d'autorité en accusant les agents de l'État plutôt que les délinquants, à s'emparer des combats légitimes pour mieux les distraire, à opposer minorités et majorité sans s'intéresser outre mesure aux souffrances réelles autrement que comme motifs de luttes dogmatiques contre le système établi.

Mieux ! Un certain nombre d'outils de contrôle que nos régimes démocratiques conçurent et polirent au fil du temps pour éviter toute dérive autoritaire est utilisé à contre-emploi, et quelquefois de manière dogmatique, nous entraînant vers des restrictions de liberté incompréhensibles et paradoxalement appliquées essentiellement à l'encontre de ceux qui respectent le plus la loi pendant que le transgresseur et le délinquant prospèrent. Le danger se niche tout entier dans cette perversion. Nous avons déjà constaté que nombre d'organisations, d'administrations, d'organismes, de cours suprêmes, d'ONG, d'associations et autres contrepouvoirs techniques ou juridiques de toutes sortes pouvaient unir leurs énergies, volontairement ou non, pour contrer le pouvoir de l'État, détricotant les politiques publiques au prétexte des défenses des intérêts individuels.

Plus surprenant encore, ces mêmes acteurs emportés par leur égalitarisme dogmatique contribuent sans en avoir trop conscience (pour la plupart d'entre eux) à contraindre les libertés d'expression de certains citoyens en les classifiant politiquement.

Ainsi, dans un arrêt du 13 février 2024, sur requête de l'association Reporters sans frontières, le Conseil d'État chargeait l'autorité de régulation de la communication audiovisuelle et numérique (ARCOM – autorité administrative indépendante) de prendre en compte, pour apprécier le respect par une chaîne de télévision du pluralisme de l'information, la diversité des courants de pensée et d'opinion représentés par l'ensemble des participants aux programmes diffusés. L'affaire est d'importance car depuis cette injonction, l'ARCOM référence politiquement sur les chaînes d'information en continu, non pas uniquement les hommes et femmes politiques encartés ou élus, mais toutes les personnalités « acteurs du débat politique national » (selon ses termes), qu'elles soient des invités, des animateurs ou des chroniqueurs (c'est-à-dire journalistes pour la majorité d'entre eux). La logique de cette démarche, si elle se poursuit, consistera à ficher sur leurs idées des journalistes pour mieux assurer une pseudo-transparence générale. Cette médecine-là est évidemment plus mortelle que le mal. Le travail a commencé et l'Autorité fait mention d'un référentiel de plusieurs milliers de personnalités politiques. J'en fus directement impacté, étant moi-même un de ces invités habituellement présent sur un grand média. Malgré mon retrait volontaire de la vie publique et l'absence de tout mandat depuis, je fus, en mars 2024, affublé de l'étiquette « divers centre », ce qui me priva illico de cette participation régulière devant les caméras. Outre mon étonnement sur ce label, sorte d'appellation fourre-tout où l'on positionnerait par paresse intellectuelle les personnalités n'appartenant pas aux autres camps, je regrette que des hauts représentants d'une autorité indépendante ne puissent admettre qu'un certain nombre de citoyens actifs dans la vie publique revendiquent une totale indépendance (y compris quand ils furent par le passé impliqués politiquement). L'article 11 de la Déclaration des droits de l'homme et du citoyen consacre « la libre communication des pensées et des opinions » comme l'un des « droits les plus précieux de l'homme ». Considérer qu'un citoyen ou qu'une personnalité issue du monde civil devrait avoir ses opinions politiques recensées et son temps de parole décompté serait contraire aux principes inhérents à l'identité constitutionnelle de la France. Nous ne serions point surpris d'un tel fichage dans un pays de dictature, mais dans une démocratie, cette aventureuse expérience ne cesse de questionner sur de dangereuses restrictions à nos modes de vie, de pensée et de parole, élémentaires. Cet engrenage tendancieux, mortifère pour nos libertés d'expression, initié par une ONG partisane un peu trop écoutée et favorisé par l'action conjointe et complémentaire d'une haute cour de justice et d'une autorité régulatrice, a de quoi surprendre et inquiéter. Cette nouvelle version d'un autoritarisme en bande organisée est à dénoncer et à combattre avec la même vigueur que celle dont nos prédécesseurs ont fait preuve pour s'extraire de régimes pratiquant la police de la pensée.

Face à tous ces comportements lancinants et agressifs, il est plus que temps d'oser le courage. D'abord celui d'apporter une contradiction vive à tous ces accusateurs en cessant de baisser la tête, en renonçant à l'anonymat des témoignages devant des caméras de télévision qui se complaisent à filmer des pieds instables et des mains torturées et déforment jusqu'au ridicule les voix apeurées pendant que les assaillants de tout poil pérorent à visage découvert, en cessant de se flageller continuellement sur tout et n'importe quoi. Cette soumission perpétuelle, outre qu'elle est indigne de ce que nous sommes et de ce que nous faisons en matière de solidarité et d'égalité des droits, bloque nos pensées profondes. Comment raisonner quand nous nous laissons convaincre de toutes sortes de turpitudes et quand nous acquiesçons à tous les types d'accusations infondées ?

Il est grand temps de bomber à nouveau le torse, non pas en signe de défi ou de bravade, mais pour réaffirmer que nous ne doutons ni de notre passé ni de notre avenir dans un des pays les plus généreux au monde. Il est temps tout simplement de dire que nous aimons la France, que nous sommes fiers d'y vivre et que nous ne refuserons plus le combat en son nom.

Osons aussi ce courage-là…

Bibliographie

Livres

Arnould, Jacques. *Des colonies dans l'espace : L'ultime utopie ?*. Éditions Odile Jacob, 2024.

Banon, Tristane. *Le péril Dieu*. Éditions de l'Observatoire, 2023.

Bastié, Eugénie. *La dictature des ressentis*. Éditions Plon, 2023.

Bloch, Marc. *L'étrange défaite*. Shs Éditions, 2023 ; Éditions Gallimard, 1990.

Bordas, Wally. *Histoires secrètes de l'Assemblée nationale : Coups de sang, intrigues et jeux de pouvoir*. Éditions du Rocher, 2024.

Bronner, Gérald. *La révolution numérique met-elle en péril notre civilisation ?*. Éditions Les Déjeuners de l'Institut Diderot, 2021.

Brugère, Béatrice. *Justice : la colère qui monte*. Éditions de l'Observatoire, 2024.

Denoix de Saint Marc, Hélie et Laurent Beccaria. Mémoires : *Les champs de braises*. Éditions Perrin, 1995.

Duhamel, Alain. *Le prince balafré : Emmanuel Macron et les Gaulois (très) réfractaires*. Éditions de l'Observatoire, 2023.

Duhamel, Patrice. *Le Chat et le Renard : Présidents et Premiers ministres : deux ou trois choses que je sais d'eux.* Éditions de l'Observatoire, 2024 ; Éditions Pocket, 2025.

Eliacheff, Caroline et Céline Masson. *La fabrique de l'enfant-transgenre.* Éditions de l'Observatoire, 2022.

El Karoui, Hakim. *L'islam, une religion française.* Éditions Gallimard, 2018.

Fourquet, Jérôme. *L'archipel français : Naissance d'une nation multiple et divisée.* Éditions du Seuil, 2019.

Gontier, Fernand et Miss Konfidentielle. *La face cachée de l'immigration.* Éditions Baudelaire, 2024.

Gounelle, Laurent. *Le réveil.* Éditions Calmann-Levy, 2022 ; Éditions LGF Le livre de poche, 2023.

Hau, Michel et Félix Torrès. *Le virage manqué. 1974-1984 : ces dix années où la France a décroché.* Éditions Manitoba, 2020.

Hugo, Victor. *La liberté de l'enseignement (contre la loi Falloux).* Éditions Berg International, 2013.

Kamen-Hirsig, Lisa. *La grande garderie.* Éditions Albin Michel, 2023.

Lecointre, François. *Entre guerres.* Éditions Gallimard, 2024.

Le Noan, Erwan. *L'obsession égalitaire : Comment la lutte contre les inégalités produit l'injustice.* Éditions Les Presses de la Cité, 2023.

Masquelier, Frédéric. *La dictature bureaucratique ou la « bureaucrature ».* Éditions Hermann, 2022.

Milliot, Vincent, et al. *Histoire des polices en France : Des guerres de religion à nos jours.* Éditions Belin, 2020.

Mollo, Murielle. *Pénurie de soignants : l'enquête choc !.* Éditions Anfortas, 2023.

Moutot, Dora et Marguerite Stern. *Transhumania : Enquête sur les dérives de l'idéologie transgenre.* Éditions Magnus, 2024.

Osho. *Le courage : La joie de vivre dangereusement.* Éditions Jouvence, 2020.

Papé, Pascal. *Double jeu.* Éditions Michel Lafon, 2016.

Patino, Bruno. *La civilisation du poisson rouge : Petit traité sur le marché de l'attention.* Éditions Grasset, 2019 ; Éditions LGF Le livre de Poche, 2020.

Preciado, Paul B. *Testo Junkie : sexe, drogue et biopolitique.* Éditions Grasset, 2008 ; Éditions Points, 2021.

Saviana, Alexandra. *Les scénarios noirs de l'armée française.* Éditions Robert Laffont, 2024.

Tesson, Sylvain. *Avec les fées.* Éditions des Équateurs, 2024 ; Éditions Gallimard, 2025.

Woki, Cameron. *Je croirai toujours.* Éditions Michel Lafon, 2023.

Rapports

Fauvergue, Jean-Michel. *Projet de loi de finances pour 2018 : Sécurités.* 2017.

Fauvergue, Jean-Michel. *Projet de loi de finances pour 2019 : Sécurités.* 2018.

Fauvergue, Jean-Michel et Christophe Naegelen. *Forces de sécurité intérieure face à une situation dégradée, des moyens à renforcer, des missions à redéfinir.* 2019.

Fauvergue, Jean-Michel et Jérôme Lambert. *Manifester en sécurité : préserver la liberté, en relevant le défi démocratique du maintien de l'ordre : rapport relatif à l'état des lieux, la déontologie, les pratiques et les doctrines de maintien de l'ordre*. 2021

Fenech, Georges et Sébastien Pietrasanta. *Rapport fait au nom de la commission d'enquête relative aux moyens mis en œuvre par l'État pour lutter contre le terrorisme depuis le 7 janvier 2015.* 2016.

Table des matières

Composition réalisée par Belle Page

PAPIER CERTIFIÉ

Fayard s'engage pour l'environnement en réduisant l'empreinte carbone de ses livres. Celle de cet exemplaire est de :
0,700 kg éq. CO_2
Rendez-vous sur www.fayard-durable.fr

Dépôt légal : octobre 2025
Achevé d'imprimer en septembre 2025
sur les presses de la Nouvelle Imprimerie Laballery
58500 Clamecy
Pour les éditions Fayard, 13 rue du Montparnasse, 75006 Paris
info-fayard@editions-fayard.fr
80-9630-5/01
Numéro d'impression : 509111

Imprimé en France

La Nouvelle Imprimerie Laballery est titulaire de la marque Imprim'Vert®